一

時鏡

第一章　晴陽覆雪

「很小的時候，婉娘告訴我，這天下最尊貴的女人是皇后，皇后居住的宮殿叫做『坤寧宮』。我問婉娘，坤寧宮是什麼樣。」

「婉娘說，她也不知道。」

「我坐在鄉間漏雨的屋簷下，便想，如果能變作那天上飛過的鴻雁，能飛去繁華的京師，飛到那紫禁城裡，看一看坤寧宮是什麼樣，該有多好？」

宮門幽閉，僅左側一扇窗虛開。

天空陰沉，光線昏暗。

往日熱鬧的坤寧宮裡，此刻一個宮人也看不見。

只剩下姜雪寧長身跪坐於案前，用白皙纖細的手指執了香箸，在案上那端端擺著的錯金博山爐裡輕輕撥弄，絲縷般的煙氣自孔隙中悠悠上浮，她織金鏽鳳的衣袂長長地鋪展在身後，繁複的雲紋在幽暗中隱約遊動著點點光輝。

「後來，我果然到了京師。老天爺跟我開了個大玩笑，給了我一顆不該有的妄心，卻讓我在鄉野田間長大，沒養出那一身京中名媛、世家淑女的氣度，還偏把我放到這繁華地、爭鬥場，僅施捨予我一副好皮囊……」

姜雪寧的容貌是極明豔的，灼若芙蕖。

蛾眉婉轉，眼尾微挑，檀唇點朱，自是一股渾然天成的嫵媚，又因著這些年來執掌鳳印、身在高位，養出了三分難得的雍容端莊。

低眉斂目間，便能教人怦然心動。

尤芳吟在她側後方靜立良久，聽著她那渺似塵煙的聲音，想起她在世人眼中機關算盡、爭名逐利的一生，忽然便有些恍惚起來，竟有一股悲哀從心頭生起。

她們都知道，她已經逃不過了。

姜雪寧忽然笑了一下：「芳吟，這段時間，我總是在想，我果真錯了嗎？」

小時候，她被婉娘養大，不知自己身世，在莊子外的田園山水裡撒野，是一隻誰也管不住的鳥兒，只有婉娘的胭脂水粉能讓她回家。

婉娘出身瘦馬，是女人中的女人。

她說，天下是男人的天下，只有男人能征服；而女人，只需征服男人，便也征服了天下。

輾轉回京後，她認識了勇毅侯府的小侯爺燕臨，他帶她女扮男裝，在京城裡肆意玩鬧，連她爹娘也不敢管教太多，頗有幾分竹馬青梅之意。

後來勇毅侯府牽連進平南王謀反案，燕臨一家被流放千里。

那尚未及冠的少年在夜裡，翻了姜府的高牆來找她，沙啞著嗓音，用力攥著她的手說：「寧寧，等我，我一定會回來娶妳。」

姜雪寧卻對他說：「我要嫁給沈玠，我想當皇后。」

猶記得，那少年時的燕臨，用一種錐心的目光望著她，像是一頭掙扎的困獸，紅了眼眶，咬緊了牙關。

那一晚少年褪去了所有的青澀，放開她的手，轉身遁入黑暗。

五年後，她已是沈玠的皇后。

登上后位的路並沒有那麼順利，所以在她短暫的生命裡，像燕臨這樣的人還有不少。

比如吏部侍郎蕭定非。

比如錦衣衛都指揮使周寅之。

甚至，是後來殞身夷狄的樂陽長公主沈芷衣……

只是，誰也沒想到，昔日少年會有捲土重來的一日。在邊關立下戰功後，燕臨投了謝危，打著「清君側」的旗號，披甲歸來，率軍圍了京城，控制了整座紫禁城，也將她軟禁。

沈玠被人下毒，纏綿病榻，不理朝政。

燕臨便堂而皇之地出入她宮廷，每每來時屏退宮人，有時帶著昏沉的酒氣……

朝堂內外，無人敢言。

人人都知道，他是謝危的左膀右臂。

謝危屠了半座皇宮的時候，是他帶兵守住了各處宮門，防止有人逃走；謝危抄斬蕭氏九族的時候，是他率人撞開了緊閉的府門，把男女老幼抓出。

如今，他便與那一位昔日的帝師謝危，站在她宮門外。

沈玠已經駕崩，留下詔書命她垂簾聽政。

然而從宗室過繼來的儲君，尚未扶立登基，便在趕來京師的途中，被起義的天教亂黨割下頭顱，懸在城門。

現在，輪到她了。

姜雪寧輕輕眨了眨眼，濃長捲翹的眼睫在眼瞼下投落一片淡淡的陰影，讓她此刻的神情帶上幾分世事變幻難測的蒼涼。

尤芳吟有些悵然地望著她。

她卻已擱下香箸，蓋上香爐，取過案上那四四方方的大錦盒，打開來。裡面端端正正放著傳國玉璽，和一封她一個時辰前寫好也蓋了印的懿旨。

懿旨裡寫，她自願為先帝殉葬，請太子太師謝危匡扶社稷，輔佐朝政，擢選賢君繼位。

姜雪寧忽然抬首向窗外看了一眼。

不知什麼時候，下了一夜的雪已經停了。

耀眼的陽光從陰沉的雲縫裡透出來，照進這陰慘宮廷的窗內，投下一束明亮的光線。

她呢喃一聲：「若早知是今日結局，何苦一番汲汲營營？還不如去行萬里路，看那萬里河山，當我自由自在的鳥兒去。這輩子，終不過是誤入宮牆，繁華作繭……」

尤芳吟默然無言。

姜雪寧問：「芳吟，若給妳一個選擇的機會，妳還會來嗎？」

尤芳吟是姜雪寧認識的所有人裡，最奇怪的一個。

她本是伯府庶女，笨拙可憐，一朝跌進水裡竟然性情大變，從此拋頭露面、經商致富，開票號、立商會，短短幾年間便成了江寧府首屈一指的大商人，叫她「尤半城」也不為過。

只是她運氣不好，在這一場宮廷朝堂的爭鬥中，先站錯了隊。後來她雖向謝危投誠，可這些日子以來也被防著，軟禁在這宮中。

兩人慘到一塊兒，倒成了無話不說的知己。

姜雪寧聽她講白手起家的經歷，好多都是新奇的話，還聽她抱怨經商時去過的海外夷國，連蒸汽機都沒出現。

蒸汽機是什麼，姜雪寧不知道。

但尤芳吟總說，自己並不是這兒的人，而是來自一個很遠的、已經回不去的地方。

她還說，前朝有一個巨大的祕密，如果知道了它，但凡有點腦子的人都不會在這一場爭鬥中行差踏錯。

只是可惜，她知道得晚了。

尤芳吟幽幽地嘆了口氣，苦澀一笑：「這鳥不拉屎還淨受氣的時代，誰愛穿誰穿去！」

姜雪寧好久沒聽過這麼粗鄙的話了，恍惚了一下，卻想起時辰來，只忽然揚聲喊道：

「謝大人！」

朱紅的宮牆上，覆蓋著皚皚的白雪。

宮門外黑壓壓一片人。

當是燕臨按劍在側。

為首之人長身而立，聞言卻不回答。

姜雪寧知道他能聽到。

這是整個大乾心機最深重的人。

聖人皮囊，魔鬼心腸。

兩朝帝師，太子太師，多少人敬他、重他、仰慕他，卻不知這一副疏風朗月似的高潔外表下，藏著的是一顆戾氣橫生、覆滿殺戮的心。天子所賜的尚方劍下，沾滿了皇族的鮮血，殺得護城河水飄了紅；撫琴執筆的一雙手裡，緊扣著蕭氏滿門的性命，受牽連者的屍體堆疊如山。

這是唯一一個她窮盡渾身解數也無法討好的人。

「您殺皇族，誅蕭氏，滅天教，是手握權柄也手握我性命之人，按理說，我沒有資格與您講條件。」姜雪寧眼底，突地墜下一滴淚來，烙在她手背上。「我這一生，利用過很多人，可仔細算來，我負燕臨，燕臨亦報復了我；我用蕭定非、周寅之，他們亦借我上位；我算計沈玠，如今也要為他殉葬，共赴黃泉。我不欠他們……」

一生飄搖跌宕的命跡，便這般劃過。

匕首在她袖中，她輕輕將其拔出，寒光閃爍的刃面，倒映著她的眼和鬢邊那一枝華美的金步搖。

姜雪寧的身體顫抖起來，聲音也顫抖起來，眼底蓄滿了淚，可她沒資格去哭，只一字一句，泣血般道：「可唯獨有一人，一生清正，本嚴明治律，是我脅之迫之，害他誤入歧途，汙他半世清譽。他是個好官，誠望謝大人顧念在當年上京途中，雪寧對您餵血之恩，以我一命，換他一命，放他一條生路……」

誰能料得到，薄情冷情彷彿沒有心的皇后娘娘，如今會有一日，以己之命，換區區一刑部侍郎？

究竟是她沒心，還是旁人沒能將這一顆心捂熱呢？

宮門外那人久立未動。

過了好久，才聽得平淡的一字：「可。」

真是好聽的聲音。還像很久以前。

姜雪寧釋然一笑，決絕抬手——

噗嗤！

鋒銳的匕首，劃破纖細脖頸上的血脈時，竟是裂紙一般的聲音，伴隨而起的，似乎還有宮門外誰人長劍墜地的噹啷聲響。

她也倒了下去。

精緻的金步搖砸在地上，上頭鑲嵌著的深紅寶石碎了又飛濺出去。溫熱的鮮血順著臺階，在冰冷的地面上慢慢浸開，像極了她年幼時常光腳踩著玩的那條淺淺溪水。

誤入宮牆，繁華作繭。

這坤寧宮，終成了吞她骨、葬她命的墳墓。

窗外晴陽出來，照在雪上，一點一點，到底慢慢化了……

好長的一夢，夢裡一世因果全都混沌，唯有刃鋒過頸時的感覺，清晰至極。真疼。

姜雪寧想，早知道，該選個不疼的方式去死。

「咳。」

夢裡好像有什麼壓著她胸口，讓她喘不過氣來，於是她咳嗽了一聲，終於費力地睜開眼。

然而這一看卻嚇著了。

她躺在一張凌亂的榻上，更確切地說，是躺在兩個男人中間。近在咫尺處，是一張雋秀儒雅的青年的臉，幾乎與她氣息相交，甚至還抬起一隻手來大大咧咧地攬住她。

姜雪寧簡直頭皮一炸。

這場景，不得不讓她想到當初燕臨返朝後，將她軟禁，總是悄無聲息踏入她宮中，讓她連覺都睡不安穩。

她一下把這人的手甩開，翻身從榻上站起來。

那青年醉夢中掀開眼簾，倒奇怪她這般舉動，只半坐起身來，還要伸手去拉她：「唔，姜兄我們繼續睡——」

「放肆！」

好歹是當過皇后甚至號令過百官的人，姜雪寧聽他出言不遜，還見他舉止放浪，完全下意識地一巴掌朝他臉上甩去。

啪！這一聲響亮得很，終於驚動了軟榻另一頭枕著劍酣睡的玄袍少年。

他睜開眼，長眉、挺鼻、薄唇，自有一身銳氣。一看這場景，他有一剎那的茫然，可緊接著就瞥見華服青年那凌亂的衣袍和右側臉頰上五道微紅的手指印，以及姜雪寧那一張又驚又怒的臉。

「錚」的一聲，少年反應過來，瞬間跨步擋在姜雪寧身前，拔劍出鞘，劍尖壓在青年脖頸，尚存一分青澀的面容上覆滿冰霜。

他寒聲質問：「你對她做了什麼！」

青年一則驚訝於他竟這般衝動，敢對自己拔劍；二則又委屈又無辜，不由捂住自己的臉頰問：「能做什麼？本王又不斷袖！」

少年眉峰皺起，看他的眼神十分懷疑。

本王……

姜雪寧忽然愣住了。

直到這時候，她才後知後覺地聞到自己一身酒氣，發現自己穿的是銀線繡竹紋的青袍，做少年打扮，剛才打人的手掌上傳來火辣辣的疼。

女扮男裝。

不是在夢中。

而那被劍指著的青年的臉，和這擋在她身前的少年身影，終於漸漸從她記憶中浮上來：一個是她後來的夫君，天下的皇帝，現在的臨淄王沈玠；一個是後來謀反，將她軟禁在深宮的侯府世子，燕臨……

卷一

洗心懷，故人在

第二章　燕臨

重生了。十八歲半。

既不在一切剛剛開始之時，也不在一切完全發生之後。

十四歲回京，開始女扮男裝，假稱是京中姜侍郎府上的遠房表少爺，跟著燕臨在京中瘋玩。十八歲那年的九月，她被宣召進宮，為樂陽長公主伴讀。同年十一月，勇毅侯府出事。

姜雪寧恍惚想起，她真正的年少時期，都有燕臨在。

有燕臨，她就什麼都不怕。

少年出身將門，曾在邊塞待過一段時間，有著京城裡大部分男兒都沒有的意氣風發。鮮衣怒馬，仗劍而行，總在她身邊，疼著她、護著她。

若沒什麼意外，便該娶她回家。

只是在這一年，她跟著燕臨時，竟偶遇了來找燕臨的臨淄王沈玠。

彼時她還不知沈玠身分，但燕臨見了這溫文儒雅的華服青年時，脫口而出的第一句話是：「您怎麼出來了？」

燕臨是什麼身分？堪與蕭氏一族比肩的勇毅侯府裡，早早由聖上欽點下來的世子，很得宮中喜愛，走到哪裡，別人都要恭恭敬敬叫一聲「小侯爺」的尊貴。

能讓他用一個「您」字的人實在不多。

上一世總想要當皇后的姜雪寧，於是暗暗上了心，留意打聽後，果然發現沈玠乃是臨淄王，且京中風傳聖上無子，想立沈玠為皇太弟。

於是原本無意的接觸，變成了有意的接近。

後來勇毅侯府出事，她則如願以償地嫁給沈玠。

沒兩年聖上因病駕崩，傳位給沈玠，她也成了皇后。

只是沈玠雖自幼在宮中長大，卻不同於他的其他兄弟，心地太過善良以至於優柔，性情太過溫和以至於懦弱，雖有手腕卻不忍心對人施展，以至於連朝野上下文武百官都彈壓不住，總要新封的太子太師謝危替他處理、周旋。

末了更是為人毒殺。

姜雪寧那時已被燕臨軟禁，竟連他最後一面都沒能見著。

太過善良的人，是當不了帝王的。

這是姜雪寧上一世從沈玠的悲劇中所能獲得的唯一啟示。

如今，她恰好重生在剛認識沈玠不久的時候，萬幸牽扯不深。

這一世可不要再入宮了。

坤寧宮是她的墳墓。

布置得簡單的房間，尚算雅致。

初秋微涼的空氣裡，還浮盪著已經變得淡了一些的昨夜酒氣。

緊閉的窗戶外，隱隱傳來遠處集市上嘈雜的聲音。

燕臨手裡還舉著劍，雖是少年人的身量，卻已能看見清晰的腰背曲線，抿直嘴角，臉上不帶笑時，已有幾分懾人。

他暫沒理會沈玠，只回過頭來，低眉間也褪不去眼角眉梢的寒氣，冷聲問：「他哪隻手碰了妳？」

姜雪寧終於從乍然意識到自己重生的恍惚中回過神來，少年那燦若晨星的眉眼近在咫尺，尚未浸滿燕氏一族遭難時的苦痛，亦未被那宮廷重重爭鬥的黑暗侵蝕，乾淨、明亮、又耀眼，像是天上懸掛著的灼灼驕陽烈日。

只是這問題……大有她回答了，他就要把沈玠爪子給剁下來的架勢。

姜雪寧額上冒冷汗，忙搭住他手臂說：「不不，沒有的事！一場誤會。怪我方才作了個噩夢，魘著了。剛一睜眼又沒看明白狀況，還當沈公子是壞人，驚慌之下打了他。你快把劍放下，仔細傷著人！」

燕臨皺眉問：「真的？」

沈玠聽了姜雪寧這般說辭，心裡暗道一聲自己倒楣。

可畢竟姜小少爺是燕臨的朋友，雖身分地位與他懸殊，可他難道能因這一巴掌就與人計較？實在有失君子風度。

只是，燕臨這不大相信的模樣，實在讓他哭笑不得。「我的人品你還信不過嗎？別說是我本無冒犯之心，便是真冒犯了，你難道還真能斬了我手不成？」

他可是臨淄王。天潢貴胄。

但沒想到，燕臨靜靜地看了他片刻，俐落地收劍回鞘，卻截然而篤定地說道：「我會。」

沈玠眼皮一跳，頓時抬眸看他。

燕臨卻已轉身看向姜雪寧，先才冷寒的聲音放得輕了些，像是積年的冰雪忽然化了：「妳還好吧？昨晚趁我沒注意，喝了那許多。我送妳回府吧？」

姜雪寧聽他說「我會」二字時，便無法克制地想起上一世：燕臨還朝之後便投了謝危，與謝危一道架空沈玠，不久後，沈玠被毒殺。

前世她覺得多半是謝危搞的。

可她現在覺得，未必不是燕臨幹的。

年少時，她對這般心意視若尋常，如今重生回來，才發現有多難能可貴。

少年人的一腔赤誠，尚且不大懂得遮掩，喜歡便要護在身邊，在意便要全表現出來，恨不得時時刻刻都捧在手心裡。

可惜她配不上這樣的喜歡。

姜雪寧怔怔地看著他，一時忘了說話。

沈玠察覺出幾分微妙，忽然道：「今日謝先生要在文華殿開日講，我們也要去的。這時辰了，燕臨不該同我一道進宮嗎？」

姜雪寧這時才反應過來。

她自然是要回府的，可驟然重生回來，腦子裡面亂糟糟一片，尚待梳理，她卻是不願被燕臨送回府去，便道：「宮裡的事情自然耽誤不得，燕臨，我今日想自己回去。」

當年的她，性情是出了名的嬌縱

一半是因為她父親姜侍郎心中有愧，不大敢管她這接回京的女兒，另一半則是燕臨慣的。

所以她要自己回去，其實本不需要理由。

果然，燕臨也真的沒問為什麼，像是早已經習慣她的任性與嬌縱，反正是他放在心尖上的寧寧，所以只道：「那我叫青鋒遠遠跟著妳。」

青鋒是他兩名貼身隨從之一，姜雪寧知道，雖有拒絕之心，可看了看他神情，暫時還是把這想法壓下去，乖乖點了點頭。

沈玠越看越覺得這兩人不對勁。

他是個天生好脾氣的人，不易動怒。

平心而論，一副樣貌也是極好。

尤其笑時兩眼微微一彎，儒雅溫潤得像是一塊美玉。

姜雪寧當年嫁給他後，兩人從未爭吵過一次。

原因很簡單，一則沈玠脾氣太好，二則他真正喜歡的不是她，三則她也不喜歡他，只是喜歡那位置，所以旁的事都不能牽動她的心。

在不知情的人看來，大約算得上「舉案齊眉，帝后和睦」吧？

怎麼算也是她無禮在先，姜雪寧懷了幾分歉意看著沈玠說：「方才是我冒犯，竟還出手傷了沈公子，望沈公子莫怪，他日必擺酒，向您賠罪。」

平白挨人一巴掌，要說心裡沒氣那是假的，且燕臨還很霸道。

可姜雪寧說這話時，聲音軟綿綿的，望著他的一雙眸子像是泉水裡浸過。纖弱少年，面如敷粉，唇紅齒白，許是年紀未到，臉部輪廓還很柔和，更襯得五官精緻，是一種雌雄莫辨的美。

沈玠也不知為何，一下竟生不起氣來。

他向來不愛與人為難，當下便笑了一笑：「你下手本也不重。不過既然這般說，那我便不客氣，等姜小少爺改日請酒了。」

燕臨忽然想把這廝打一頓。

他冷了臉，只交代青鋒幾句，才收拾了一番，先與沈玠從客店離開。

回宮途中，沈玠回想起先前客店中種種細節，總覺得不那麼對勁，尤其是燕臨維護著那姜家表少爺，拔劍來壓在他脖子上的時候。

再一想，那少年纖弱，樣貌出眾……

沈玠眉頭微蹙，覺得自己痴長燕臨幾歲，有些話還是該提點他，便撩了車簾道：「咳，燕臨啊，雖然目下京中有些文人頗好男風，那姜家表少爺也的確好看，可你乃勇毅侯府世子，將來婚娶……」

沈玠坐的是馬車。

燕臨則是騎了一匹馬，同馬車並行。

馬駿，人更俊。

可聽見他這一番話，燕臨臉都黑了半截。「殿下，我不愛男人。」

這回輪到沈玠用懷疑的目光看著他問：「那你對那位姜家表少爺……」

「她不是姜家什麼表少爺。」

燕臨也想起剛才的事情，尤其方才姜雪寧看著沈玠的目光，讓他心裡不那麼舒服。烏沉的眸底，閃過了幾分思量。

懷著心事的少年，忽然便朝著旁邊沈玠道：「她是姜家的二姑娘。」

「噗！咳、咳咳……」

才在馬車內端起一杯茶水來喝的沈玠一下嗆到了，簡直不敢相信自己聽到什麼。

「你，你竟然——」

燕臨卻不覺得有什麼。

他人在馬上，一身玄袍襯得身量越發挺拔，此刻只道：「她愛繁華、愛自在，我便帶她出來玩。殿下待我如兄如友，我今日把她身分告知，是想殿下知道她是個女兒家。往日殿下不知時，自然不怪；今後殿下知道了，也好注意些分寸，避免今晨驚嚇之擾。」

沈玠下意識點了點頭。

只是才點完頭，他便覺出不對：「更該注意分寸的不是你嗎？若事情傳出去，讓人姑娘家怎好嫁人？」

少年那銳氣的眉眼，鋒芒微露，只一笑道：「我寵出來，自有我來娶。」

第三章　回府

真是好大的口氣。

只是沈玠算算燕臨的年紀，待過兩個月，行過加冠禮，也的確是該談婚娶了。

他笑道：「你這般想法，侯爺可知道？」

「知道。」

燕臨劍在腰間，轉著手腕，隨手甩了甩馬鞭，姿態瀟灑。

九重宮禁就在前方，他先將佩劍解下，才道：「父親說，姜府詩書傳家，且姜大人如今為戶部侍郎，掌的是實職，早年聖上登基，是他密送謝先生進京，也算從龍有功，又與先生是朋友。她是姜家嫡女，與我勉強算得上是門當戶對，待十一月行過冠禮，便請人上門提親。」

「你小子平時既不搭理京中那些紈褲，名媛淑女向你獻媚，你也半分不睬，本王還當你年少不知兒女事，是以清心寡欲，誰想到你這背後早有成算，看不出來啊！」

沈玠細一琢磨，慢慢回過點味來。

「且我昨夜醉後，行止並不孟浪，只不過是今晨醒來時無意搭了搭她肩膀，你便趕著來告訴我她女兒家的身分，還說自己將來要娶她。燕臨，這可護得太過了點吧？」

正所謂「朋友妻不可欺」，燕臨先前那番話，除了提醒沈玠姜雪寧是姑娘家，往後該與她保持些距離之外，也是明明白白地將姜雪寧圈進了他的屬地，蓋上了他的印，好在旁人生出什麼想法之前，絕了旁人的覬覦之心。

少年這點小小的心思被人道破，難得俊顏微紅，聲音卻比先前還要大一些，像是這樣就能掩蓋掉什麼東西似的：「護著怎麼了，我願意！」

就這麼霸道？沈玠聽得不由笑起來。

兩人在午門前停下，燕臨交了佩劍，與沈玠一道，往右過會極門去文華殿。

當今聖上，也就是沈玠的皇兄沈琅，是在四年前登基的。

任何一朝，在帝位更替之時，都是凶險萬分。

沈琅登基的那一年也不例外。

先皇病糊塗了，將沈琅禁足於宮內，還不知怎地發了昏要送他去封地，一時門下之臣都亂了陣腳。幸而有謝危入京，當真算得上橫空出世，先穩住沈琅在京中的勢力，又請了名醫將先皇的病治好，這才有先皇立下遺詔，傳位於三皇子沈琅。

謝危，字居安，出身於金陵望族謝氏，也就是詩裡「舊時王謝堂前燕」的那個「謝」，只是到本朝時，謝氏已近沒落。

他二十歲就中過進士，也進過翰林院，只是不久後金陵傳來喪報，說謝母病逝於家中，謝危於是丁憂，回金陵為母守孝三年。

三年後他二十三歲，祕密回京，正逢其事。

一朝之間挽狂瀾於既倒，助沈琅順利登基，便與圓機和尚一道，成為新帝最信任的人。

他雖無實職在身，卻封為太子少師。

宮中久無皇子也不必跟皇子講課，反而跟皇帝講課，可以說是「雖無帝師之名，卻有帝師之實」了。

最近秋意轉涼，沈琅漸感龍體不適，曾幾次密召內閣三大輔臣入宮，具體談了什麼無人知曉。

但從上個月開始，沈琅便發旨，選召一些宗室子弟入宮與他一道聽經筵日講，這裡面還包括他幾位兄弟，也包括沈玠。

燕臨與沈玠到文華殿前的時候，日講已經開始有一會兒了。

門口守著的太監總管黃德，一見他倆來便連忙湊過來彎腰，低聲急道：「殿下和小侯爺今日怎麼這麼晚才來，都講兩刻了，您二位這時候進去必要被少師大人看見的！」

昨夜喝酒時開心，哪還記得今日要聽日講？

沈玠和燕臨對望了一眼，覺得頭疼。

這位先生謝危，向來是寬嚴並濟，人道「有古聖人之遺風」，但眼底裡也不大揉沙子。

上回頗得聖上喜愛的延平王不過遲了半刻，也沒敢聲張，只悄悄從殿門旁溜進來，誰想被謝危看了個正著，竟當堂將他點出來，要他把昨日講過的《朋黨論》背上一背。

延平王年少貪玩，哪裡背得出來？站在那兒支支吾吾半天，鬧了個大紅臉。

謝危也不生氣，反溫聲請他坐下，說昨日可能是自己講得太複雜，延平王記不住正常，將過責攬到了自己身上。

延平王坐下後真是羞愧萬分，當天回到自己府中，便挑燈夜讀，次日再到文華殿沒遲半分，不僅順順當當把《朋黨論》背了，還背了《諫太宗十思疏》，教人刮目相看，從此就奮發向上。

延平王再丟臉也不過才十四歲，還能辯解說自己是個小孩兒不懂事。

可燕臨和沈玠年紀都不小了，要臉的。

這會兒看著文華殿殿門，聽著裡面隱隱傳來的講學聲，他們一時都覺得頭皮發麻，有點怵。

還是黃德機靈，琢磨了一下，給出主意：「少師大人一向是有事當場就發作了，一旦時間過了便不追究，也從不跟誰翻舊帳。尚儀局今日送上來一張古琴，聖上送給少師大人，一會兒兩講茶歇，必要試琴。少師大人愛琴，不如殿下和小侯爺再候上一候，待少師撫琴再進去，想必能敷衍過去。」

沈玠和燕臨頓覺得救，忙向他一揖：「多謝公公！」說完自悄悄去偏殿等待不提。

姜雪寧也不知燕臨和沈玠這時辰去宮裡聽經筵日講，會是什麼個光景。

他二人走後，她也很快踏上了回府之路。

京中大大小小的街巷，她年少時，差不多都走遍了。剛從客店出來，還覺得有些陌生，不大對得上方向，好在沒兩步，舊日的記憶便漸漸復蘇，很快便找到回姜府的路。

街上人來人往，小販們掛起笑臉高聲叫賣，有年幼的孩童舉著麵人兒追逐打鬧。一切一切凡塵煙火氣撲面而來，沾染在姜雪寧眉梢，她原本緊繃的身體慢慢放鬆下來，這才終於覺得重生這件事真實了起來，不再是先前面對著沈玠、燕臨時那種混混沌沌幻夢一般。

現在她不是皇后，也不用總住在那四面高牆圈著的坤寧宮裡。

姜雪寧走在這街上，就像是魚兒回到水裡，連腳步都輕快起來。

姜府就在槐樹胡同，不需走太遠，沒一會兒便瞧見那朱紅色的大門。

坦白說，她對姜府並沒有十分深的感情。

畢竟她十四歲才回到京城，之前都在通州的田莊上長大，由父親姜伯游的小妾婉娘養著。

拿她親娘的話講，是被養廢了。

姜雪寧的身世，有點說道。

她本是父親的嫡妻孟氏所出，可當年孟氏懷著她時，正與婉娘鬧得不快。

婉娘是揚州瘦馬，被人送給父親，後來抬了做妾，頗受父親偏愛，也正大著肚子。

據婉娘說，是孟氏捏了個錯處，要把她攆去莊子上。

但婉娘也不是什麼好相與之輩，眼見自己被攆去通州田莊的下場已定，乾脆一不做二不休，趁與孟氏同夜生產兵荒馬亂之際，把她生的女兒同孟氏生的女兒互換。

婉娘的女兒從此搖身一變，成了姜府嫡小姐，錦衣玉食，學禮知義，喚作姜雪蕙；孟氏的女兒則隨婉娘去了田莊，縱性田野間，大家閨秀的規矩她是半點不知。

這倒楣的孟氏的女兒，便是姜雪寧。

還好婉娘對她很不錯，也教她讀書識字，也教她妝容玩香，並沒有任何苛待。

姜雪寧現在想想，婉娘的算計是極深的。

因為四年前婉娘病重時，竟直接修書一封進京，吐露當年狸貓換太子的實情。

這一下，姜府整個炸開了。

查實之後，京中就來了人。

但婉娘也懶得同他們廢話，撂下一句「悔之晚矣」便撒手人寰，留下個爛攤子。

孟氏恨極了婉娘，可婉娘到底沒苛待她女兒，還留下「悔之晚矣」一句話，證明她有悔改之心。

她沒辦法再跟一個死了的人計較，更無法遷怒到姜雪蕙身上。

姜府也是有頭有臉的人家，出了這樣的醜事，不好大張旗鼓。大姑娘雖是婉娘所出，可自小養在孟氏膝下，端莊賢淑，與孟氏已有母女之情，又與當年的事情無關，若恢復庶女身分恐遭人恥笑，婚事怕也艱難。

所以府裡上下合計，選了個折中的辦法。

那就是假稱姜雪寧年幼時被大師批命，十四歲之前有禍，必須要遠避繁華才能度過劫難，便將她送至莊上，當作尋常人家的孩子養著。

如今十四已過，自然接回府中。

姜府如此便有了兩位嫡小姐。

姜雪寧剛回姜府時，尚算拘謹，孟氏讓學什麼就學什麼，努力做個大家小姐。可姜侍郎慈父心腸，格外憐惜這命苦的女兒，更有幾分愧疚之心，對她便多少有些溺愛。

時日一長，姜雪寧的性情就嬌縱起來，連姜雪蕙也敢欺負，後來認識了燕臨，更是誰也管不得。

女扮男裝的事情頭回敗露時，孟氏氣得罵她果然是婉娘那個小賤人養出來的，姜伯游也終於覺得有些出格。

可架不住她由燕臨帶著出去玩，少年燕臨往姜府拜會過一趟，同姜伯游說過一頓話後，府裡便默許了這種行為。

若姜雪寧女扮男裝，那便叫她「表少爺」，上上下下一起打掩護，權當姜府裡真有這麼一號人。

所以現在她回來，門房也就是驚得眼皮子一掀，連忙把頭埋下去，畏畏縮縮地叫一聲：

「表少爺回來了。」

京城地價金貴，姜伯游占的雖是戶部侍郎這樣的實缺，可畢竟只是三品官，家中殷實也不敢太張揚，四進的宅院做得小而精緻。

姜雪寧還記得自己這時候住的應該是西廂房。

隔壁就是姜雪蕙。

上一世剛回來時，她見著姜雪蕙，是既自卑又嫉妒，性情嬌縱後便總藉著姜雪蕙本是妾生的身分拿捏她，默許下人作賤她。

她還搶了姜雪蕙入宮伴讀的機會。

她甚至搶了姜雪蕙的婚事……

沈玠原本中意的那個人，其實是姜雪蕙，只是他僅有一方手帕為信物，並不知到底是姜家哪個小姐，因此被姜雪寧找到了機會。

姜雪蕙後來嫁給一科的進士，隨他出京了，也就年節內外命婦入宮朝拜的時候，姜雪寧曾再見過她，可也都遠遠的，只聽說她過得還不錯。

現在又要面對這位似乎奪走了本該屬於她人生的「姐姐」，姜雪寧多少有些複雜，想回自己房裡思考一下以後要用什麼態度對待姜雪蕙。

可她才走到廡廊下，就聽見一把掐著的嗓音，明顯是個婆子。

「大姑娘這話說得真是可笑，我們屋裡人多，妳屋裡人少，這分例我們多拿點怎麼了？妳是什麼身分自己還不知道嗎？

甭說是妳，就是二姑娘來了我也不怵！我啊，是當年去接二姑娘回府的，她對我言聽計從，我叫她往東，她都不敢往西！」

「妳！」

廡廊下立著一位穿天青繡纏枝蓮紋褙子的女子，鵝蛋臉、柳葉眉，五官雖沒有姜雪寧那般嫵媚驚豔，可眉眼間自有一股端莊之氣。

此刻卻浮上來一點怒氣。

正是姜雪蕙。

她身後跟著一名穿比甲的小丫頭，面前三步遠則是個穿金戴銀的婦人，唇下一顆黑痣顯出幾分刻薄，嘴角勾起來一側，看姜雪蕙的眼神是滿不在乎的嘲諷。

姜雪寧走過來時，正好站婦人背後，她沒瞧見。

聽見那一句「言聽計從」，姜雪寧眉梢忽地挑了一下——她怎麼不知自己對誰言聽計從？

那婦人是在姜雪寧房裡伺候的王興家的，原在孟氏身邊，當初的確是去莊子上接了人回來，一路上對姜雪寧還算照顧，後來姜雪寧便向孟氏要了這個人。

副德性？

從此以後，王興家的面對她跟面對再生父母似的，恨不得跪下來舔，但背地裡怎麼是這

王興家的看不到姜雪寧，正對著她的姜雪蕙卻看了個一清二楚，這一瞬間，真是心都涼了半截。

府裡這妹妹是出了名的混世魔王，正爭執這節骨眼兒回來，只怕又要不分青紅皂白，鬧出好一番難堪。

她身後立著的丫頭腿都在發軟，哆哆嗦嗦，朝姜雪寧喊了一聲：「二、二姑娘好……」

王興家的身子頓時一僵，但轉過身時，先前的跋扈和諷刺已經消失得乾乾淨淨，滿面的笑容，熱情又諂媚，驚喜極了。「哎喲我的二姑娘您可回來了！老奴在家裡燉了烏雞湯，還準備了您最愛的鳳梨酥！」

她說話的時候，還殷勤地向姜雪寧伸出手來，似乎想要扶她。

那手腕上戴著一只青玉鐲子。玉質剔透，色澤瑩潤，一看就是上好的和田青玉。

姜雪寧低了眸一看，瞳孔忽然就縮了一縮。

這鐲子……

前世婉娘臨去前拉著她的手，她當時雖知婉娘不是自己親娘，反是將自己抱走的惡人，可畢竟相處了這麼多年，也不知道其中利害，因此並未對婉娘生恨。

她以為婉娘是有話要同她說的，誰想到，婉娘將這鐲子塞到她手中，竟是哀哀地對她

道：「寧寧，姨娘求妳件事，妳若回府，看到大姑娘，幫我把這個交給她吧……」

姜雪寧當時只覺得一盆涼水當頭澆下。

也許她對姜雪蕙的嫉妒，便是從那時候開始的。

等婉娘去了，她回到姜府，這鐲子她便棄於匣中，寧願爛著都不給姜雪蕙。

等後來她遇到許多事，想起婉娘，想起舊日種種，再要尋這鐲子的時候，卻是再也尋不著了。

沒想到，竟在王興家的這裡。

姜雪寧靜靜地看著王興家的，面上的神情忽然有些變幻莫測。

王興家的還在笑：「看您這一身，一定玩累了吧，老奴伺候您回屋……」

然而她一抬眸，觸到姜雪寧的眼神，不知怎地背脊上一股寒意頓時竄了出來。

姜雪寧也不看旁邊的姜雪蕙，只輕輕一扯唇角，瞅著王興家的說：「以前怎麼不知道妳本事這般大，連變臉的絕活都會呢？」

第四章　姑娘沒毛病

此言一出，王興家的愣住了。

一旁立著的姜雪蕙和她的貼身丫鬟，更是一臉見鬼似的表情，彷彿不相信這話能從姜雪寧的嘴裡說出來——不摻上來縱性攪和一番也就罷了，話裡竟然還諷刺了她往日格外寵信的僕婦？

王興家的眼皮開始直跳。

她原來在孟氏身邊伺候，但不是最得孟氏信任的幾個僕婦之一，四年前奉命去通州接姜雪寧回府，便看出這是個好拿捏的主兒：年紀小，見識淺，身分高，偏她在田莊上長大，府裡一個人也不認識，到了京城後一定會惶惶不安。

所以，她在路途中便對姜雪寧百般討好。

果然回府之後，她略略向姜雪寧透露兩回口風，姜雪寧便將她從孟氏那裡要了過去。

從此，姜雪寧房裡大大小小的事情都歸她管。

而且隨著姜雪寧和燕小侯爺玩到了一塊兒，府裡人人見了她都要害怕，這個管事媽媽自然也越來越有頭臉。

可她萬萬沒想到，今日姜雪寧竟會說出這樣一番話來。

「二、二姑娘說笑了，老奴又不是蜀地來的，且連戲班子都僅見過幾次，哪學得會什麼變臉呢？」王興家的強壓下心頭的疑惑，擺了擺手，厚著臉皮拿出以前討好姜雪寧的那股勁兒來。「您忽然說這個，一定是想看戲了吧？老奴前兒在太太那邊聽說，京中最近新來了兩個戲班子，要不給您請進府裡來演一齣？」

這種奉承討好的話，若是以前的姜雪寧聽了，即便不笑逐顏開，也不至於就翻臉生氣。

可現在的姜雪寧……

她隨意一理那繡銀線竹葉紋的青色錦緞袍的下襬，慢條斯理地坐在了廊下的美人靠上，做少年打扮的她，即便畫粗了眉毛也是擋不住的唇紅齒白，一張臉上既有青山隱霧的朦朧，又帶花瓣含露的嬌態。

唯獨唇邊那抹笑，有些發冷。

姜雪寧將目光移到王興家的手腕上，一副假假的好奇模樣問：「媽媽腕上這鐲子真是好看，只是瞧著有些眼熟，倒跟我前兒尋不著的那個有點像。」

王興家的心裡登時「咯噔」一下。

戴在手腕上的漂亮鐲子，被姜雪寧那目光注視著，竟跟被火烤著似的，變得滾燙，讓她手也跟著顫抖起來。

但她這德性能在後宅裡混這麼多年，揣度人心思的本事還是有的。

這一句話的功夫，前後不過是幾個念頭的時間，她便隱隱摸著了幾分關竅——鐲子。二姑娘這平白的態度變化，一定跟她腕上這鐲子有關。

管著姜雪寧房內大小事情這麼多年，作威作福慣了，姜雪寧對自己的東西又沒個數兒，王興家的哪能忍得住？手腳不乾淨才是正常。

她平日裡東拿西拿，哪曉得今日就觸了霉頭。

心電急轉間，她立刻演起戲來：「像嗎？老奴這鐲子可不敢跟姑娘的好東西比，這還是上回在街口貨郎那邊買的，說是裂了條小縫，壓低價賤賣給老奴的，老奴買回來之後還廢了二錢銀子給鑲了鑲呢。您看，就在這兒。」

說著，她滿面笑容地把鐲子擼了下來，要把那條縫指給姜雪寧看。

只是才一指，就「哎呀」了一聲。

王興家的睜大眼睛，一臉逼真的驚訝說道：「這、這怎麼就沒縫了呢？」

姜雪寧看著她演。

王興家的想了想，很快又露出一臉恍然的神情來，訕笑：「瞧老奴這記性，昨兒幫二姑娘收拾妝奩，怕磕壞了老奴那剛鑲的鐲子，就摘下來擱在旁邊，估摸著是不小心和二姑娘那好鐲子弄混了，收拾完之後拿岔了，戴錯了。老奴便說這鐲子戴著怎麼潤了這麼多，感覺人一戴上精氣神都不一樣了，原來是姑娘的好物，沾了您通身的仙氣呢！」

聽聽，怕是馬屁成了精也說不到這麼好聽。

再比比她對姜雪蕙的態度、對自己的態度，姜雪寧便能理解上一世的自己為什麼要把這婦人從孟氏那邊要過來，還由著她作威作福。

她微微笑起來說：「原來真是我的鐲子？」

「都怪老奴年紀大了眼神也不好了，這也能拿錯，還是二姑娘火眼金睛發現得早，不然回頭老奴落個私拿您東西的罪名，可真是跳進黃河也洗不清！」

她一副感恩戴德模樣。

因姜雪寧歪坐在美人靠上，她便蹲下身來，作勢要給姜雪寧戴上，但手伸到一半又想起什麼來。「哎喲不行，老奴這一身俗氣，沾在鐲子上，怕不玷汙了您的仙氣？您等老奴擦擦。」

王興家的把腰側掛的帕子扯下來，仔仔細細地把那鐲子給擦了一遍，才堆著滿臉的訕笑，輕輕抬了姜雪寧的左手，把鐲子給她戴上。

少女的手指纖長白皙，那鐲子的玉色是天青青欲雨，更襯得那一截皓腕似雪。

王興家的一堆屁話，別的沒說對，有一句卻是沒說錯：這鐲子給她戴就是個俗物，戴在姜雪寧腕上才是上上仙品。

「看，您戴著真好看！」

王興家的戴完就讚嘆起來，同時也悄悄打量姜雪寧。

若按著姜雪寧在宮裡那兩年的做派，王興家的這般，只怕早就被她命人拉下去打死，留不到明天了。

只是，現在畢竟在姜府。

姜雪寧剛重生回來，往後又不準備進宮，自覺該低調行事，沒那麼高貴，自也該將脾氣收斂一些，所以只隨意地轉了轉腕子，像是在欣賞這鐲子。

兩世了，這卻是她第一次戴這鐲子。

婉娘當傳家寶留下的東西，自是不差，可惜……並不是留給她的。

平靜的眼神裡沒有半分欣喜，反是一片毫無波動的漠然，姜雪寧回眸看向王興家的，笑著伸出手來，搭了搭她肩膀，隨手為她拂去面上並不存在的灰塵，一臉和善說道：「媽媽待我真好。」

王興家的連忙笑起來要表忠心，然而，姜雪寧下一句便淡淡道：「往後，媽媽叫我往東，我必不往西，定對媽媽言聽計從。」

王興家的那臉上的笑才擠出來，一下全被這句話給砸了進去，一時是五顏六色，精彩紛呈。

姜雪寧卻不管那麼多，方才如何慢條斯理地坐下，此刻便如何慢條斯理地站起。

這時她才看了一直站在旁邊的姜雪蕙一眼。

在她上一世的記憶裡，這位姐姐的容顏幾乎已經模糊，即便是午夜噩夢時浮現，也只一個淡淡的輪廓。如今再看，眉清目秀，好像也沒有她以前總覺著的那般面目可憎。

但她並沒有同她說一句話。

她和姜雪蕙之間隔著一個孟氏，隔著一個婉娘，隔著身世命運的作弄，且性情迥異，完全不是一路人。

退一萬步講，就算是姜雪蕙對她毫無芥蒂，她心裡也始終打著個結。

沒有必要說話，她也懶得搭理。

姜雪寧轉身順著迴廊去了。

姜雪蕙不由隨之轉過目光來，望著她遠去的身影，只覺那脊背挺拔，腕上青玉鐲輕晃，給人的感覺竟和往常很不一樣。

人才一走，王興家的腿一軟，整個人都垮下去。

一張拍滿了粉的臉慘白，才覺背心全是汗。

剛剛姜雪寧說出那句話時的神情和語氣，表面上平平淡淡，可越是平平淡淡，越讓人覺得瘆得慌。她說完了也不發作，就這麼走了，嚇都要嚇死人。

跟在姜雪蕙身邊那丫鬟喚作玫兒，從頭到尾看了個真真切切，這一時竟沒忍住，搓了搓自己胳膊上冒出來的雞皮疙瘩。「二、二姑娘今天怎生……」

怎生這樣嚇人！

玫兒湊自家姑娘身邊嘀咕：「她這一夜沒回，簡直變了個人。姑娘，二姑娘別是在外頭遇著什麼事了吧？」

「胡說，有燕小侯爺在，怎會出事？」

只是細細回想起這件事，姜雪蕙也覺不可思議，眉心一蹙，也生出幾分憂慮來，瞥了癱坐在旁邊地上的王興家的一眼。這會兒哪裡還有方才耀武揚威的氣焰？

她招手便喚玫兒跟自己一起走，只道：「許是這王興家的犯了她什麼忌諱。總之她的脾性，咱們招惹不起，不打上門來都當沒看見。」

玫兒深以為然：「是。」

初秋時節，外頭有早開的淡淡桂子香。

姜雪寧一路轉過迴廊，便到了自己西廂房。

跨進門去，就瞧見一個梳了雙丫髻的丫頭伏在外間的桌上好睡，面前不遠處還放了個針線簍子，裡頭裝著還沒做完的針線活兒。

這是她在府裡的兩個大丫鬟之一，蓮兒。

姜雪寧也不叫她，逕自從外間走進裡間。

件件物什都是熟悉中透著陌生。衣箱裡的衣裳一半是女裝，一半是男裝。臨窗的方几上擺著一爐上好的沉水香，妝奩前面卻擺滿了各式的珠花簪釵和胭脂水粉。

婉娘做女人，最厲害的便是一個「妝」字。

自來揚州瘦馬分三等。

一等瘦馬吟詩作畫，彈琴吹簫，練習體態，更學妝容，賣的是風流顏色。

二等瘦馬識字彈曲其次，打得算盤、算得好帳是第一，賣的是本事。

三等瘦馬則不識字，只學些女紅、廚藝，好操持家務。

婉娘本是二等瘦馬，天生五分顏色，卻學來了一等瘦馬都未必有的妝容本事，能把這五分顏色妝出八分，又兼之心思靈巧，能揣度男人心思，所以在遇到孟氏之前都混得如魚得水。

哪個女兒家不愛美？姜雪寧被婉娘養大，自也愛這些能將自己打扮得更好的東西，並學了不少。

況且她乃是孟氏之女，生得顏色本就有十分，如今十八歲的年紀，雖還未完全長開，可稍稍妝點一下便能輕易教人移不開目光，為之神迷。

不得不說，她上輩子之所以能成事，這張臉是大大的功臣。

須知這天下最不講道理的，便是美貌。

姜雪寧靜靜地立在妝鏡前，望著鏡中那一張姣好的臉：此時還沒有當皇后時的三分端莊，可越是如此，眼角眉梢那天然的嫵媚與嬌豔便越是明顯。

是男人最喜歡、女人最痛恨的臉。

她忽地輕輕一嗤，把妝鏡給壓下了，先前被王興家的套在腕上的鐲子也扯了下來，「噹啷」一聲扔在奩上。

上輩子她嫉妒姜雪蕙，搶了她伴讀的機會，進宮卻遇到樂陽長公主，遭到百般刁難。

上輩子她記恨姜雪蕙，搶了她婚事，當個皇后卻進了修羅場，跟一群人精演戲，誰也鬥不過，還賠上了性命。

由此可見，世間因果相繫，老天爺不糊塗。

她扔了鐲子便坐下來，但外間睡著的蓮兒卻被驚醒，聽見聲響，連忙站起來，一掀開裡間的簾子就看見姜雪寧坐在那兒，頓時嚇得一哆嗦，小臉都白了一半，來到她面前說：「蓮兒不知二姑娘回來……」

姜雪寧回眸看她一眼。

這小丫頭是姜府裡孟氏挑的，上輩子跟了她六年，心腸不壞，她嫁給沈玠後這丫頭也許了人家，沒跟在她身邊伺候。

估摸她昨夜沒回，屋裡伺候的都緊張呢。

姜雪寧無意怪罪，見她眼睛下面一圈青黑，聲音便不由溫和了許多：「我無事，妳且回房去睡吧。」

這話一出，原本還站著的蓮兒，「咚」一聲就給她跪下了，臉上的表情比先前還驚恐。

「姑、姑娘，蓮兒保證以後再也不在您回來之前睡覺了，也不敢再趴在桌上睡覺。您千萬別叫婆子發賣了奴婢，奴婢上有父母、下有弟妹……」

姜雪寧知她是誤解了自己的意思，又是好氣又是好笑，伸手便要拽她起來。「地上涼，別跪著。我又沒說要罰妳。」

「……」

蓮兒被她拽了起來，可臉上的神情更不對勁了。

她定定地看了姜雪寧一會兒，忽然拔腿就往外面跑，一面跑還一面喊：「棠兒，棠兒妳快來！二姑娘一晚上沒回來，怕是得了什麼毛病，人都不對了！」

那棠兒便是姜雪寧的另一個貼身丫鬟，蓮兒拽著她進來看，急出了哭腔：「二姑娘方才竟叫我去睡覺，還說地上涼不讓我跪著。妳說二姑娘是不是出去在哪磕了碰了不好了？這要真出什麼毛病，我們可怎麼辦呀！」

「……」

姜雪寧聽著這番話，總算是明白她方才看自己的眼神為什麼不對了，一時無言，聽她抽抽搭搭喊個沒完，嘴角連著眼角微微地一抽，舊時那一點壞脾氣便又翻上來。

她眉一蹙，神情便冷下來。

「妳再哭一聲試試！」

「嗝！」

蓮兒正哭得驚慌，聽見她這句話，嚇得打了個嗝，一下就停住了。

這分明是句訓斥，但蓮兒聽後，竟忽然轉悲為喜，破涕為笑：「好了好了！這是原來那樣了！棠兒，二姑娘沒毛病，二姑娘沒毛病！」

姜雪寧：「……」

不知為什麼，忽然想起以前沈玠給她講過的那個叫「沒毛病」的冷笑話。

看來她不是當好主子的料。

這丫頭，她琢磨著，還是找個機會發賣算了。

第五章　謝危

棠兒要比蓮兒大上兩歲，性情也穩重許多，穿著件淺青色的比甲，被蓮兒拽進來時，手裡還拿著封帖子，這會兒一眼就瞧出姜雪寧神情不對，她連忙掐了蓮兒一把，蓮兒頓時收聲。

她這才走過去，先把那封帖子壓在旁邊的几案上，然後到姜雪寧身邊來，給她解那一身沾了酒氣的袍子。「蓮兒是見您一晚上沒回來，嚇糊塗了。奴婢猜著小侯爺還要進宮聽日講，您最遲上午會回來，所以讓人先備了熱水，您先沐浴，然後歇歇覺吧。奴婢看您昨晚像是沒睡好。」

這倒是個能用的。

姜雪寧打量了棠兒一眼。這丫頭也是孟氏放到她身邊來的，本事雖然有，可架不住她這個上頭主子脾氣太壞，對那些逢迎奉承的下人太縱容，縱然有十分本事，但能使出三分都了不得了。

「那便先沐浴吧。」

她這會兒也不想說太多話，見蓮兒沒再哭哭啼啼，便暫時把那個發賣她的念頭給壓了下去。

一應沐浴的物事都準備好，姜雪寧寬了衣袍，進了浴桶，慢慢坐下來，讓那暖熱的水緩緩沒過她光滑的肩、修長的頸。

這種時候，最容易將腦袋放得空空的，她卻格外喜歡在這種時候想事情。

剛才問過棠兒，如今是九月初七，她還沒有女扮男裝跟著燕臨去逛重陽燈會，也還沒有遇到跟沈玠出宮玩的樂陽長公主。也就是說，這一世樂陽長公主陰差陽錯喜歡上她這件事，還能避免。

看先前客店中的情形，她也還沒有開始故意接近沈玠，那麼只要她不去爭，被宣召進宮伴讀這件事，也就落不到自己身上。

燕臨還在京中仗劍走馬，勇毅侯府也還未牽連進平南王謀逆餘黨一案，她這一世還未對那身處於最黑暗中的少年，說出那句傷人的話……

但事情也不全然樂觀。

光是一個燕臨就夠頭疼了。

眼見著就要加冠的少年，幾乎完全將自己青澀而熱烈的感情交付給一個不值得的她，帶她出去玩，又護著她，還為著她出格的任性和大膽幫她擺平了姜府。

上一世時她沒想清楚，可這一世她已經歷過不少，哪裡還會看不出來？

姜伯游對著她這命途多舛的女兒，固然會有幾分愧疚憐惜，可大戶人家多少要規矩，再溺愛也不至於由著她女扮男裝在外頭跑。

可姜府偏這樣默許了，這只能有一個解釋——那就是她的婚事，早已經被暗中定下。與其說縱容她，是因為她是姜府二姑娘，還不如說因為她是未來的勇毅侯世子夫人。

但註定是不會有結果的。

勇毅侯府再過兩個月就要遭難，上一世的燕臨根本沒有等到那個能帶著人來上門提親的日子，就在行加冠禮的前一天被抄了家。

姜雪寧靜靜地靠在木桶邊緣，眨了眨眼，想起少年燕臨那意氣風發的面龐、熱忱熾烈的眼眸，又想起青年燕臨攜功還朝時，那堅毅深邃的輪廓、森然莫測的目光，一時竟覺有幾分心亂如麻。

勇毅侯府和平南王一黨餘孽有聯繫是真的，只是這中間似有內情。不然上一世燕臨還朝後，重兵在握，不至於就投了謝危還跟他一道謀反。

可內情具體是什麼，姜雪寧到死都沒能弄明白。

還是且行且看吧。

不管接下來的事情如何發展，她反正是不打算留在京城了。只是這一世她已然招惹燕臨，必得要想個穩妥的法子，跟他好聚好散，也免得他由愛生恨，一朝回了宮便軟禁她、報復她。

前世那段日子簡直是噩夢。

若能躲去外頭，是再好不過。

畢竟前世京城裡一窩人鬥得狠，但範圍控制得極好，宮廷裡再多的變亂，也就在皇城那一畝三分地，整個天下還是黎民富庶、百姓安康。

不如等他們鬥完了，自己再回京過日子。

滿打滿算前後也不過就七年。

她若離了京城，還能去找走遍天下做生意的尤芳吟，何樂而不為？

姜雪寧自認頂多有點玩弄人心的小聰明，安邦定國的大智慧她是不敢說有，更別說朝中還有個披著聖人皮的帝師謝危。

跟這位共事，哪天一個不小心，怎麼被弄死的都不知道。

這一局棋，她摻和不起。

趨吉避凶，人之常情。

姜雪寧想得差不多了，便叫來蓮兒、棠兒為自己擦身穿衣，換上一身雪青色的繡裙，裙襬上細細地壓著深白的流雲暗紋，腰帶一束，便是不盈一握的婀娜。

只是棠兒為她疊袖的時候，又瞧見她左腕內側那道兩寸許的疤痕，一時便輕嘆道：「月前拿回來的舒痕膏已用得差不多了，您這一道看著像是淺了些，奴婢過兩日再為您買些回來吧。」

姜雪寧便翻過腕來一看，是四年前的舊疤痕了。

自手腕內側中間向手掌方向斜拉出去一道，下頭深上頭淺，一看就知道是自己拿匕首劃的，用來短時間放血，大約能放上半碗血。

她又把手腕翻了回去，一雙眼底卻劃過幾分晦暗難明的光華——真不知該說老天厚待她，還是厚待謝危，固然給了她重生的機會，卻偏重生在回京以後。

若是重生在回京路上，她還沒劃下這一刀，這一世或許就輕鬆很多了。

只是發生的已經發生了，多想無益。

姜雪寧既已有離京避禍的打算，錢財就成了需要考慮的頭等大事，自然得要先弄清楚，所以她吩咐：「去把屋裡的東西都搬來，我要點上一點。」

兩個丫頭都愣了一下。

自家姑娘的東西向來都是沒數的，且又是個喜新厭舊的，有時候領了分例、分了東西，或者小侯爺送來一些東西，她都是戴了一回二回就扔一旁去了，也不計較它們的去向。

所以屋裡有幾個豬油蒙心的，以王興家的為首，常拿姑娘東西。

她們再不滿也沒用，因為姑娘睜隻眼閉隻眼，根本不說她們。

現在忽然要點東西……

棠兒和蓮兒對望了一眼。

棠兒還好，沉得住氣。蓮兒卻是壓不住，振奮地握住小拳頭，連忙道：「是，奴婢們這就去！」

姜雪寧印象裡，這四年她獲得的東西不少，可待兩個丫頭收拾了搬上來一看，卻只剩下兩個匣子。

明珠美玉，金銀頭面。隨手一翻成色雖還不錯，可數量上著實有些寒酸。

她拿起一條剔透的碧璽珠串，笑一聲，又扔回了匣子裡，只道：「把人都給我叫進來吧，裡裡外外一個也別少。」

兩丫頭下去叫人，可花了好半天，七八個人才陸陸續續地到齊，且站沒個站樣，輕慢而懶散。

丫鬟婆子都竊竊私語，猜她想幹什麼。

姜雪寧就坐在臨窗的炕上，半靠著秋香色的錦緞引枕，端了几上的茶盞喝了口茶，只不動聲色地打量著這些人。

又一會兒，連王興家的也到了。

她上午在廊下被姜雪寧嚇了個半死，剛才方一聽說姜雪寧叫人，便急急趕來，賠著笑說：「許多事兒都還等著大家做呢，姑娘忽然把大家叫來，是有什麼事要交代嗎？」

姜雪寧懶得同她們廢話，只拿手一指擱在她們前方桌上的那兩只匣子，淡淡道：「也沒什麼要緊事，就是看著我這匣子空了點。妳們往日拿了多少，都給我放回來吧。」

王興家的臉色頓時一變，其他人也是猝然一驚。

屋裡一下沒了聲音，安靜極了，人人目光閃爍，可誰也不說話。

姜雪寧看笑了：「都沒拿是吧？」

王興家的拿得最多，更知道這屋裡就沒幾個人乾淨，大家相互包庇還來不及，只覺得出不了大事，站出來便一臉大驚小怪地道：「姑娘說的這是什麼話！可真是折煞老奴們了。大家都是在這府裡伺候您的，大大小小、樁樁件件都是以您為先，誰敢拿您的東西？」

姜雪寧不聽她的，只轉眸看其他人問：「妳們也這般想嗎？」

其他人面面相覷，但這種事誰敢站出來承認？

而且二姑娘對自己的東西沒數，她們都是知道的，就算是查出東西少了又有什麼用，也不能平白無故就斷定是誰拿了。

誰站出來認了，那都是傻。

這點簡單的道理她們還是想得明白的，也覺得姜雪寧可能就是見東西少太多才發作，但以她外強中乾的性子，也攪不出什麼事來。

所以她問完話後，遲遲沒人回答。

裡頭還有個瓜子臉的小丫頭出來附和王興家的：「姑娘可真是想一齣是一齣，張口就來冤枉我們這些辛辛苦苦伺候您的下人，平白教人寒心！」

姜雪寧也不生氣，只道一聲：「行。」

說完，她踩著炕邊的腳踏站了起來，隨意地拍了拍手，也不管旁人，就往屋外面走。

所有人都一頭霧水。

王興家的迷惑極了，還以為她要理論幾番，沒想竟然走了。

懸起來的心本該落下，可無端又生出幾分隱隱的不安。「姑娘幹什麼去？」

這時姜雪寧已走出去了。

王興家的站在她背後，仔細分辨了一下方向，忽然之間面色大變——這方向分明是去老爺書房的！

方才那場面，姜雪寧已看分明了，這幫丫鬟婆子一時是無法使喚動的。她固然有的是辦法跟這幫人折騰，可內宅中這些小事，實在不值得她花費太大功夫，還要跟人鬥得跟烏眼雞似的。

有麻煩找爹就是了，能儘快解決就別拖著。

孟氏跟她這個妾養大且行止出格的嫡女不親厚，但姜伯游對她還不錯，可能因為燕臨的原因，甚至稱得上縱容。

懲治丫鬟婆子這種事，要他句話足夠，頂多是費些口舌解釋因由。可這是姜雪寧拿手的，自也不怵。

姜伯游的書房在前院東角，掩映在幾棵老槐樹的綠蔭裡。

姜雪寧剛走進去是外間。門旁立了個青衣小廝，是在姜伯游身邊伺候的常卓。裡面靠牆排了一溜兒四把椅子，其中最末的那把椅子上坐了一名男子，穿的是玄青的錦衣衛常服，腰上掛了塊權杖，看著高大沉穩，五官雖然生得普通，可一雙眼開闔間卻有鷹隼般的利光，透出一種深沉的算計。

姜雪寧瞧見他時，他也瞧見了姜雪寧。

當下，人便從座中起身，沉著地向她拱手為禮：「二姑娘好。」

周寅之。

上一世做到錦衣衛都指揮使，是掌本衛堂上印的主官。

但這人是朝中出了名的「三姓家奴」。

他最開始不過是姜府一個下人的兒子，受婉娘之事牽連，隨同家人一道被發往田莊，長大後也幫著幹點莊子上的力氣活兒，還跟學堂裡的先生學了幾個字，自己讀了幾本書。

姜雪寧那時要回京，無人可依，便請他與京中來人一道送自己上京。

周寅之當時提出一個要求：到京之後，請姜雪寧跟姜伯游說上幾句，讓他跟在大人身邊做事。

姜雪寧允了。

到了京城後，周寅之便為姜伯游辦事。

姜伯游看他處事妥當，有些成算，兩年前將他舉薦到了錦衣衛，為他謀了個校令的職。

他也爭氣，到今天已是正六品的錦衣衛百戶。

姜雪寧沒記錯的話，上一世，在一個月後，她便會託周寅之為她查清楚沈玠的身分。

而周寅之提出的條件是，將他引薦給小侯爺燕臨。

正所謂「君子同道，小人同利」。她和周寅之便是「因利而合」，一個有所求，一個有所需，自然應允了下來。

在勇毅侯府出事之前，他就抓住機會往上爬，成了從五品的「副千戶」。

後來姜雪寧嫁給沈玠，周寅之便自然而然地跟了沈玠。

等沈玠登基，對他也頗為信任。

最終他官至都指揮使，與宦官把持的東廠分庭抗禮，做了很多的事，有該做的也有不該做的，算得上是朝中一股不小的勢力。

只可惜，下場極慘。

謝危從幕後走到臺前，把持住朝政、控制住宮廷之後，第一件事便是命人將周寅之亂箭射死，頭顱用三根長鐵釘釘在宮門上，讓進出的文武百官都能看到。

姜雪寧沒親眼看過，可光是聽著宮人的傳聞，都覺得心底發寒。

說起來……勇毅侯府牽連進平南王逆黨餘孽一案，正是錦衣衛辦的。

一個念頭忽然就劃了過去，姜雪寧看了周寅之一眼，並不還禮，只平平地點了一下頭，然後轉身對常卓問：「父親可在裡面？」

常卓道：「在裡面，不過有客。」

姜雪寧蹙眉，回想一下自己年少時的嬌縱德性，於是道：「我不管。我屋裡那幫丫鬟婆子反了天了，偷拿我東西，攛掇著一起來欺負我。你進去跟父親說一聲，我只拿句話，就去收拾她們！」

常卓不禁有些汗顏，但也知道這位二姑娘的脾性，硬著頭皮應了，還真掀了裡間的簾子進去稟報。

姜雪寧就在外間的椅子上坐下來。

周寅之卻不再坐著，只立在一旁，偶爾看她一眼。

卻說常卓進去稟報時，姜伯游正親自給客人沏茶。

他生得一副儒雅面相，年將不惑，還留了一把美髯，倒有幾分氣度。

聽了常卓附耳說是姜雪寧找，他便一皺眉：「胡鬧！」

常卓抬眼一看坐在姜伯游對面那位，多少也覺得有些尷尬，越發壓低了聲音，又說道：「二姑娘說是屋裡丫鬟婆子手腳不乾淨……」

一番絮說後，姜伯游忽然面露驚喜，眼前一亮問：「她當真這麼說？」

常卓點了點頭，姜伯游立時撫掌而笑：「這丫頭居然也有開竅的時候，怕不是一時怒極沖昏了頭吧？她屋裡這一幫人，暗地裡不大守規矩，夫人說了好幾回，我老早就想收拾，正愁找不著機會！你立刻去，把那一屋都給我叫來！千萬別等寧丫頭回過神來。她要氣過了，再收拾就不成了！」

常卓看著自家老爺這興奮勁兒，不由越發汗顏。

姜伯游自己卻還不知，轉頭便對坐在桌對面的客人道：「居安，怕要慢待你一會兒，我這府裡有點骯髒事，料理一下就來。」

那客人微微一笑，只道：「無妨。」

第六章　少年心意

姜雪寧坐在外面，心裡正琢磨上一世燕臨、周寅之等人的事情，倒也沒怎麼在意裡間的聲音。

只聽得簾子一響，抬起頭來看時，姜伯游已經出來。

她立刻就站了起來，先規規矩矩地行了一禮，道一聲「見過父親」，然後才道：「為這些許小事攪擾父親，實在是女兒無能愧怍……」

姜伯游這會兒心裡別提多舒坦了，擺手道：「妳那院子裡下人沒有下人樣，主人沒有主人樣，老早就該收……」

「咳咳！」

他話還沒說完，常卓立刻在旁邊咳嗽了兩聲。

姜伯游目光向他一遞，看見他微微搖了搖頭，一時便醒悟過來。

雪寧這丫頭回府也有四年了，長成什麼樣，他們這些做大人的看在眼底。

屋裡的丫鬟婆子手腳不乾淨，她難道不知道？顯然是有察覺的。

可這些下人不管背地裡有多過分，當著她的面都是二姑娘長二姑娘短的叫，眾星拱月似地把她圍在中間，捧在手心裡，好像她是這世上獨一無二的存在。

她便也就縱著這些人了。

歸根究柢，這孩子是自田莊上接回府的，婉娘沒了，她與孟氏又不親厚，剛來時在京中更無一個認識的人，外表看著嬌縱，可內裡卻是脆弱且敏感。

裡頭越弱，越需要外在的東西來撐著。

姜伯游畢竟是能在朝廷上做到三品官的人，更不用說掌的還是戶部這種至關重要的實職，很多事很多人他是能看明白的，這個女兒當然也不例外。

所以過往那些時日裡，即便眼見著她縱容那一屋的奴婢，他也都勸孟氏先別出手去治，只恐一個料理不好傷了雪寧的心，讓她覺得府裡都針對她。

今日也不知什麼事情觸怒她，讓她起念要動一動，找到他這裡來。

可越是如此，他越不能表現出對這件事的熱衷。

若人是她自己料理的還好，若是別人忙來插手，罵她屋子裡的人，說不準她要多想，別人都幫她罵了，怒氣散了這事兒也就不成了。

姜伯游一想，不如以退為進，便忽改口道：「不過妳平日裡對她們也頗為維護，想來是伺候得不錯。府裡下人們手腳不乾淨也是常有的事情，妳卻要來找爹幫妳主持公道，又要料理屋裡人。其實在屋裡處置也就是了，怎生要這樣大張旗鼓、大動干戈？」真是平滑自然的一個大轉彎。

姜雪寧聽著，靜靜看了姜伯游片刻，已看出端倪來，只一轉身道：「父親說得也有道理，是女兒考慮不周，這便回屋，女兒自己料理？」

「哎哎！別！」

她反應怎麼跟自己想的不一樣呢？聽見有人為這些丫鬟婆子說話，難道不該更憤怒、更想要狠狠懲罰這些人嗎？

姜伯游被她這一句殺了個猝不及防，見她一副轉身要走的架勢，都沒來得及多想，一伸手就連忙把人給拉住，露出安撫的微笑說：「妳說說妳，來都來了，爹怎麼能讓妳又自己回去料理？須知我在朝廷掌管的就是戶部，最見不得這些手腳不乾淨的！家不齊，何以治國？爹斷不能讓妳受委屈！」

早這麼說不就好了嗎，偏要玩以退為進！她這爹真是……

姜雪寧唇角微不可察地勾了一勾，可難得覺得好玩之餘，又忽然生出幾分不可為人道的悵惘。

做姑娘時在府裡，縱然下頭丫鬟婆子不好，也惹不出什麼大事，有什麼麻煩向燕臨一說，基本都能處置。可嫁給沈玠之後，沈玠固然不薄待她，卻不會像燕臨一般什麼事都為她料理妥當。彼時又是在宮廷這種凶險之地，任是她再不擅長，也被環境逼著一步步往前走，慢慢才磨礪出沉穩心性和與人周旋的手腕。

可那時的她再與年少時的她相比，儼然已判若兩人。

姜伯游看著她，也覺得她眉目間好似有些微妙的變化，一時好奇便問：「往日妳對她們都很『寬厚』，我和妳母親都還挺擔心，今日怎麼就忽然改了想法？」

姜雪寧想想，自己的變化的確很大，最好還是有個過得去的解釋。

抬眸轉念間，她面不改色心不跳地道：「燕臨教的。」

哦，那個總翻他們府牆的臭小子啊……

姜伯游聞言拈鬚，心裡哼了一聲，露出一臉若有所思。

不一會兒，姜雪寧屋裡那一幫丫鬟婆子都帶到了，個個抖如篩糠，面如土色。

姜伯游念著內間還有客人在，怕太吵著他，便命人搬了兩把椅子放在書房外的屋簷下，只叫那一幫丫鬟婆子都跪在院子裡。

鬧這麼大動靜，府裡不少下人都知道了，悄悄在牆根下、廡廊邊探出腦袋來看。

以王興家的為首，姜雪寧屋裡伺候的所有人簡直不敢相信自己在這短短不到半個時辰的時間裡經歷了什麼。先是原來被她們哄得團團轉的二姑娘忽然把她們叫到屋裡，接著毫無預兆地讓她們把以前拿的東西都交出來，她們不過才否認了一輪，還以為二姑娘就算要懲治也會跟她們講講道理，結果二姑娘二話不說轉身就告到老爺面前，把她們全拉出來跪在了這裡。

王興家的還要更慘一點。她在姜雪寧剛回來要那鐲子時就受過一陣驚嚇，只覺這位以前的確對她「言聽計從」的二姑娘，忽然之間全不按常理出牌，完全搞不明白她在想什麼，又為什麼忽然變了。

姜雪寧現在有姜伯游撐腰，只抬手點了蓮兒一下：「去，拿兩只大匣子來。」

蓮兒去拿來，按著姜雪寧的指示擱在地上。

姜雪寧端了旁邊常卓奉上來的茶，輕輕一吹，飲了一口，放下才道：「話我剛才在屋裡的時候已經說過了，有拿我東西的，最好早早去尋了放回來，我可以既往不咎。」

眾目睽睽，還有老爺在看著，下頭完全鴉雀無聲，王興家的都不敢出來說話。

後面有個小丫頭推了她一把，她心裡恨極，也忍了不作聲，只想著等度過眼前難關，再回頭收拾這小娘皮。

姜雪寧見她們還是不肯開口，便笑了。

但她也不多說話。人跪著她坐著，有熱茶喝、有糕點吃，著什麼急？

院子中間鋪著的都是堅硬的青石板，府裡這些個丫鬟婆子雖然說不上是嬌生慣養，可也大多細皮嫩肉，沒怎麼受過苦，剛跪一會兒還行，時間長了漸漸就有人受不住，人跪在地上，膝蓋開始挪動，身子也開始搖晃，額頭上和後背上都浸了汗。

終於還是有丫鬟忍不住了，又急又氣，往地上磕了個頭裝委屈：「二姑娘實在是冤枉奴婢等了，往日伺候您時，誰不盡心哄得您高高興興的，又都知道您是什麼脾氣，誰還敢在您面前作妖，那不是自己不要命了嗎？只是奴婢們想，奴婢們對主子好，主子也必疼惜奴婢。誰想二姑娘想一齣是一齣，連這種偷拿主子東西的帽子都往奴婢們頭上扣！您若要拿個帳本出來與奴婢們一一對質，奴婢們或許還心服口服。可屋裡上下伺候的，誰不知道您對自個兒的東西都沒數，全由奴婢們來收拾。今日說匣子裡東西少了就是少了，多了就是多了，都憑您一張嘴。奴婢們個個出身寒微，哪來的錢替您堵上這個缺？」

好一張顛倒黑白的嘴。一看，正是先前在屋裡反駁她的那個。

要不是惦記自己這一雙手多少還有些金貴嬌嫩，姜雪寧這會兒早兩巴掌抽上去了。

這是料定她拿不出證據來，尤其是她對自己東西沒數這件事，她們都清楚，咬死了這一條，還能倒打姜雪寧一耙。須知，她嬌縱成性，若再來個眾口鑠金，可不是洗不清了嗎？

「要證據是吧？」姜雪寧那兩彎細細的眉一低，唇畔已掛了一抹笑，聲音閑閑的：「往日縱著妳們，是覺著妳們好歹知道屋裡誰是主子，沒想到妳們現在還敢頂撞我了，真當我心裡是沒數嗎？」

所有人頓時一愣。

連唯二沒有被牽連，立在一旁伺候的蓮兒和棠兒都沒反應過來。

姜雪寧看了這兩丫頭一眼，目光從蓮兒的身上移到棠兒的身上，微微一閃，便吩咐道：「棠兒，取帳本。」

蓮兒這時迷惑極了：姑娘有帳本，她怎麼不知道？

就連穩重些的棠兒都有些茫然。

但姜雪寧並沒有讓她茫然太久，說：「我那書架上從上數下來第三層左起第六本就是，妳去拿。」

這話一出，旁邊姜伯游頓時用一種奇異的目光看著她。

姜雪寧兀自喝茶等待。

下頭跪著的那些丫鬟婆子一聽「帳本」兩個字，心裡狠狠一顫，有承受力不好的，差點就撲倒在地上，一時只覺得心內煎熬，又不敢相信。

二姑娘怎麼會有帳本呢？自己再貴重的東西都隨手亂扔的人，私底下居然還記帳？簡直令人百思不得其解。

她們真希望是自己聽錯了，一面心慌意亂地跪著，一面看著垂花門的方向，只盼著棠兒一會兒空手回來。

可惜，天不從人願！

棠兒回來了。她自垂花門這頭走來，兩手裡捧了本頗厚的藍色封皮的書冊，上來就奉給姜雪寧：「二、二姑娘，帳本按您的吩咐取來了。」

隔得有些遠，下面跪著的其他人根本看不到，看似鎮定的棠兒，一雙手都在發抖。

姜伯游離得近，下意識朝棠兒手中一看，差點驚得把剛喝進去的茶給噴出來。

那哪是什麼帳本？封皮上明明白白寫著四個大字「幼學瓊林」！

天知道那書架上根本就沒有什麼破帳本，棠兒按著姜雪寧的吩咐，在第三層第六本看見的就是這本給孩子啟蒙用的書！

可也沒辦法，她硬著頭皮拿了過來。

眼下這麼大場面，棠兒簡直不敢想自家姑娘要怎麼收場。

可姜雪寧卻是面不改色，沉著鎮定地從她手中接過「帳本」翻了起來。

「今年三月，我十八歲生辰的時候，母親添了一枚紅玉如意，點翠頭面一副；父親給了松煙墨，澄心堂紙；燕世子送了一對汝窯白瓷的花觚，一枚大食國來的夜明珠，還有整塊羊脂白玉雕成的九連環，還有……」

一隻雪白的小兔子。

是燕臨外出打獵時抓到的，說覺得那小兔子跟她很像，紅著眼可憐又可愛，捨不得殺，乾脆抓來送給她養。只可惜她對這兔子不上心，交給下人看顧，沒兩個月就被養死了。

姜雪寧自然是不可能有帳本的。

她年少時根本不記這些。

可燕臨都記得。

在被軟禁宮中的那段時間，他每每踏著夜色來時，側躺在她臥榻，因習武而磨出了粗繭的手指從她面頰撫過，便會跟她說起少年時候的那些心意。

她想忘記都難。

姜雪寧眼簾低低地搭著，念了好一段後，才抬眸看向跪在下面的那幫人。

這時哪裡還跪得住？有一個算一個，差不多全癱在了地上。

王興家的是見機最快的，只聽得這帳本上一樣一樣都記得十分清楚，且有些物件極為特殊，若府裡有心要查，即便是當出去了都能找回來，到時可就是板上釘釘的罪，被扭送官府那就完了。

關鍵時刻她豁得出去，王興家的「咚」一聲就往地上磕了個響頭，真心實意地哭起來：「姑娘英明，都是老婆子我豬油蒙了心。原先不敢承認，是小看了姑娘的本事。老奴家中困難，眼見著其他人拿姑娘東西，姑娘也不管，才想著先借姑娘的東西去周轉周轉，待我家裡人度過難關，便悄悄給姑娘還回來。誰想姑娘心裡竟跟明鏡似的，把我們這些骯髒貨看得清清楚楚。老奴伺候姑娘這麼多年，當初看著姑娘回到府中，這些日子以來因做了對不起姑娘的事，欺瞞著姑娘，晚上連覺都睡不好。今日被姑娘發現，心裡反倒鬆了口氣。還請姑娘稍待，老奴這就把您的東西如數奉還，誠請姑娘看在往日的情面上，讓老奴將功折過，要打要罰都隨您，只要還能留在您身邊伺候，老奴便滿足了！」

「……」

跪在她身後的所有小丫頭，差點沒把眼珠子給瞪出來。

見過不要臉的，沒見過這麼不要臉的！

論臉皮厚度，她們對王興家的，簡直拍馬不及。

姜雪寧聽她這一番話，既給自己拿東西找了理由，又恭維了她，重點是還認錯表了忠心。若誰一個不留心聽了，只怕還以為這真是個不折不扣的「忠僕」。

她覺得好笑，當下便道：「那便滾下去拿東西吧。」

王興家的如蒙大赦，又哐哐往地上磕了三個頭，才爬起來，對姜雪寧露出諂媚的笑容後，退下去回自己屋裡收拾東西去了。

其他人見狀，哪裡還敢負隅頑抗？

先前在屋裡不認是以為事情不嚴重，剛才被叫來跪下之後就已經嚇得要死，眼見王興家的都慫了，一時自然是人人跪地求饒，紛紛告罪回自己屋裡把東西都拿了出來，一一投入先前姜雪寧命人放在地上的匣中。

不一會兒珠翠頭面、花瓶畫軸就已經堆得滿滿，還冒了尖。

不治不知道，一治這幫人，姜雪寧才發現，敢情自己還是個小富婆。

連旁邊姜伯游見了，都不由咋舌。

乖乖，勇毅侯府到底是當朝兩大高門之一。人還沒嫁過去呢，燕臨就貼了這麼多，莫不是把自個兒家底都掏給她了？

第七章　與謝危的文集

眼見著最後一個丫鬟也把自己私藏的一根金簪子放進匣子裡，姜雪寧總算是滿意地點了點頭。

姜伯游瞥了一眼她拿在手裡的《幼學瓊林》，咳嗽了一聲，試探著問道：「她們拿的東西都吐乾淨了嗎？要不要點一點？」

點？拿這本啟蒙書點嗎？

姜雪寧先前能說出燕臨在她十八歲生辰時送的一些東西唬人，已經是極限了，再多又哪裡知道？

所以她只道：「東西她們必定是沒有還完的，想來已有不少人拿了東西出去換、出去當，可要她們再拿出點什麼來也太難為人。這兩匣子我也不點，敲打敲打她們，教她們以後不敢放肆也就罷了。父親意下如何？」

這未免有點重重拿起、輕輕放下，姜伯游蹙眉問：「不罰嗎？」

姜雪寧考慮片刻，看了看院子裡重新跪得規規矩矩的這些丫鬟婆子，道：「她們原也是府裡調教過才分到我房裡，原本有規矩，當著女兒的面時也無不奉承逢迎，單論伺候人的功夫並不差。且叫她們出來跪著，除了少數某些個也不敢出來頂嘴。世上多的是這般欺軟怕硬之人，皆屬『庸人』。歸根究柢，是女兒太好說話，也太縱著，又想太多，容不下旁人說上我這一屋人哪怕一句。所以女兒想，不若給她們個機會。這一次便下去各領五個板子，罰兩個月的月錢，以後盡心伺候不再犯錯也就罷了。若有再犯，便拎出來新帳舊帳一起算，直接處置。」

這番話聽著平淡，落入姜伯游耳中卻生出一片百感交集。

寧丫頭真是長大了……

原以為她大動干戈，怕要打打殺殺，沒想到除了尋別人的錯處之外，竟還會反思自己的過錯，且這樣直言不諱，倒是忽然多了幾分坦蕩磊落的大家風範。

重要的是還不失仁厚宅心。

這手段雖不能說是雷厲風行，可女兒家要那麼厲害的手腕幹什麼？

姜伯游看著這女兒，不知不覺間已不知比原來順眼多少，忍不住微微點了點頭道：

「好，就按妳說的辦。」

姜雪寧心底卻平靜不起波瀾。

她當然不是什麼完全的純善心腸，只不過是經歷了上一世，深深懂得「做人留一線，日後好相見」的道理。

就像當年對燕臨。

她固然是死活非要當皇后，就算勇毅侯府不失勢，最終也會選擇嫁給沈玠，可何必把話說得那麼絕，又何必要選在那節骨眼上說？

話說死了，人做絕了，她要是燕臨都得恨自己。燕臨得勢還朝要欺負她，完全在情理之中。

這世上有兩件事最好不要做，一是欺負少年窮，二是逼瘋狗跳牆。

處理這些丫鬟婆子理同後者。

一則是庸人都一樣，換一撥新的還不如留著這些已經知道自己錯處更會謹言慎行的；二則發落太重，難免讓自己留下心狠手辣的惡名，且她們還要把仇恨算到自己身上。都在她身邊伺候了這麼久，錯處又不至於能將她們治死，一個人一張嘴出去說，誰知道說出什麼來？

更何況，有時候不處置未必比處置了差。

很多人剛才拿東西還回來的時候，必定還藏了點私，有的人拿出來多一點，有的人拿出來少一點。

姜雪寧不知她們各自拿了多少，也懶得花功夫細查，可她們相互未必不猜忌。

妳覺得她藏多了，她覺得我拿太少，等散了之後回頭掐起來，該有罪受的自然有罪受。

屆時再出什麼事，也恨不到她身上。

如此，便可落個乾乾淨淨，還博個善名，更討姜伯游喜歡，她何樂而不為？

須知將來要想出府，還得姜伯游首肯。

姜雪寧想想，請常卓命人端了個火盆來，然後站起身面向所有人說：「剛才我說的話，妳們都聽清楚了吧？」

下頭所有人戰戰兢兢回道：「聽清楚了。」

姜雪寧便不緊不慢道：「我是什麼脾性，妳們伺候久了，向來知道。這一番我自領三分過責，並不是真覺得自己有什麼錯處在身，不過念妳們大多上有老人要照顧，不忍令妳們因此被發賣攆出府去，壞了名聲要尋個好人家都難。我用慣了妳們，以前怎麼伺候，往後更緊著點心就成。但若是誰要再錯第二次，可就別怪我翻臉不認人。」

王興家的伏在前面地上，狠狠地打了個寒顫。

院落裡一片安靜。

周圍角落有不少悄悄來圍觀的下人僕婦，聞言也都是心頭一凜：這位二姑娘，好像變得不一樣了，以後誰若不盡心伺候，說不準就要跟現下跪在地上的那些人一樣，吃不完兜著走。

姜雪寧抬手把「帳本」拿了起來，踱步到火盆前。

浮上來的熱氣氤氳了容顏。

她直接將書扔進火盆，明黃夾著豔紅的火舌一下舔上來將書頁吞沒，很快燒毀。

下頭跪著的所有人都看著，暗地裡鬆一口氣。

姜雪寧只道：「這一回的事情便到此為止，不再往下牽連，也不再往下追究。妳們都下去領罰吧。」

王興家的立刻又往地上磕了個頭拍起馬屁：「二姑娘真是菩薩心腸，宅心仁厚，老奴和這些丫頭們能遇到您這樣的主子，真是祖墳上冒青煙，燒了三輩子的高香！這就領罰，這就領罰……」

其他人也是千恩萬謝，不一會兒全下去領罰了。

蓮兒、棠兒兩個都是識字的，知道自家姑娘剛才那「帳本」上寫的什麼字，看了這發展簡直目瞪口呆。就連旁邊伺候的常卓，都忍不住用一種「就服妳拿本啟蒙書胡說八道瞎嚇唬人」的眼神看著姜雪寧。

姜雪寧的目光卻是在那些丫鬟身上停留片刻。

她轉眸，輕聲問棠兒：「方才跪在下頭還頂嘴的那個是誰？」

棠兒一怔，回想了一下，方才那種情形下還頂嘴的，攏共就那麼一個。

她回答道：「也是能進屋伺候的，叫甜香。」

姜雪寧點了點頭。

這一齣好戲結束後，她也不忙著立刻告辭，而是跟隨姜伯游起身，又走回書房外間。

姜伯游看出來了。「妳想處置那個丫頭？」

姜雪寧兩道細眉輕蹙，微微點頭，卻又將螓首垂下，道：「旁的人還好，沒什麼本事，頂多也就是欺軟怕硬。可這個甜香伶牙俐齒，一張嘴很能說道，女兒方才都差點被她說得啞口無言，要不是女兒真沒做下那些事，聽了她說話怕也要以為是自己的錯處了。只是一則應允了不再追究，二則女兒以前也沒有處理過類似的事情，實在不知該如何發落她。」

剛才的場面姜伯游也是看在眼中的。那個頂嘴的丫鬟是個逼急了會咬人的，且旁人對姜雪寧都還有幾分畏懼，唯獨這丫鬟氣焰囂張，好像渾然不將主子放在眼裡，若是留下多半是個禍端。

他心念轉動間已有了打算，只直接給常卓打了個手勢，但也不明說什麼。

姜府在這京城雖然算不上十分的大戶人家，可宅院裡有些手段都是知道的。

常卓心下瞭然，應了一聲：「小的記下了。」

姜伯游則撫了撫姜雪寧的背，對她道：「此事到此便告一段落，這丫頭自有人去料理，妳便不用擔心了。不過說起來，今日這一番言語作為，也是小侯爺教的嗎？」

那自然不是。

只是姜雪寧當然不會跟人說自己是重生的，先前既已拉燕臨當過了擋箭牌，也不多這一次，便點了點頭說：「也是燕臨教的。」

姜伯游於是嘆了一聲：「勇毅侯府後繼有人啊。」

姜雪寧垂眸不言。

姜伯游便道：「妳也累了，回去歇下吧，昨兒一夜沒回，今兒又鬧出這麼大動靜，晚上記得去跟妳母親請安，也好教她放心。」

姜雪寧應下：「是。」

算不上特別親厚的父女倆，這便算敘完話了。她躬身告退。

姜伯游重新掀了簾子回書房內間去，開口便笑一聲：「居安，可等久了吧？」

這一瞬間，才往後退一步的姜雪寧，整個人都愣住了。

一股惡寒從腳爬到頭！

分明只是簡簡單單的兩個字而已，可撞進她耳朵裡時，卻尖銳地叫囂著，轟出一片令人震悚的徹骨。

她轉過眼眸，正好瞥見那門簾掀開時露出的書房一角。雕琢精細雅致的茶桌上，攤放著一卷書，一隻修長的、骨相極好的手伸出來，輕輕翻過一頁，無名指的指腹習慣性地順著書頁邊沿輕輕一劃，十分自然，然後虛虛地壓在了書頁那一角上。

這動作姜雪寧可真是太熟悉了！

不管是上一世她入宮伴讀聽他講學時，還是後來當了皇后偶然踏足內閣看他與沈玠處理朝政時，又或者是沈玠被毒殺後，她又驚又懼走過御花園卻發現他正坐在亭中讀奏摺時……

這人舉手投足天然一股風雅，便是殺人不眨眼時也煞是好看。

謝危，字居安。

在這短暫的一剎那，姜雪寧腦海裡所有與這人有關的記憶，全部以恐懼的姿態，翻騰上湧。

想起尤芳吟說：「前朝有一個巨大的祕密，但凡有點頭腦的人知道了，都不至於行差踏錯。只可惜，我知道得太晚了……」

想起自己前世的結局。

想起她手腕上那一道至今不能消磨掉痕跡的舊疤。

姜伯游已經走了進去，門簾重新垂下來。

但姜雪寧的世界安靜極了，

能聽見裡面傳來的交談聲，姜伯游嘆氣道：「唉，剛才是寧丫頭的事。她也算是讓我操心久了，沒想到這回倒拎得清。你沒做父親，肯定不知這感覺。說起來，當年你祕密上京，還是同她一塊兒呢。一眨眼，竟都四年啦。」

他對面那人似乎沉默了片刻，接著才淡淡開口，嗓音有若幽泉擊石，低沉而有磁性：「寧二姑娘嗎……」

這時，後頭的常卓也端香進去。

簾子再次掀起一角，姜雪寧於是清楚地看見了那一片覆著天青色縐紗的袍角，輕輕一動，是坐在茶桌一旁的那人向著門簾的方向側轉了身。

即便看不見他的臉，也觸不到他的目光，可這一刻，她能清清楚楚地感知到，他是向著還站在書房外間的她望了過來。

分明隔著門簾，卻彷彿能透簾而出。

姜雪寧只覺自己一顆心忽被一隻巨大的手掌攫住，連氣都差點喘不上來。

方今天下，所有人都知道四年前太子少師謝危孤身一人祕密入京，輔佐當時的三皇子沈琅登上皇位。所有人也都知道戶部侍郎姜伯游從龍有功，在四年前掩人耳目，暗中助謝危入京，不大不小也算得上功臣一位。

可少有人知道，當年姜伯游假稱謝危是姜府遠方親戚，使他與自己流落在通州的嫡女一同上京，後來運籌帷幄、力挽狂瀾的帝師謝危，彼時就藏於姜雪寧的車中。

別人都叫「姜二姑娘」，唯獨他謝危與人不同，要喚一聲「寧二姑娘」……

姜雪寧千算萬算，又怎算得到今日姜伯游書房裡的「貴客」就是謝危？

她早該有所警覺的。

朝野上下有幾個人敢一句話不說，直接把錦衣衛百戶周寅之丟在外面，讓他一聲不吭、毫無怨言地等著？

姜雪寧不知自己是怎麼從書房裡退出來的。

她只知道她的腳步前所未有地平穩、鎮定。

一直到出了書房，上了迴廊，眼見著就要回到自己屋裡，她腳下才忽地一軟，毫無預兆地絆了一下。她扶了旁邊廊柱一把，慘白著一張臉，癱坐在廊下。

錯了。

剛一重生回來，她就犯了個致命的大錯！

她永遠記得當年第一次見謝危時的情景。

風寒尚未痊癒的男子，面有病容，穿著一身毫無贅飾的白布衣，抱著一張琴，神情間有些懨懨，唇邊卻含著笑，走到馬車旁，向她略略頷首。

那時她並不知道，這個人將成為後來權傾朝野的帝師，更不知道這個人將屠戮整個皇族……

如果知道，在那一段路途中，她或許會選擇收斂自己惡劣的脾性，對這個人好一些。

不……如果知道，她絕不會在荒山野嶺危難之時，為他放那半碗血當藥引！

上一世，他的刀劍對準蕭氏、對準皇族之初，她曾質問謝危怎敢做出這樣傷天害理、草菅人命之事。

謝危用朱紅的御筆在那份名冊上輕輕地勾了一道，然後回：「妳不是天，又怎知我是傷天害理，而不是替天行道？」

姜雪寧全然怔住。

他便又擱下筆，靜靜地望著她說：「至於娘娘，能活到今日，已是謝某最大的仁慈。當年我病中糊塗，曾對娘娘吐露過一些大逆不道之言，幸而娘娘那時記性不好，又心無成算，入京後我命人三番試探，娘娘都全無印象，我方才放了心，饒娘娘多活了兩年。不然，謝某封少師的那一日，娘娘已身首異處了。」

那時他笑了一笑，伸出手來在自己的脖頸上輕輕一劃，姜雪寧便覺自己渾身都被浸在冰水裡，而他含笑的神情則比當時的夜色還令人發寒。

換言之，謝危入京後沒殺她，是因為她不記得且不聰明。

如今這番話再一次迴蕩在耳邊，再回想起那一句意味深長的「寧二姑娘」，姜雪寧抬起手覆在脖頸上時，才發現手指尖已失去了溫度，在戰慄。

謝危不是善類。

在上一世最後那兩年裡，他的名字，就像是一片巨大而濃重的陰影，籠罩在整座朝堂、整座皇城，讓人連走路都要害怕得低下頭。

棠兒、蓮兒見她這般，嚇得慌了神：「姑娘、姑娘您怎麼了！」

姜雪寧現在也不記得那些大逆不道之言是什麼，但她重生回來反而知道得更多，且這一點也不妨礙她判斷自己很快可能陷入的處境。

——謝危會動殺機。

幾乎沒了知覺的手指慢慢放下，她眨了眨眼，聲音有些恍惚：「棠兒，妳回去看一看，周寅之還在不在……」

第八章 木芙蓉

這一世，姜雪寧原本沒打算再與周寅之接觸，可現在忽然撞見謝危，她須自保。

周寅之雖是個小人，可與小人相交的好處便在於，只要有利可圖，便可同道而行，各取所需。

今日她來找姜伯游，拿著一本《幼學瓊林》充當帳本，給屋裡下人立威這檔子事，只怕已被謝危收入眼底。即便算不上老謀深算，可怎麼也跟「不聰明」三個字不沾邊了。

上一世她是真的心無城府，且對京城與朝堂一無所知。

十四歲不到十五歲的年紀，正為自己的遭遇和命運彷徨，也不知京中等著她的陌生父親和母親會是什麼模樣，還遇上天教作亂，與謝危受困於荒野，一顆心是全然的恐懼與惶然，哪裡有心思去揣度一個人病中言語背後的深意？

她都聽過，但真的忘了。

後來絞盡腦汁回想，也不過勉強記起「沈琅品性不堪大任」、「黎民百姓是人，九五之尊也是人」這樣的話。

就算如此，謝危也還對她三番試探才肯甘休。

這一世雖已經過去了四年，可他在見了她今日行事之後，未必不會回頭思量，懷疑她其實記得他說過的話，只是慣會裝傻，蒙混過關。

午後的庭院幽靜極了。

花架上垂下來細細的枝條。

西斜的日影如赤紗一般覆在廡廊上、臺階前。

姜雪寧吩咐棠兒去找周寅之，自己卻在廊下坐了良久，終於慢慢地冷靜下來。

眼下的處境，她有三種方法應對。

第一，繼續硬著頭皮裝傻。

畢竟她先才表現歸表現、立威歸立威，可鍋都甩給了燕臨，對姜伯游也說都是燕臨教她的。燕臨那邊她不擔心露餡，只怕她殺了人回頭說是燕臨幹的，燕臨都會認下來。而且，如果勇毅侯府不出事，燕臨也能庇護她。

問題是，謝危會不會信？

第二，學一回尤芳吟，投靠謝危。

這位披著聖人皮的魔鬼，可是她上一世的大贏家，而且除了蕭氏一族、皇族和天教起義的亂黨之外，他並不嗜殺。

但問題也有。

燕臨有勇毅侯府，兵權在握；尤芳吟商行滿天下，富甲一方。

她呢？

她有什麼本事和籌碼，能讓謝危看中，接受她的投誠？

第三，一不做二不休，乾脆和謝危對著幹。

她知道他身上最大的祕密，甚至知道他最終的圖謀，甚至知道朝堂上的一些動向，擁有重生賦予先知先覺的優勢，在往後很多事情上可以占得先機。

可問題是，現在謝危已是一朝帝師，她還只是個閨閣姑娘，兩人地位與權勢懸殊，只怕還沒開始跟人家作對就被弄死了。且謝危的智謀是活的，她所知的前世之事卻是死的，又怎知一定能鬥得過他？

尤芳吟常說「條條大路通京城」，可現在姜雪寧前看後看，條條路都是窄小的死路。

當然，其實還有第四個辦法。

謝危再厲害也是個男人，她上一世能用女人的手段哄得男人們團團轉，這一世自然也可以嘗試去哄一哄這位智計卓絕的帝師。

若謝危能成為她的裙下之臣……

只是這想法才剛一冒出來，她就不由得打了個寒顫，立刻將其按下去，對自己道：

「不，萬不能有這般可怕的想法！」

謝危跟沈玠、跟燕臨、跟周寅之，甚至跟張遮，都是不一樣的。

姜雪寧不會忘記，她上一世察覺自己走投無路時，就動過這樣的念頭。她夜裡換上一身鵝黃的宮裝，妝得明麗動人，端了御膳房一盅熬好的湯去到西暖閣。然而謝危抬眸注視她，見著她衣著與妝容，眸光深暗，眉尾幾不可察地一揚，便已將她看穿，淡淡對她一笑：「娘娘自重。」

那晚她又羞又愧，簡直落荒而逃。

如今只要一想起當時的場面，姜雪寧都還有一種挖個坑把自己給埋掉的衝動，怎可能還要作死去經歷第二次？

在謝危這等人面前，那是自取其辱！

所以，以她眼下的情況來看，最好最可行的方法是第一種和第二種。至於第三種，姜雪寧已直接把它跟死路劃在了一起，不被逼到魚死網破的絕境，她絕不想與謝危作對。

想明白這一切之後，見周寅之就變得很重要了。

不管是很快就要發生的勇毅侯府牽連進平南王舊案一事，還是單純地出於讓自己變得有利用價值、有籌碼的目的。

只是姜雪寧並沒有等來周寅之。

棠兒還沒回來，前面不遠處就走來個婆子，一見到她坐在廊下，面上便堆了幾分笑，上來跟她行了個禮：「老奴正準備去找二姑娘呢，沒想到二姑娘坐在這裡。夫人聽說老爺把您屋裡的人叫過去打打殺殺的，也不知是個什麼情況，叫老奴來請二姑娘過去見見，問上一問。」

這是孟氏身邊伺候的。雖然姜雪寧對這婆子沒什麼印象，但聽她的話也能猜出來。

只是她方才驟然撞見謝危心下煩亂，此刻又想見一見周寅之，平白來個人叫她去見孟氏，心內著實不大爽快，連著臉色都不算很好，只冷淡地應了一聲：「知道，這就去。」

孟氏正在自己屋裡同姜雪蕙說話。

前頭姜雪寧找姜伯游料理屋裡丫鬟僕婦的事情傳過來時，兩人都有些驚訝。

孟氏知道昨夜姜雪寧沒回，便正好叫姜雪寧來，一來問問前面情況，看看自己這被妾養大的女兒又在想什麼；二來再沒規矩也該有個限度，未出閣的姑娘一夜不回算個什麼事？

沒一會兒，姜雪寧來了。

她對生母孟氏本不親厚，孟氏也不喜她規矩不嚴、生性放縱，所以她對孟氏的態度本就生疏，又瞧見有姜雪蕙在場，行禮時的聲音便越發寡淡，例行公事一般：「女兒給母親請安。」

旁邊的姜雪蕙直接被她無視。

孟氏一聽，知她對蕙姐兒心存芥蒂，描得細細的兩道柳葉眉便蹙了一蹙，但也不好說她，只道：「起來吧，今日是怎麼回事，忽然跟丫鬟婆子大動干戈？」

姜雪寧便答：「她們在屋裡不規矩久了，近日來越發倡狂。女兒昨日與燕臨出去時提起，燕臨教了女兒一個法子來治她們，所以回來才有今日之事。若不慎驚擾了母親，是女兒的罪過。」

旁人提起燕臨都要叫一聲「小侯爺」或者「燕世子」，就連姜伯游和孟氏也不例外，畢竟勇毅侯府勢大，且執掌兵權，甚得聖心，並不是誰都輕慢得起的。

可姜雪寧倒好，開口閉口直呼其名，足可見燕臨對她有多縱容。

孟氏聽著，眉頭皺得更深了一些。

雖然燕臨的出身在整個京城裡都算得上是數一數二，除了誠國公府蕭氏一族的子弟，無人能出其右，可這也是個行事孟浪膽大的。

寧姐兒剛接回來那陣子還算聽話，可自打認識了燕臨，成日裡女扮男裝頂著「姜府表少爺」的名頭出去廝混，還要闔府上下為她遮掩。

孟氏覺著，有必要說上一說了：「往日妳與燕世子出去，我雖覺著過分，可畢竟這件事老爺已經默許，我自不好置喙。然而寬容並非縱容，寧姐兒，妳自己心裡得有個數。大姑娘家在外頭一夜不歸、成日鬼混，事情若傳出去，妳畢竟有世子為妳兜著，且妳既然做了，想來也不把那些流言蜚語放在眼裡，但妳姐姐如今也是待嫁閨中，妳自己的名聲壞了不要緊，外人提起來說的總是姜家姑娘，如此又把妳姐姐置於何地？」

孟氏這話占情占理。

她的所作所為若傳出去，的確會牽累到姜雪蕙。

理智告訴姜雪寧，她不該覺著這話有什麼不對，可心底卻偏有一股戾氣浮了上來，讓她悄然握緊垂在身側的手掌，只斂眸道：「母親說的是，女兒往後會更謹慎些。」

孟氏聽她答得敷衍，人站在這裡又是這般臉色，一時也有些火光起來，「啪」的一下，把手裡茶盞壓下就要訓她。

旁邊的姜雪蕙看見這場面，簡直眼皮一跳，心裡面長嘆一聲，只覺母親雖是為了她好，可這般的言語和苛責，無疑是將妹妹往她們對面推，且這帳回頭說不定又要算在她身上，哪裡還敢坐視孟氏發作，連忙握住孟氏的手，及時截住話頭：「要知道妹妹往日連燕世子的話都未必聽的，如今肯聽得旁人話來料理自己屋裡的事情，可見心性是成熟穩重了。燕世子既能讓妹妹變得更好，母親又何必擔心什麼流言蜚語？妹妹將來的婚事體面，對府裡來說是好事一件，我的婚事未來也未必不沾妹妹的光，還請母親放寬了心。今日我遇著那王興家的刁難，還是妹妹出面為我解了圍呢。」

姜雪寧心道，那不過是見王興家的背地裡倡狂胡言且拿她東西，可跟姜雪蕙沒太大關係，此刻便冷眼看她拿瞎話安撫孟氏。

孟氏聽聞後，一想也的確是這個道理。

只是她先前說出來的話要收回去也難，一抬眼又見著姜雪寧死氣沉沉、面無表情地站在那裡，五官雖有些像她，可眼角眉梢那一股韻致，無不讓她想起婉娘那個賤人。

她一下就沒了心情，擺手道：「罷了，反正妳的事有妳父親做主。回去吧，晚上也不用來請安了。」

「是，女兒告退。」

孟氏不願多看她一眼，姜雪寧還懶得多留呢，乾淨俐落地行禮退出。

這時天色將晚，晚霞璀璨。

西廂後面的牆下種著一片木芙蓉，粉色的花朵或深或淺，被霞光一照，看著豔豔的一片。

她帶著蓮兒從下頭經過時，一朵木芙蓉忽然就砸到她頭上。

那盛開的木芙蓉滾落下來，姜雪寧下意識伸手接住，然後抬起頭來一看，竟瞧見燕臨一身玄黑長袍，革帶束腰，大剌剌坐在那開滿了木芙蓉的牆頭，一腿屈起，一手扶劍，向她笑說：「今日日講結束得倒是早，可被聖上拉著說了半天的話，這會兒才出宮來。後天是重陽，京裡有燈會，我想帶妳去看。」

晚霞落在花上，也落在他臉頰上。

姜雪寧忽然被晃了眼，恍惚了一下，過一會兒才意識到他說了什麼。

重陽燈會，那就是上一世跟著沈玠出宮的樂陽長公主沈芷衣，遇到女扮男裝的她，喜歡上她的時候……

第九章　尤府請帖

姜雪寧雖是重生回來，可唯二的好處，就是比身體要成熟了不少的腦子和對以後發生的一些事情的先知先覺，真要論起處境，實要比前世還要糟糕。

她認真地考慮了一下。

其實這一世如果能勾搭上樂陽長公主，無疑是在燕臨之外，為她的安全多加了一層保障。

只是，她的確不是男子，若女扮男裝先讓沈芷衣對她生情，後又被她知道真相，只怕結局跟上一世差不多。

天知道她上一世花了多大的力氣才搶了姜雪蕙入宮伴讀的機會，結果入宮第一天就撞見沈芷衣。

那時她才知道，重陽燈會上遇到的那個沈玠帶來的姑娘，實是當今聖上沈琅的妹妹，樂陽長公主沈芷衣。而這一次入宮的伴讀，實都是為她挑選。

於是姜雪寧倒了大霉。

沈芷衣發現她是女兒身之後，當即便黑了臉，大約是覺得自己一腔痴心錯付，不能接受，面子上也掛不住，接下來便對她處處刁難。

燕臨從小與沈芷衣算一塊兒玩到大，因此與沈芷衣吵了好幾回。

沈芷衣便又記恨上她，覺得她言語挑唆，讓燕臨與自己生了齟齬，越發變本加厲地為難她。

雖然這位長公主其實不會什麼真正折磨人的手段，可在當時的姜雪寧看來是很難接受的，以至於現在回想起那段日子，都覺得色調晦暗。

豔粉的木芙蓉被她兩手捧在掌心，前世與沈芷衣有關的記憶從腦海中劃過，姜雪寧抬頭凝視著燕臨，忽然覺得他的少年心性，真已在言語裡體現得淋漓盡致。

他是霸道的、不懂遮掩的，才一來就對她說「我想帶妳去看」，而不是「要不要一起去看」。

姜雪寧微微笑了一下，忽然生出幾分戲弄的心思，問他：「重陽燈會是九月初九，可今日才九月初七，你就來找我？」

燕臨原還十分瀟灑地坐在牆上，她這話一出，他的目光頓時變得有些躲閃起來，連扶著劍的手指都緊了些，只是一轉念又覺得自己實在沒有心虛的必要，於是立刻又變得理直氣壯：「要妳管，我願意！我就是想來看妳，怎麼了？」

侍立在姜雪寧身邊的蓮兒目瞪口呆，連忙把頭埋了下去，不敢抬起來多看一眼。

姜雪寧未料他言語如此大膽而直白，想到前世那些事，又不由有些沉默下來。

燕臨不滿：「去不去呀？」

姜雪寧勾出一抹稍顯歉意的笑容回答：「這回我不去。但若是你下一次要看什麼燈會，便來尋我，我再與你一道去。」

她其實也可以穿女裝出門，這樣便可避免被樂陽長公主看上。

但女裝出門難免招人注意，很不方便，倒不如不去，且她本來就對什麼燈會沒有興趣。

燕臨皺眉說：「妳這話說得奇怪，怎生是『這回』不去？這回與下回又有什麼分別？不過是每一回的燈不同罷了。還是妳重陽那日有別的事，去不了？」

姜雪寧想了想，乾脆給自己找了個藉口：「我今早回來有些頭暈，想在家裡歇兩日。」

燕臨便打量打量她臉色，的確不算好。

他的寧寧比別人白一大截，站在光下時，那肌膚像極了剔透的玉質，教人忍不住想伸出手輕撫。她回了府又換了一身衣裙，不再是往日他常見的男裝打扮，過了十八歲的少女身段已然玲瓏有致，此刻站在花樹下，兩手捧著他方才砸下去的木芙蓉，削蔥根似的手指搭在那披著紅霞的豔豔粉瓣上，一張巴掌大的臉抬起來，微微仰著看他，目光溫和而澄澈，是一派動人的明麗與繾綣。

剛來時不曾注意，這一打量卻撩動了少年的心事，只盼著加冠之日早些來，好把這樣好看的她娶回家寵著。

燕臨對上她目光，又咳嗽了一聲，稍稍避開些許，才道：「都怪我昨夜不知輕重，也沒看顧好妳，讓妳偷偷喝了好幾杯，醉成隻懶貓。罷了，這幾日妳好好在家歇著，我打聽打聽下一次燈會是多久，回頭給妳補上。」

姜雪寧正想回他，不料遠處另一頭忽然傳來一聲喊：「好啊，又讓我逮住你來爬牆！信不信我回頭告到侯爺面前，叫他來評評理！有你這樣做世子的嗎？」

竟是姜伯游經過時，恰好看見了這邊的情況。

燕臨頓覺頭疼。

姜伯游二話不說甩著袖子就往這邊來，恨不得找根長竹竿把燕臨戳下來。「小侯爺，你這般做也太過分了些吧？我府裡可不止寧丫頭一個姑娘！」

燕臨不懂：「可我只看她一個啊。」

姜伯游氣得鬍子都吹了起來：「反正不許你再爬這牆了，堂堂一侯府世子，有事走前門或叫手底下的下人傳個話，老夫都不說你。像這樣，成什麼體統！」

燕臨跟姜伯游早就熟了，手腕一轉，便將那柄長劍一翻，半點不怵地開了個玩笑：「姜大人不必動怒，這牆修來不就是讓人爬的嗎？您要覺著不高興，回頭就把這院牆修得高高的，正好借晚輩練練本事。」

姜伯游一時氣結，說不出話來。

燕臨看天色已經不早，心裡雖還想多看姜雪寧一會兒，可的確也要回府給爹娘請安，所以回眸看她道：「今天我先走了，改日再來看妳。」

姜雪寧點了點頭，燕臨便手一撐，自那開滿木芙蓉的牆頭縱身一躍，眨眼便到牆那邊去了，沒了蹤影。

原地只留下姜伯游瞪眼生氣。

姜雪寧見狀一笑，也不知為什麼竟覺得心情舒暢不少，只跟姜伯游行了一禮便轉身回房。

只聽得姜伯游在她後面嘀咕：「這叫個什麼事兒！」

姜雪寧回到屋裡的時候，棠兒早已經等候有一會兒了，見著她便道：「方才依著姑娘的吩咐去找了周大人，周大人一聽說是您要找，便在外頭等著。只是您被太太叫去，一會兒不見回，周大人那頭又有事來找，等不著便去了。但周大人留了句話給您，說姑娘有事，府裡又不方便的話，若不嫌紆尊降貴，也可去斜街胡同尋他，必不敢怠慢姑娘。」

回來都這天色了，姜雪寧也沒指望能見著周寅之，但總歸對方還留了句話。

若對著前世發生的事情來看，這段時間的周寅之正是千方百計想要搭上燕臨的時候，只怕也是十分想要見她一面。

她只道一聲「知道了」，打算尋個方便出門又不引人注意的時候去找周寅之談上一談，然後便落座在了臨窗的炕上。

一伸手要端茶時，忽瞧見几上竟有一張帖，姜雪寧微一揚眉，拿了起來問：「這是什麼？」

早些時候，棠兒被蓮兒一驚一乍拉進屋裡的時候，手裡其實就捏著這張帖，但接下來伺候姜雪寧沐浴、用茶等事，險些給忘了，這時見狀便想起來，連忙道：「是清遠伯府幾位小姐送來的帖子，請姑娘重陽那日去她們府上賞菊。帖子今晨才遞到府上，奴婢早先想跟您說來著，後來耽擱著竟差點給忘了。」

「清遠伯府？」姜雪寧眼皮忽地一跳。「可是清遠伯尤府？」

棠兒瞧她這反應，覺著有些意外，可又不知她為什麼這般反應，便道：「是尤府。清遠伯府在京中算不得什麼名門，襲爵到如今已是一代不如一代。府中兩位小姐雖善弄花草，可這一封請帖與誠國公府邀人賞菊的時間撞了，京中能收著誠國公府請帖的只怕都不會去清遠伯府。剛才來人說，誠國公府的請帖也下到了太太那邊，想來是要帶著您與大姑娘一塊兒去。這伯府的請帖，姑娘實不必在意的。」

不必在意？

怎能不在意，這可是清遠伯尤府啊。

她前世所識的尤芳吟，便是伯府的庶小姐，在外人口中是「一朝落水性情大變」，最後經商，成為大乾最富庶之地江寧城裡最富有的那個人。

台灣角川
©時鏡 NOT FOR SALE

可這一朝落水，恰恰就發生在清遠伯府重陽賞菊的那一日！

也就是說，後世商行天下、富甲一方的尤芳吟，現在還沒有落水，也還沒有真正地來到這個世上。

現在清遠伯府的尤芳吟，與她上一世曾經結識的和這一世想要重新結識的尤芳吟，並不是同一個人。

尤芳吟曾說，她是「穿越」來的。

姜雪寧當時聽不懂這話，只聽懂她說她從一個遙遠的、已經回不去的地方來，本不是這裡的人。

可在她重生之後，竟隱隱能理解尤芳吟的意思了。

尤芳吟終究是孤獨的，旁人只知她行事與周遭不同，當她是離經叛道、膽大妄為，可只有她自己知道，自己與周圍人並不一樣。

或許都不是同一個「世界」。

在姜雪寧的瞭解中，「世界」這個詞是佛教喜歡講的，但尤芳吟好像總喜歡用它來代替「天下」二字。

此時此刻，望著手中這一張描了花樣、極盡雅致的請帖，姜雪寧先前臉上還掛著的細微笑意，一點一點地隱沒了。

又一個選擇擺在她的面前。

若尤芳吟這一世如上一世般來到此界，或許會是少數幾個能理解她的人之一，畢竟上一世在被軟禁的那些天裡，她們成為無話不談的知己，證明她的確與尤芳吟契合。憑藉尤芳吟的本事，再憑藉她重生回來的先知優勢，兩相合作，只要前期小心謹慎、好生經營，未必不能與謝危鬥上一鬥。

用尤芳吟的話講，她會成為姜雪寧的「金大腿」。

可偏偏姜雪寧還知道，尤芳吟骨子裡是厭惡這個世界的。

這一天晚上，躺在那輕紗垂下的床幔裡，她輾轉反側，久久難以入眠。

前世記憶在腦海中翻湧。

一閉上眼，夢裡恍惚朦朧間，竟又回到當初被困在坤寧宮中，與尤芳吟下棋、喝酒、玩葉子牌、說真心話的那些日子。

一時是她穿著一身布衣，把滿架的經史子集都往火盆裡扔的酣暢淋漓。

一時是她赤腳走在地上，於夜涼如水時哼唱那些她從未聽過的歌謠的隨性瀟灑。

一時又是她喝醉了，拎著酒壺坐在那窗沿上，悵然望著宮牆外一輪滿月的落寞寂寥……

尤芳吟歪在榻上說：「娘娘，我從遠方來，那是一個比此間好得多的時代。我在局外，妳在局中。我從不覺得女子有點野心有什麼錯，想當皇后便想當皇后吧，又沒做什麼傷天害理的事。錯的不是妳，是此間世界！」

尤芳吟舉著酒盞輕嗤：「可憐，可笑！」

尤芳吟也指著天邊那圓月說：「旁人看我富甲一方，天下沒有我用錢買不到的。可我看自己，卻是個可憐蟲。一顆自由心，卻困於囹圄之間，苦厄不得出。娘娘，妳可知，在那方世界，也有朋友想念我，也有父母待我孝順……」

那一字一句，在姜雪寧的夢裡漸漸變得哽咽，竟是浸滿了淚。

一夜過去，不能成眠。

姜雪寧第二天一早起身時，一雙眼裡都爬上了淡淡的血絲，更覺出一種連她都難以捕捉的彷徨。

她實在太需要尤芳吟了。

可同時，重生又賦予她改變這位知己命運的機會。

棠兒看見她這模樣擔心極了，姜雪寧卻問：「清遠伯府的請帖還在嗎？」

棠兒小心翼翼地道：「還在，您要去嗎？」

姜雪寧眨了眨眼，過了好久，才道：「去。」

總是要去的。

可去了之後，要怎麼辦呢？

她不知道。

第十章　尤芳吟

清遠伯府賞菊之宴明日便開，得了姜雪寧這一個「去」字以後，棠兒便擬了一封回帖，著人送往清遠伯府。畢竟發了請帖也只是邀請，並不是每個收到請帖的人都會去，若給主人家回個帖，待宴會那一日也好提前安排。

只是這事輾轉便被燕臨知道了。

這日日講結束他和沈玠出了宮，在沈玠府邸煮茶，一張俊臉黑沉沉的，發了脾氣：「我問她九月九看不看燈會，她不去；但人請她重陽節賞菊，她倒巴巴去了。清遠伯府這等破落戶，她是成心要氣我嗎！」

小兒女的事，沈玠不好插話，只瞧著他。

燕臨想不過，心裡還吃味，茶盞剛端起來，喝不下，又放了回去。

他皺起眉來便喚：「青鋒！你回府去看看，清遠伯府的請帖我們府裡有沒有，有的話去回個帖，到時我也去。沒有的話，沒有也得有！只管帶我的名帖遞了，還敢攔我在門外不成？」

青鋒猶豫了一下，小心提醒：「可是世子，誠國公府也送了帖來，若您屆時去了清遠伯府……」

誠國公府蕭氏一族，是京中唯一能與燕氏並肩的大族，二十多年前兩家還有過姻親。可現在……

燕臨一聲冷笑：「誠國公府是大人們一起宴飲，小輩們不過作陪，且我們勇毅侯府與誠國公府早就老死不相往來，我不去有什麼稀奇？你廢什麼話，趕緊去。」

青鋒不敢多言，只問：「那要告訴二姑娘嗎？」

燕臨悶悶道：「不告訴她。我倒要看看，屆時她見了我，能找出什麼鬼話敷衍。」

沈玠笑他：「你這脾氣啊。」可說完了，細一琢磨，竟然道：「既如此，我也陪你去清遠伯府湊個熱鬧好了。」

燕臨挑眉看他。

沈玠慢條斯理地飲了茶，解釋道：「你也知道宮中近來的傳聞，都說皇兄想要立我為皇太弟。今日從文華殿出來時，謝先生點了我，說朝中人言可畏，縱使我問心無愧，近來也最好與蕭氏疏遠一些。」

誠國公府也就是蕭氏，是當今太后的母族，亦即當今聖上的外家。

沈玠與沈琅乃是一母同胞的兄弟，聖上的外家自然也是他的外家。

只是如今時機的確特殊。

皇兄畢竟是皇帝了，蕭氏又勢大，雖風傳皇兄要立他為皇太弟，可他與蕭氏走得近，難免不引起皇兄的猜忌與懷疑。

燕臨垂眸沉思片刻，說：「謝先生倒肯指點你。」

沈玠倒不在意，只道：「先生君子氣宇，聖人遺風，對誰都好的。」

❀

誠國公府與清遠伯府發帖請重陽賞菊宴的事情，在京中高門大戶之間早已經悄悄傳遍了，許多同時收到兩府請帖的人，大多都準備去誠國公府。

無他，蕭氏一族太顯赫了。

門第不怎麼高的，上趕著攀附。

門第本身就夠高的，瞧不上清遠伯府破落戶。

所以，雖覺得這件事很駁尤府的面子，可很多人也不得不找了個藉口，甚至連藉口都懶得找，就推掉了清遠伯府這邊。

大家都猜，這回應該沒幾個人會去伯府。

可誰也沒想到，下午時候忽然傳出消息，說勇毅侯府小侯爺與臨淄王殿下回了帖，明日竟要一同赴清遠伯府的宴！

一時間，人人驚掉了下巴。

連伯府裡都是一片茫然，人人面面相覷：我們和勇毅侯府有交情嗎？誰認識小侯爺？哪個搭上了臨淄王殿下？有說過幾句話嗎？平白無故人怎麼來了？

但緊接著就是狂喜。

原本和誠國公府撞了辦宴的日子，他們是既誠惶誠恐，又尷尬不已，這些日子以來收到的回帖稀稀拉拉的沒幾封也就不說了，打開來看還有一半是婉拒的。尤府這裡都能預感到明日開宴時的淒涼光景。

可忽然之間說臨淄王殿下和小侯爺要來，這可真是天上掉下來的大喜訊，要知道這兩位爺的身分在整個京城都是首屈一指的。

闔府上下頓時振奮起來。

到得晚間，大約是燕臨和沈玠明日要來的消息已經傳開，各種回帖和拜帖便似雪片般朝清遠伯府飛來。

原本他們預備下了桌席，只以為是多了，可沒想到拿算盤扒拉一下，竟還不夠！於是連夜張羅起來，一晚上府裡庭院都是燈火通明，生怕沒準備好，明日慢待了貴客。

尤府兩位嫡小姐，大小姐叫尤霜，二小姐叫尤月，姐妹二人姿色都算中上。

聽下人說臨淄王和小侯爺要來時，兩人都睜大了眼睛，驚得以手掩唇。

下人滿面都是喜色，只對她二人道：「伯爺交代了，這一次可是千載難逢的機會，大小姐和二小姐可要準備好，打扮得漂漂亮亮的。」

這句話說得含蓄，可尤霜尤月二人都聽懂了，面上微微一紅，口中卻道：「父親可真多事，這等重要的宴，我們姐妹自然不會丟了伯府的體面。」

下人連聲道「是」。

尤霜轉念一想，卻覺得事不尋常。她面容要清冷些，只凝眉思索：「真是奇怪，我們伯府何時攀上了勇毅侯府？也從沒聽說哥哥們與小侯爺和臨淄王殿下有什麼交情，今日怎麼說來就來？」

而且回帖的時間也太晚了些，倒像是臨時決定來的。

尤月則喜形於色。

她的長相要濃豔些，年紀也小，一身鵝黃色的長裙看著十分嬌豔。

聽姐姐這番話，她不甚在意道：「姐姐就是多心，還不興人家臨時興起想來嗎？都說蕭氏與燕氏不和，燕世子說不準是故意下誠國公府的面子，所以才來的。」

倒不是沒這個可能，可是……

「便是要下誠國公府的面子，不去也就是了，如何輪得到反來給我們伯府做面子？」尤霜是做姐姐的，也跟著母親學過許多事，總要想得深些，便問那下人：「我問你，燕世子和臨淄王殿下的回帖來之前，還有誰說過要來？」

那下人扳著手指頭數：「世子和殿下之前，回帖說要來的人不多，攏共也就商山伯府、御史臺周府，哦，上午時候還有戶部姜侍郎府上的二姑娘。」

尤霜不由皺了眉：「姜二姑娘……」

天知道，伯府給姜侍郎府上的帖子是出於禮節送的，她們與姜雪寧並不熟悉。要說姜雪蕙來還正常，可姜雪寧來，便跟燕世子和臨淄王來一樣透著些奇怪，而且她還在這兩位爺之前回帖……

尤月卻懶得想那麼多，一聽見「姜二姑娘」四個字，立時嗤了一聲，露出嫌惡之色：「燕世子要來本是件大好事，沒想到這鄉下野丫頭也要來，平添得一股晦氣！」

尤霜覺得事情蹊蹺，沒接話。

尤月說到姜雪寧，便又想起另一個讓自己討厭的人，抬了下頷吩咐下人：「對了，明日既有貴客，千萬把那蹄子給我看好，關在柴房裡，別衝撞了貴人。」

❀

姜雪寧在府中，倒還不知道因為她臨時起意決定去赴清遠伯府的宴，引出來多長一串連環的反應，也還不知道燕臨和沈玠要去。

她想尤芳吟的事想得頭疼，昨夜又沒睡好，一整個白天都渾渾噩噩，沒什麼精神。

孟氏聽說她要去清遠伯府，而不去誠國公府，竟也沒有多問。

姜雪寧暗想，她可能是鬆了口氣。

畢竟孟氏要赴誠國公府的宴，帶姜雪蕙去端莊賢淑識大體，而帶她去，性情嬌縱頑劣，就不知會惹出什麼事來了。

第二天一早，姜雪寧便起來用過了粥飯，梳妝打扮，然後登上府裡準備好的馬車，繞過半座皇城，前往清遠伯府。

清遠伯府座落在城東，那一片都是勳貴之家。

與誠國公府那高到嚇人的門楣相比，清遠伯府也就門口兩座石獅子還有點氣勢，但門庭之間已顯出了幾分沒落。

好在今日來赴宴的人竟然不少，舊日清冷的門前此刻也稱得上是車水馬龍，不斷有人帶著滿面笑容相互招呼，倒讓人想伯府是不是又要得勢了。

姜雪寧上一世聽尤芳吟講過，很清楚清遠伯府現在的狀況，剛下車時瞧見周遭這熱鬧景象，險些以為是自己來錯了地方，抬起頭來再三看那匾額才確信是伯府沒錯。

她心裡奇怪，可也不好多問，把帖子一遞，下人便引著她們進府。

一行人從抄手遊廊下走過，沿路只聞桂子飄香，菊蠢錯落，布置得倒是有幾分風雅精緻。

只是才要進圓門去後園時，斜刺裡竟然衝過來一道清瘦的身影，一襲綠裙有些髒破。是個梳了垂鬟分髾髻卻有些蓬亂的少女，臉上惴惶，眼睛紅紅的。

姜雪寧一時覺得眼熟，心底已是震了一下，見著少女慌慌忙忙跑過來，尚未來得及分辨，也未來得及躲避，便被她撞了一下肩膀，繫在腰上的繡錦香囊掉在了地上。

姜雪寧站著沒動，只看著她。

尤芳吟才從柴房裡逃出來，只想去見一見病重將去的姨娘，就怕連最後一面都見不著，眼下卻偏偏撞了人，急得眼底直掉淚。

她連忙彎腰去撿那香囊，可眼淚掉下來卻打濕了香囊上那針腳密密的白牡丹，再用手去擦，已是汙了一塊。

這時尤芳吟便恨極了自己的笨手笨腳，也不敢再用自己沾有汙跡的手去擦，又愧又怕地用雙手捧了香囊遞還給姜雪寧：「芳吟蠢笨，衝撞了姑娘，還壞了您的香囊，改日必為姑娘繡一只作賠，還求姑娘饒恕！」

她伸出手時，衣袖滑落幾分。

露出來的一截手腕上，竟無一塊好皮，青黑淤紫一片，甚至有幾道鞭痕。

引路的下人看見她都驚呆了。

姜雪寧的目光從她面上移到她腕上，面上卻越發恍惚。

還是棠兒反應極快，看出情況不對，連忙上來先將香囊接了：「給我便好。」

另一頭的廊上，傳來雜亂的腳步聲，還有幾個婆子的厲聲呼喝：「一個人都看不好！關起來還能讓她跑了！又是這樣重要的日子，出了事妳們吃不完兜著走！快，快去找！」

尤芳吟一聽哪裡還敢多留，忙給姜雪寧欠身行了個禮，便提起裙角，朝著另一頭奔去，道中那蔓出的花枝劃破了她的袖子和手背，她也不敢停留。

後頭的婆子們很快發現她的蹤跡，追了過去，鬧嚷嚷一陣。

那下人是知道府裡最近因為姨娘的事情不太平的，也不敢讓客人知道，只連忙向姜雪寧賠笑：「讓姑娘見笑了，府裡剛買來的丫鬟沒規矩，媽媽們正教訓呢，您沒驚著吧？」

姜雪寧只從棠兒手中拿過了那枚香囊，本來雍容的牡丹用了白線來繡，所以反有一種高華的清雅，此刻卻沾了一抹淚痕，淚痕上又有一抹汙跡。

她眨了眨眼，垂眸看著。

濃長的眼睫覆下，是一片晦暗的陰影。

她能聽見自己心底那個冷酷的聲音：別管，別管。世上每天那麼多人要死，多她一個算什麼？別去管，再過幾個時辰，妳就能見到真正的「尤芳吟」。

第十一章 逆鱗

「什麼，跑了？」

正在花廳裡待客的二小姐尤月，被自己身邊的丫鬟拉到了廊上說話，一聽說尤芳吟竟在這時候從柴房裡跑出去，一張嬌俏的小臉便黑沉下來。

「不是叫粗使婆子守著了嗎？都是幹什麼吃的！」

丫鬟見她發怒，瑟瑟不敢說話。

尤月冷哼一聲：「不過她左不過是要去看她那命賤的姨娘一面，今日家裡來了客，不好聲張，妳吩咐下去叫她們現在都不必管，免得讓人看見傳出些不該有的風言風語。等過上一會兒，我與姐姐帶著客人去園裡賞花，妳們再直接去那賤人房裡把她給我拿住，好好治她。」

丫鬟低聲應是，自下去傳話。

這當口，來赴宴的客人陸陸續續都到了，大家都聚在花廳裡說話。

有許多勳貴之家的小姐原本是沒打算來的，可一聽說清遠伯府這邊有燕臨和沈玠，哪裡還能坐得住？

京中誰不知燕小侯爺一表人才，習武學文俱是上佳，世子之位早早定了不說，再過兩個月便要行冠禮。

按理，冠禮之後便要談婚娶。

就算不慕勇毅侯府高門，光憑一個燕臨已足以讓人趨之若鶩，更不用說竟然還有個尚未娶正妃的臨淄王沈玠。

姜雪寧從花廳外面走進來時，掃眼一看，只見得滿廳紅巾翠袖、粉面朱唇，不管門第高低，每個人臉上都掛著因過於得體和禮貌而顯得場面的笑意。

唯有兩個人的笑容顯得真切些。

一個是尤府大小姐尤霜，另一個是尤府二小姐尤月。

這也難怪。在她印象中已經衰落的清遠伯府設宴，還跟誠國公府撞了日子，竟也能有這許多人來赴宴，若姜雪寧是她們，怕也掩不住面上的喜色。

引她進來的下人剛到門廳就朝裡面笑著通傳一聲：「姜侍郎府二姑娘到了。」

原先正湊在廳中說話的名媛淑女們，聽見這一聲，本來沒有太在意，只是習慣性地抬起頭來向門廳處望了一眼。

可誰知就是這一眼，竟閃了眼。

姜雪寧從門外走進廳裡的那一刻，也不知是誰先安靜下來，傳染開去，整個廳裡忽然一下就沒了聲音。

姜雪寧自回京之後，其實甚少摻和這類宴會。

京裡這些姑娘，大多是大家閨秀，個個養得和姜雪蕙一身的氣度。而她剛回京的那兩年都在學規矩，孟氏沒辦法把她帶出去；後來認識了燕臨，乾脆不耐煩學那些繁瑣的規矩和大家閨秀們都喜歡的調香、撫琴，自然就更不愛湊這些與她脾性不合的熱鬧。

更不用說這類場合基本少不了姜雪蕙。

有這麼一個厲害的姐姐在，縱然姜雪蕙其實沒有硬要壓她一頭的意思，可在外人眼中，姜雪寧這個二姑娘就是處處不如，她懶得為自己找氣受。

是以，此刻廳中許多人雖然都聽過有她這麼一號人存在，卻大多沒有親眼見過她的模樣與行止。

乍見之下，個個心底泛酸。

老天爺捏這個人的時候，未免太偏心了些。

即便不是盛裝而來，妝容也過於素淨，可越是如此，越使人覺得她天生麗質。眉不畫而黛，唇不點而朱，雪白的膚色仿若天頂上的雪，使人有種觸不可及之感。偏那一雙明眸似點漆，目光輕輕流轉時，又將她拉下凡塵，帶出一股天然的嫵媚與靈動。

甚至有點豔色。

既拒人於千里之外，又偏在盡頭勾人遐思。

一頭蓬鬆的烏髮，綰成了朝雲近香髻。

少女的身段雖還未完全長成，可已有了百般的玲瓏妙態，纖細的腰肢在行走間輕擺，讓人想起春風裡搖動的柳枝，清新而柔嫩。

短暫的靜寂中，也不知是誰哼了一聲：「她怎麼來了？」

這一下隔得稍遠些的小姐們才反應了過來。有以前見過她的竊竊私語，也有往日從沒見過的去向別人打聽。

那些聲音雖然細碎，可姜雪寧隨意一掃這些所謂的「名媛淑女」們的神情就知道，只怕這些人對自己的印象並不十分好，隱隱之間還透出一股忌憚的敵意。

但很快這種敵意就變成瞭然的輕蔑。

畢竟，一個前面十四年都在田莊上長大的鄉下野丫頭，縱然回了京城，可穿上龍袍也不像太子，怎能與她們這些從小嬌養的貴小姐相比？

上一世，她尤其介意這些目光。

可這一世，她看她們卻從容了很多——都當過皇后了，就算鬥不過前朝那些人精，她也是實打實披荊斬棘登上了皇后寶座的贏家，看這些「手下敗將」跟看跳梁小丑沒區別。

花廳裡的氣氛有一點奇怪的尷尬。

好在此次宴會的兩位主人都在，聽見下人通稟，尤霜連忙迎了上來，見著她時目光一閃，微微一笑，同姜雪寧見禮：「往日好像只在張尚書家的宴上同姜二姑娘打過照面，未料今日二姑娘竟然來了，裡面請。」

尤月卻是下死眼把姜雪寧釘了兩眼。

今日她是主人家，可稱得上是盛裝打扮，出門前攬鏡自照時都覺得鏡中之人算得上姿色過人，又兼之尤府許久沒有遇到過這樣有面子的好事，是以眼角眉梢都沾染上幾許熱烈，就像是那枝頭開著的豔豔紅花，即便不能豔壓群芳，也絕對光彩照人，能讓人在人堆裡一眼就看出她來，是一顆耀眼的明珠。

可姜雪寧一來，全將她比了下去。如同一輪皓月升上夜空，使明珠暗淡。

尤月心眼本就不大，一則覺得她過於好看以至於礙著人眼，二則又瞧不起她幼時長於山野，當下便假假地笑了一聲，竟故意道：「今日怎的只見二姑娘一個，沒見著妳姐姐呢？」

周圍不少人偷眼打量。

姜府這兩位嫡小姐的情況，大家大多聽過姜府的說辭。

好端端的偏要在妹妹面前提姐姐，尤月這有意要姜雪寧不快的心，可算是十分明顯了。

她們都存了幾分看笑話的心，先看姜雪寧怎麼應對。

可誰想，姜雪寧竟十分沉得住氣，既不窘迫，也未著惱，只含笑回視尤月，淡淡道：

「姐姐與母親當然是去誠國公府了，還特著我向尤府這邊道聲歉呢。」

尤月臉色驟然一變。

其他人也都是暗暗吸了一口涼氣：這姜二姑娘看著不動聲色，說話卻是夠狠！

誰不知道今日清遠伯府與誠國公府撞了日子？

聰明又人多的人家，都是一部分人去這邊，一部分人去那邊。大家心知肚明，但不會說出來。而姜雪寧這回答，明擺著是說姜府裡身分更高的姜太太帶著大姑娘去了誠國公府，清遠伯府就她一個來，這跟當著打了尤月的臉有什麼區別？

尤月往前走了一步，就想發作。

站她旁邊的尤霜眼皮一跳，眼疾手快，一把抓住她的手，搶先接過姜雪寧的話：「這又何妨？總歸大家都久居京城，往後賞花賞月之類的還少不了，總有能聚的時候。咱們還是坐下來再說話吧，請。」

這下才請姜雪寧坐下了。

有往些日同姜雪寧有過接觸的世家小姐，見了她這從容鎮定的姿態，倒有些懷疑起自己以前對她的印象來：姜家這二姑娘除了一張臉，一向上不得檯面，怎麼今日這氣度，看上去比她們都要尊貴幾分？

姜雪寧知道不少人暗暗在打量自己，可也不在意。

本來她就不是為了宴會才來，且又厭惡京中這些虛偽的應酬，坐下來之後便基本不說話了，只有一搭沒一搭地聽著旁人閒聊，滿心記掛的不過一個尤芳吟。

上一世她所識的尤芳吟的面容，和她這一世遇到的尤芳吟的身影，不斷在她腦海裡交錯閃爍，重疊又分離，攪得她心煩意亂。

那尤月自己生氣了一陣，可看姜雪寧坐下之後便沒說話，旁的姑娘小姐們又因為這一回尤府請來了燕臨和沈玠，話裡話外都捧著她恭維，便漸漸把先前的齟齬給忘了。

這會兒便和人聊起京中近來的事。

她一拍手，想起一件事：「哎，有一樁有趣的，妳們聽說了嗎？就那個什麼刑科給事中和錦衣衛叫板的事兒。」

姜雪寧剛心不在焉地拿了席面上一小塊桂花糕，聽見「刑科給事中」五個字，心頭一顫，手上一頓，忽然就抬起眼來看向尤月。

尤月一臉輕慢的譏諷，向其他人笑道：「誰不知道前朝先帝設立錦衣衛之後，便十分倚重，很多刑獄之事都交了下去。前兒錦衣衛的周千戶帶人去抓兩個瞎寫書編排朝廷的酸儒，誰不知道那是聖上的意思？人都抓了下了獄了，可妳們猜怎麼著？第二天有人給聖上上了道摺子，說錦衣衛拿人沒經過他們刑科同意，要彈劾周千戶呢！一看，叫張遮，就一小小的七品刑科給事中，膽子倒很大，嫌命長了。」

周千戶跟清遠伯府有些關係，為著朝上這件事，清遠伯在自己書房裡已氣得大罵過好幾回，尤月自然覺得這姓張的很多事，言語間頗不客氣。

其他人也都附和：「這芝麻大的小官竟敢跟錦衣衛抬槓，太不識好歹了吧！」

姜雪寧手指頭輕輕一鬆，那塊拿起來的桂花糕便被她丟回了碟裡，破天荒地插了句話，只一聲笑：「這都叫『不識好歹』，那依列位高見，什麼才叫『識得好歹』？」

眾人都愣了一下。

她們坐在這裡說話久了，也不聽姜雪寧接半句，漸漸都要忘記旁邊還有這麼個存在，忽然聽她說話，都有一瞬間的茫然。

再一看這姜家二姑娘的神情，不覺微驚——便是先才尤月拿話刺她，姜雪寧面上也都是淡淡的，顯得不很在意，可此時此刻，唇邊雖然掛笑，卻有些冷。

一雙漂亮的眼眸抬起，靜靜地看著人，無端透出幾分懾人之感，襯著唇角那一抹冷笑，竟有一種諷刺般的尖銳。

尤霜怔然，尤月則是一下被她這句話點著了，徹底把一張臉拉下來。「妳這話聽著倒像是要為這姓張的抱不平，可我怎麼沒聽說姜侍郎本事大，連個不知道是什麼東西的七品官都要提攜？」

這話裡竟暗指張遮背後是姜伯游了。

姜雪寧上一世便不是什麼好脾氣的主兒，更何況尤月這一番言語接連犯她忌諱，於是，面上最後一絲笑意都隱沒乾淨。

她接過一旁棠兒遞過來的錦帕擦了手，一字一句道：「朝廷律例，錦衣衛除了要有駕帖外，還必要有刑科給事中的批簽才能拿人。這位周千戶膽大妄為，竟連朝廷律例都敢不放在眼中，被張大人參上一本實屬咎由自取，怎的倒輪著尤小姐為他喊冤抱屈，莫不是要枉顧本朝律例，顛倒一回黑白？」

周遭其他人齊齊變了臉色。

錦衣衛雖日漸張狂，朝野中人也慢慢習慣他們的行事，今日這等場合還是頭一回有人把律例拿出來說事兒，實在教人不大敢插話。

就連尤月反應過來都覺悚然。

只是她原本就看不慣姜雪寧，又平白被她駁了一回面子，這會兒若退讓閉口不言，實在臉上無光，便咬著牙又頂了一句：「妳且拿律例說事，只等著看這位『張大人』回頭下場如何吧。」

姜雪寧慢條斯理地一笑：「我也等著看周千戶的下場呢。」

她笑時，目光渾無笑意，只瞅著尤月，眸底竟是戾氣橫生。

上一世她雖沒有主動去害過誰，可也是經歷過一朝殺伐的人，骨子裡有些東西已養得與這些閨閣小姐不同。

這眼神藏了幾分血氣，尤月哪裡見過，一時之間竟被這眼神看得發抖，張了張嘴卻一句話也說不出來。

她哪裡知道，「張遮」這個名字對姜雪寧來說，意味著什麼。

這個人，是她上一世唯一愧對之人。她貪生怕死，卻在生命的最後，為他交付了自己畢生的勇氣。又怎容得旁人玷辱他半句？

別說今日坐在這裡的是小小一個尤月，便這裡坐的是謝危，她也敢照斥不諱！

第十二章　抉擇

花廳內的氣氛徹底僵下來。

朝中之事大家都不怎麼敢深論，又眼見姜雪寧這架勢駭人，乾脆連和事佬都不敢出來做了，只心裡納罕：一個前面十四年都養在田莊、半點見識都沒有的姑娘，在京中待了四年而已，怎生這般教人害怕？

好在正當此時，外頭下人忽然面帶喜色，急急來報：「稟小姐，臨淄王殿下和燕世子已經在外頭了。」

先前尤月與姜雪寧這一番爭執，立刻就被眾人拋之於腦後。

甚至連尤月自己都一下不在意了。

花廳裡這些妙齡女子們，一下交頭接耳地談論起來，各有或憧憬或羞赧的嬌態，有一些膽子大的更是直接湊到門旁窗邊去看。

唯有姜雪寧聞言微微怔然：燕臨怎麼也來了？

但隨即便感到頭疼。

難怪她今日來清遠伯府，見著來赴宴的人這麼多，原來不是伯府重新得勢，而是因為燕臨與沈玠要來。

這下可好……

那日她婉拒燕臨時，信口敷衍說要在家歇兩日，結果到了九月九重陽節的時候又來別人家赴宴，只怕一會兒醋罈子要翻了。

清遠伯府賞菊都在園子裡，男客女客雖然分開，可一邊在花廳，一邊在水榭，相距其實並不遙遠，且兩邊進來時都要經過園中一條長廊。

在花廳裡，在水榭裡，遠遠就能看見。

那下人來報時，燕臨與沈玠已經從外頭進來，不多時便走上了長廊。

沈玠天潢貴胄，溫文爾雅的氣質自不必說。

今日的燕臨則難得沒帶佩劍，做貴公子打扮。一身收腰的錦緞天水藍長袍，革帶上簡單地懸了一塊白玉，少年英姿挺拔，面如冠玉，目若晨星，遙遙從長廊那頭走上來，彷彿一灼灼驕陽，使人目眩。

花廳裡這些閨中少女，早已過了不知事的年紀，一時望見這般出色的公子哥兒，心底都萌生出些許的春情來。

尤月更是看呆了眼，臉頰緋紅。

她今年也是十八妙齡，自忖容色高於姐姐，又與燕臨年紀相仿，昨日聽聞燕世子與臨淄王要來時，便暗中揣度燕臨為何而來，險些一夜沒睡好覺，如今見得燕臨來，心便怦怦直跳。

「哎呀！」一位倚在門邊看的小姐，忽然叫了一聲，驚訝地以手掩唇。「燕世子怎的向這邊來了？」

眾人頓時跟著驚訝起來，原本還能在座中假裝鎮定的，都不由站了起來，向外望去。

果然，只見燕臨立在廊上，同旁邊的沈玠說了兩句話，便帶著他身邊那名青衣僕從，往花廳的方向來。

廳中眾人立刻猜測起來。

「燕世子這是要幹什麼？」

「來找誰嗎？」

「呀，莫不是來找咱們尤家小姐吧？」

尤月、姜雪寧她們這一桌正好在窗邊，乃是整個花廳中視野最佳的位置，能清楚地看見外面。

相應的，外頭也能略窺其一二。

尤月聽得其他人打趣，心裡歡喜，面上卻是又羞又惱，作勢要打那幾個嘴碎的，只道：「妳們可別胡說，我們府裡可沒發帖請燕世子，昨日接到他回帖，說今日要來，府裡上下還納悶呢。誰知道世子為什麼來？」

她不這般說還好，一說越發引人猜測：「這可是巴巴尋來的，還是清遠伯府面子大呀。」

姜雪寧坐在窗邊一角，朝外望著不說話，臉上半點不見旁人那般暗暗的激動和羞怯。

別人的注意力也都不在她身上，唯有尤霜若有所思地向她看了一眼。

不多時，燕臨已經走近，竟正正好來到那窗前。

今日是清遠伯府的宴，燕世子若只在男客那邊倒也罷了，眼下往女客這邊走，難免就要使人多想：既在伯府，又來女客這邊，且今日還給面子來赴宴，按尋常道理來推論，自然是來找尤府小姐的。

一時周遭目光都落在尤月身上，也不知是疑多、羨多，還是嫉妒居多。

尤月身處於旁人目光之中，只生出一種前所未有的緊張，差點一個失手打翻了茶盞，但很快這種緊張就變成一種得意與虛榮。

畢竟算主人家，要待客。

她輕吸一口氣，壓住那一顆幾乎就快要跳出喉嚨的心，窮盡自己畢生的鎮定，端出了一副得體優雅的姿態，款款起身，便揚起了微笑：「燕世子——」

燕臨長在高門，從小不知有多少女人在他面前獻媚，見多了這樣矯揉造作的姿態，都懶得睬她一眼，全當沒聽到，反將目光落到窗內角落裡那名少女身上。

姜雪寧猶自端坐，一雙明澈的眼從裡面看出來，自然且安靜，只是神情間似乎藏了幾分苦惱，倒像是覺得他是個麻煩似的，教人看了心頭火起。

燕臨本就不滿她敷衍自己又跑來這勞什子的清遠伯府折騰，當下便微微抿唇，拉下了臉來：「沒想到今日我也來吧？」

周遭所有目光「唰」地一下轉了向。

尤月面色一白，剛在面上掛好的得體微笑險些扭曲，幾乎用一種不可置信的目光霍然回轉頭來看著姜雪寧。

姜雪寧心底嘆了口氣，不答話。

燕臨便道：「妳出來。」

周圍又是一陣倒吸涼氣的聲音。

姜雪寧知他脾性，猜他心底著惱，倒不敢當著眾人的面觸怒他，只恐他脾氣上來讓大家都下不了臺，便依言起身，出了花廳。

她前腳才邁出去，花廳裡後腳就炸開了。

先才還對燕世子懷有憧憬的大家閨秀們，簡直不敢相信自己的眼睛，連帶著看尤月的目光都古怪了幾分。

尤月作為主人家巴巴站起來，才剛說了半句話要招呼客人，誰料想這位尊貴的客人竟然半分也不搭理她，反而跟她們以為上不了檯面的那姜二姑娘說話，言語之間更好似熟識，實在令人驚得跌落一地下巴。

這何異於當面打臉？

原本她們以為燕世子與臨淄王殿下來赴宴，該是清遠伯府有什麼不為人知的本事，可看燕世子方才言行，似乎完全不是她們想像的那般。

尤月站在原地，望著外頭那兩道遠去的身影，臉上忽然變得五顏六色，表情十分「精彩」。

燕臨走在前面。

姜雪寧落後半步。

青鋒與棠兒則在更後面，只遠遠跟著。

等走到這園子角落的幽僻處，燕臨才停下腳步，似笑非笑地看她說：「自己說要在家歇兩日，今日又出現在人家賞菊宴上，妳成心要氣我是吧？」

姜雪寧自打聽見他來了，就知道醋罈子要倒，如今果然倒了。

她抬眸望他，眼底仿若一泓清泉，只含笑道：「我也是回了屋才看見尤府的請帖，臨時決定的。何況你現在不也來了嗎？」

這話裡意思，竟像是說她知道燕臨也會來一樣。

燕臨頓時生不起氣來，還沒來由地感覺到了一絲甜意。

他先前抿起來的唇角便壓不住了，浮上來一抹真笑：「正經本事沒學多少，哄我的功夫倒練了個爐火純青！」

姜雪寧心裡道：你不就吃我這套嗎？嘴上卻是道：「可世子膽子也太大了些，方才廳中還有其他府裡的小姐在呢，你也敢過來。今日情形教人瞧見，怕不知回頭要傳出怎樣的流言蜚語。」

「那便教他們傳好了。」

燕臨眉目間竟透出幾分霸道來，渾然不將那些放在眼底。

「往日是我尚有兩年才加冠，不好教旁人知道，怕中間生了什麼變故，讓妳為流言所困，可如今就剩下兩個月，我巴不得讓全天下都知道。」

姜雪寧一時無言。

這時她想起來的，是上一世燕臨那血腥的冠禮，抄家滅族、流放千里，偌大的燕氏一族一朝覆滅，只像是烈日墜於山谷，暗得透不出一絲光來。

再看眼前少年對真正成年的憧憬與嚮往，不由深覺殘酷。

燕臨瞧著她神情不對，以為她生氣了，一時倒生出幾分侷促，思量片刻便改口道：「但妳若不高興，往後這樣的事情我再也不做。」

姜雪寧心底越發荒涼。

燕臨卻走上來一步，拉了她的手說：「殿下那邊還在等我，妳今日既出來了，就不急著回去。待得下午宴席散了，妳在層霄樓等我，我晚些時候出來，帶妳去看燈會。」

少年的手是執劍的手，指腹磨出些細繭，拉著她手掌時，傳遞出一股透入肌理的熱度。

姜雪寧看他笑望著自己，實在說不出拒絕的話來。

畢竟先拒了他又來了清遠伯府，要再拒他一回，只怕他當場翻臉，只好應道：「好。」

燕臨在此也不好多留，且誤以為她不高興他高調行事，是以跟她說了兩句話，又交代她一會兒萬莫貪杯喝成隻醉貓，這才帶著青鋒返回水榭。

姜雪寧則順著原路，信步要回花廳，可才經過幾叢花樹，忽然便聽見幾聲咒罵從花樹的另一邊響起，透過交覆的枝葉傳了出來。

「小賤蹄子讓妳跑！」

「妳是誰的種都還不知道，府裡養妳這許多年，妳倒還敢反了天了！」

「塞住她嘴，摁她下去清醒清醒！」

中間彷彿夾雜著女子絕望的嗚咽聲，但模糊極了。

姜雪寧的腳步在這條幽靜少人的道路上停住，電光石火間，已然意識到花樹的另一邊正在發生什麼，理智催促著她趕快離開。

可腳卻半分不聽使喚。

她也不知自己是不是瘋了，竟輕輕抬手拉開了一根枝條，透過縫隙向裡望去。

那邊是一片不大的蓮池，只是深秋時節，夏日裡的蓮花荷葉早已敗了，留下滿池的衰色，尚未來得及清理。

此刻正有三個粗使婆子在池邊上。

其中一個黑著臉抽了帕子擦著自己被咬出血的手腕，另兩個婆子一個絞住了尤芳吟的手，一個摁住了尤芳吟的頭，竟將人朝著水裡按！

姜雪寧只聽聞說，上一世的尤芳吟是落水之後才性情大變，卻不知是這般的「落水」法。

棠兒站在她身後，已是看得駭然。

姜雪寧卻覺得渾身都在發冷。先前在她心底叫囂過的聲音再一次浮了出來，比上一次還要尖銳、還要刺耳——

別去。

別去。

各人有各人的命數，原本的尤芳吟膽小怯懦且蠢笨，只會被人欺負。妳救她也不過只能救得一時，難道還能救得了她一世？

且妳真不想見另一個尤芳吟嗎？

別去，別去。

殺人的不是妳，妳不過袖手旁觀而已。

那幾個粗使婆子因尤芳吟從柴房中逃跑而受了兩位小姐責罵，恨她一個賤妾所生且身分不明的庶女不識抬舉，成心要折磨她，好教她長長記性，日後不敢再犯。

這一來下手便極重，把人腦袋按進水裡，任由她撲騰掙扎，也不讓她起來。

尤芳吟被關在柴房中幾天，都沒吃下多少東西，又挨了打，哪裡還剩下多少力氣，只不過掙扎了幾下，就再也掙扎不動。

這池裡的水冰涼，灌進她口鼻，已難以呼吸，先前還算激烈的反抗便漸漸無力起來，一段纖弱的脖頸慢慢地向著池水裡沉去……

那是何等的絕望姿態？

姜雪寧忽然便被扎了眼。

死亡的恐懼，沒人比她更懂，因為她已切切實實經歷過一次。

這時見著尤芳吟不再掙扎，腦袋裡已是轟然一響：當真能見著這樣一個無辜的姑娘在她面前被人謀害，又當真覺得等她要等的那個「尤芳吟」到來，她能與上一世般問心無愧地與「尤芳吟」成為摯交嗎？

那一刻，姜雪寧的理智終究沒能控制住，一聲「住手」喊出時，她便知道，這幾日來對自己的告誡全然白費。

她是個自私的人，可壞得不夠徹底。

池邊三名婆子聽見這聲音嚇了一跳，轉頭一看是個不認識的貴家小姐從花樹間走出來，便連忙鬆了手。只是尤芳吟早已沒力氣，她們手才一鬆，她整個人便從池邊跌下去。

只聽「撲通」一聲響，人竟往池底沉去。

先才動手那兩名婆子見狀，頓時面色一白。

姜雪寧一張臉上沒有表情，連聲音都異常冰冷平靜，只道：「把人撈上來。」

兩名粗使婆子原先不過是想要懲戒尤芳吟一下，哪裡料到她這樣不禁折騰？再卑賤那也是府裡的庶女，若真鬧出人命來，她們吃不完兜著走！被姜雪寧這麼一吩咐，當即便回過神來，手忙腳亂地把人往上撈，再拖到岸上時已是濕淋淋一身，臉色發青，兩眼緊閉。

先才指使人動手的那婆子也慌了神，忙道：「快，拍兩下！」

姜雪寧便立在一旁，冷眼看著她們施救，也看著這一張自己本來熟悉的臉，可心裡面卻是前所未有的恍惚，一時甚至無法分辨自己此刻到底是更期待，還是更恐懼。

她想，自己是虛偽的。

明明可以早一些出面呵責，可她偏要等到人奄奄一息了，才出來阻止。

也許，這樣便能安慰自己：不是見死不救，也不是故意要尤芳吟來到這個令她厭惡的世界，她盡力了，只是沒能阻止這件事罷了。

「咳！」

那粗使婆子拍了兩下都不見有反應，慌神之下用了大力氣在人背後一拍，又掐了人中，人才猛地咳嗽一聲，把嗆進去的水都咳出來。

一雙眼疲憊而緩慢地睜開。

這一瞬間，姜雪寧沒站穩，身子一晃，往後退了兩步。
那一雙眼，不聰慧，不通透。
半點沒有她所熟悉的那種身在局外淡看人世的清醒與淡漠。
只有一片倉皇的恐懼，笨拙的木訥。
——不是她。
姜雪寧心中，有什麼東西轟然墜地，彷彿得到了救贖，可隨即，便有一種曠世的孤獨翻湧上來，將她浸沒。

第十三章　指點

那兩名婆子見著人醒轉過來，都不由鬆了一口氣，這才感覺到自己竟在這涼快的天氣裡出了一頭的汗，不由舉起袖子來擦了擦額頭。

可誰也沒想到，剛醒來的尤芳吟，眼底忽迸出一絲狠色。

她奮力地掙脫了二人，竟振著嗓子大喊一聲：「救命，救命——」

婆子們嚇了一跳，連忙伸手去捂她的嘴：「妳瞎叫什麼！」

但已經是晚了。

尤芳吟現在雖然虛弱，可這兩聲卻好似用了全身力氣來喊，在這算得上空曠安靜的地方迴蕩開去。

周圍雖然幽靜，可也有抄近路的丫鬟經過，聽見這聲音湊過來一看，見尤芳吟濕淋淋癱在地上，一時誤會了，也沒等那幾個婆子出言阻攔，便大聲地驚叫起來：「不好了，不好了，有人落水了！」

那幾個婆子差點沒把臉給氣綠。

這會兒外頭園子裡早就開始賞菊，距離這裡本也不遠，沒一會兒就烏壓壓來了一大幫人，既有府裡的丫鬟，也有今日來赴宴的客人。

燕臨本在同沈玠說話，一聽見有人落水原還沒在意，可一打聽，說是個姑娘落在蓮池裡，再一回憶姜雪寧走的方向，嚇了一跳，慌亂之下沒來得及問清楚，便與其他人一道來看。

他來時與眾人都在蓮池這頭，只瞧見姜雪寧人雖在蓮池邊，卻是好端端地立著，這才鬆一口氣。

轉念一想，又覺得自己關心則亂，但下一刻便疑惑起來。

先才那一聲喊，幾乎已經用盡尤芳吟所有的力氣，她往前竄了沒兩步便撲在地上。

因先前掉進水裡，衣裙全都濕透，這會兒全都貼在身上。

對面亭中廊下不少人都朝這邊看著，指指點點，竊竊私語。

姜雪寧的神思飛走了好一陣，回過神來時，卻能看懂尤芳吟這番作為的因由。

若不將事情鬧大，焉知以後還會遇到什麼，便是白白被人暗地裡弄死都不知道。

人都已經救了，再後悔也來不及。

她今日一身月白的衣裙外還罩了一件滿繡遍地金的褙子，便褪下來，輕輕給尤芳吟搭在身上，而後冷了一張面無表情的臉，向池對面那圍觀的熙攘人群道：「都圍著幹什麼，沒見過婆子懲治姑娘，奴才欺負主子嗎？」

嘩！此言一出簡直讓所有人都驚呆了。

那三個立在旁邊的粗使婆子更是睜大了眼睛，見鬼一般看著姜雪寧。

就連尤芳吟都怔住了。

那猶帶著一分餘溫的外袍搭在她身上，而她面前的那位年輕姑娘，在褪去了外頭這寬鬆的褙子後，只著一身月白的長裙，在腰間收束，挺拔而筆直地站立，眉目裡沾著些許的冷意。

豔似雪中梅，凜若寒潭月。

便是她聽的戲文裡用以描摹美人最好的詞，都無法描摹她萬一。

這一剎那，她連鼻尖都酸澀起來，眼底大顆的淚接連滾落，卻笨嘴笨舌，說不出半個「謝」字，只知道望著，移不開目光。

站在池對面的燕臨一聽就知道是什麼事，目光從姜雪寧那單薄纖細的身影上劃過，又一看他身邊站著的那些世家公子們，只覺得他們看的不是那「落水」的姑娘，看的分明是自己的寧寧，眉頭不覺深深皺起。

燕臨拉下了臉來，立刻道：「對啊，人一個姑娘家落水，一群大老爺們在這圍著看像什麼話？趕緊走，趕緊走。」

無論如何，這畢竟是人清遠伯府內宅中的事情，且那落水的姑娘身分不明，的確不好多留。

眾人聽了燕臨的話心裡雖有些不滿，到底還是嘀咕著去了。

唯有燕臨落後了幾步。

沈玠看他，他卻是想了想，竟直接把自己的外袍脫了下來，遞給身邊跟著的青鋒，一臉不耐煩道：「給她去，轉涼的天氣為個不知什麼來頭的丫頭，別給自己凍病了。」

青鋒心說，您這衣裳給了姜二姑娘，只怕人也未必敢披，可到底是自家主子，又是知道他脾性的，實不敢在這種時候多嘴，便將他這一件繡工精緻的外袍接了，向蓮池對面去，到了便將那衣裳往外遞。

棠兒轉眸看姜雪寧，不知是該接還是不該接。

青鋒心底哀嘆了一聲，只低低道：「二姑娘若是不接，小的一會兒拿著回去，只怕不好交代……」

姜雪寧回眸看他一眼，才對棠兒道：「接著。」

青鋒頓時鬆一口氣：「謝二姑娘憐惜。」

棠兒把這一身天水碧的外袍收了掛在臂彎，青鋒便向著姜雪寧躬身一禮，退了下去。

圍觀的客人們都散了，這附近只留下清遠伯府的下人。

姜雪寧看尤芳吟渾身濕透，這外頭風又大，一吹人便瑟瑟發抖，整張臉上都沒個人色，便看了看那三個婆子道：「雖則妳們伯府的事情外人不好置喙，可下手這般重，若真害了人性命，也不怕虧了陰德嗎？」

那三個婆子先前聽姜雪寧一介外人，竟胡言亂語說什麼「婆子懲治姑娘，奴才欺負主子」，差點沒氣得七竅生煙，可轉眼便見著燕小侯爺身邊的人來給她送衣裳，又慶幸她們沒有一時衝動上去斥責姜雪寧，不然得罪了不該得罪的人，回頭吃不完兜著走。

此刻聽姜雪寧訓她們，個個埋了頭訕笑不敢回嘴。

姜雪寧也不想過多插手清遠伯府的事，只道：「先把人送回房裡吧。」

「是，是。」

府裡其他主子怕還不知道這裡的消息，得過會兒才來，三個婆子先才的作為都被姜雪寧目睹，她們是既心虛又害怕，聞言連忙應聲，上前把尤芳吟扶了，往東北跨院的方向走。

姜雪寧猶豫了一下，竟跟了上去，棠兒在後面看得一頭霧水。

姜雪寧也很難形容自己這一刻到底是什麼想法。救人救到底，送佛送到西？不，她不是這樣善良的人。等待著有奇跡發生？發生在她身上的奇跡已經夠多了，重生便是一樁，老天爺不會對她那麼好的。

也許，只是單純地想要看上一眼吧。

看看以前的尤芳吟，住的是什麼地方。

跨院是府裡沒地位又不受寵的小妾和庶女住的地方，清遠伯府的跨院實在不怎麼樣，看著十分簡單，姜府裡稍有些頭臉的下人住的地方都比這好。

進門之後一應擺設十分樸素，床榻、木屏、桌椅，炕桌的針線簍子裡還放著沒有做完的針線活兒，周遭看上去倒是乾乾淨淨，整理得很是服貼。

屋裡就一個剛留頭的小丫頭，還不知是不是伺候尤芳吟的，見了這許多人進來，嚇得連手腳都不知該怎麼放，還是為首的婆子呵斥了一聲，才曉得端茶遞水拿帕子。

姜雪寧看了她一眼，也不說話，只忍不住去打量這間屋子。

可畢竟尤芳吟沒有來過。

這屋子裡既沒有各種玩閑的雜書，也沒有富貴的綾羅，既沒有時新的玩意兒，也沒有西洋的鐘錶……

剛才救了人時的那種虛幻感覺，終於漸漸地消散，又沉落下來，變得實實在在，容不得她再有半分的希冀與幻想。

也是第一次，她真真正正地轉過眼來打量這一世的尤芳吟。

因有外客在，尤芳吟不好下去換衣服，也或許是怕得慌了，只小心翼翼地揭了姜雪寧先前披在她身上的衣裳，又叫小丫頭抱了一床薄被來裹在她身上，青著一張臉望向姜雪寧。

五官只能算清秀，柳眉、杏眼、櫻唇本是好看，可眉眼之間少一股神氣，像是街上那手藝不精的匠人雕刻的木頭人，呆滯而死板。

左眼角下一顆淚痣，這是老人家們常常講的福薄命苦之相。

她妄圖從這張臉上尋出一絲一毫的另一個尤芳吟的影子，可打量完才發現：沒有了，真的沒有了。再沒有上一世那個尤芳吟了……

尤芳吟從未見過這樣的眼神。

這位救了她的貴人，彷彿是要從她身上看出另一個人。有那麼一點如泣如訴的哀婉，又像是接受了現實，卻打破了夢境。

她不由得握緊手指，覺得自己應該說些什麼，可張了張嘴，又說不出半句。

姜雪寧立了半晌，眨了眨眼，對那幾個不知所措的婆子道：「妳們出去。」

婆子們面面相覷。

她們心中疑惑，卻不敢反駁，連帶著那小丫頭，雖搞不清楚狀況，卻也不敢多留，跟著一齊退了出去。

屋裡便只剩下姜雪寧與尤芳吟二人。

尤芳吟終於訥訥地開口：「謝、謝貴人救命之恩……」

姜雪寧卻是注視著她，抬了手指，輕輕撫過這一張她原該十分熟悉，眼下卻覺陌生的臉龐，將她頰邊一縷髮拂開了，夢囈般道：「是該謝的。為了救妳，我竟放棄了此生最大的依憑呢……」

尤芳吟怔住。

姜雪寧這才自嘲般地笑了一聲，對她道：「我看妳是個不想死的。如今都算是去閻王殿走過了一遭，往後還有什麼好怕？便這樣熬下去，好歹活出個人樣來，才不辱沒了這一身皮囊。」

明明這是她的身體，不該說這般偏頗的話，可又怎能壓得住心底的失落？

姜雪寧自認是個普通人罷了。

尤芳吟大約是聽不懂她在說什麼，只知道睜著那一雙大眼望著她。

姜雪寧越看越失落——差太遠了。

她原本想說很多，卻忽然說不出口，心裡藏著千般萬般的事情，都不知該找誰傾訴，一時全倒回了肚子裡。

「棠兒。」姜雪寧想了想，喚一聲，叫棠兒進來。「帶錢了嗎？給我。」

棠兒便摸出個荷包來，裡面塞著些銀票，三張百兩、五張十兩，還有些銀錁子。這是備著姑娘回府路上買東西用的。

她看一眼姜雪寧，遲疑片刻，還是遞了出去。

姜雪寧打開看了一眼，便擱在桌上道：「妳我也算有緣，這錢妳拿著，回頭為妳姨娘收拾一副好棺槨，好生安葬了。至於剩下的，自己留著，好生過活吧。」

尤芳吟不知她怎麼知道姨娘的事，眼眶剎那紅了，突然慟哭起來。

只是這哭也無聲。像一條岸上的魚，張大了嘴，沒發出什麼聲音，卻越讓人覺著撕心裂肺。

她終究不敢哭。

左不過是府裡死了個姨娘罷了，還是自己吊死的。

姜雪寧只覺得此間壓抑，與這一個尤芳吟實也沒半句話能說，坐了一會兒便起身來，往外走去。

只是才走到門口，又停下來。

她一手扶著門框，回眸看她一眼，只淡淡道：「三日之後的上午，東市江浙會館外會有個叫許文益的商人賣一批生絲，妳若手有餘錢，且不甘於現狀，可去談價買下一些，半個月後能賣得三倍價。若省著些，也該夠妳一段時間的用度了。」

當年尤芳吟的第一桶金來得很不容易，便是連錢都是去外頭借的印子錢。只是她敢闖敢想敢做，愣是賺出來了。這尤芳吟卻像個榆木疙瘩，性情懦弱，見識淺薄，腦筋也不似能轉過彎來。上一世尤芳吟的手段與眼界，連她都學不來，這個尤芳吟何能及萬一？

姜雪寧這般指點，不過自己做到無愧罷了。

她不認為這個尤芳吟能做出什麼。

言罷，她便斂眉轉身，叫上棠兒，從這跨院離開。

屋裡只餘尤芳吟一人，用模糊的淚眼望著姜雪寧漸遠的背影，然後低下頭來，看著掌心那一只荷包，慢慢地攥緊了。

第十四章　沈芷衣

姜雪寧返回花廳時，在道中遇見了匆匆趕來處理此事的尤氏姐妹。顯然她們也已經聽說姜雪寧這一個外來的客人竟插手她們府裡事的消息，一則有先前花廳中的「舊怨」，二則有眼下的「新仇」，尤月盯著她的那一雙眼睛，好似能噴出火來。就連尤霜面色都不算好，只淡淡道了聲好。

姜雪寧也敷衍地應過。

跟清遠伯府這兩姐妹的梁子，肯定算是結下了。

可她並不在意。

天下有哪個人怕被一隻螞蟻恨上呢？

返回花廳後，尤芳吟「落水」的消息都傳遍了，因不知道具體實情，所以傳言反倒比事實還離譜。

有說是府裡丫鬟，不堪主家折辱才投水的。

有說是正經姑娘，姨娘剛投了繯，一時想不開做了傻事。

當然，傳得最廣的莫過於姜雪寧方才那句話：這姑娘是尤府的庶出小姐，被惡僕欺辱，只怕「落水」的事情沒那麼簡單……

因先前燕臨來找她說話，這花廳裡諸多世家小姐平日都循規蹈矩，倒還頭一回見到這種公然的「私會」，在姜雪寧走後便對她有頗多非議。

且大家原本對燕臨都有點心思。

誰想到半路殺出個姜二姑娘，竟讓她們覺著，燕世子在冠禮之前敢這般作為，該是婚事暗地裡都敲了個七七八八。實在令人泛酸。

可奈何緊接著就出了尤芳吟落水的事情。

世家小姐們的日子乏味，哪能抗拒得了談資的誘惑？正好主人家料理事情去了，有些便趁機湊到姜雪寧身邊來打聽。

姜雪寧便說了自己看到的，既不添油加醋，也不少說半分。

不一會兒，尤氏姐妹回來，只說是府裡一個庶女不慎失足落水，還好婆子們發現得早，救過來了，如今已經找了大夫來看，不妨事。

眾人面上當然都一副「人沒事便好」的慶幸。

可這些世家小姐先才已經聽過姜雪寧一番話，且誰家裡沒點骯髒齷齪，有些事情一聽就明白，內裡根本懶得信尤氏姐妹這番鬼話，只不過她們是主人家，面子還是要給一點。

至於等宴會結束，回了自己家要怎麼傳，那就是她們的事了。

接下來便是午宴，賞菊、作詩作畫。

於姜雪寧而言，著實無聊。

若不是燕臨先才說下午結束後去層霄樓等他，晚上一起去看燈會，她怕在見完尤芳吟之後就走了。

最後半個時辰，她只坐在邊上，看這些世家小姐舞文弄墨，在那一張一張鋪好的宣紙上工筆描摹出一幅又一幅姿態各異的秋菊圖。

一會兒等大家選個魁首出來，此宴便算結束。

可誰也沒想到，在這雅宴將盡的時候，門口忽然一聲唱喏：「樂陽長公主到！」

長公主？

廳內所有人都吃了一驚，根本沒來得及抬頭多看，便都慌忙行禮：「恭迎長公主！」

姜雪寧在聽見這一聲的時候，眼皮跳了一下，心裡面暗恨自己沒有提前離席。

但轉念一想，自己現在是女裝。

於是又強迫著自己放鬆了那根忽然繃起來的神經，在角落裡隨同眾人一道行禮，下意識把頭埋得低低的。

廳前傳來輕微的腳步聲，還有貴族女子腰上所懸的佩環相撞的聲音。

很快，眾人便聽得一道聲音從頭頂傳來：「不必多禮，本公主與阿妹不過聽得清遠伯府宴會未盡，順道來看看是什麼模樣罷了，平身吧。」

一字一字，若珠玉落盤。竟有如仙樂，仿若天人。

眾人聽得這聲音，便忍不住去想，能擁有這樣美妙嗓音的樂陽長公主，該是何等神仙妃子般的模樣。

世家小姐身分雖貴，卻從未進出宮廷。大部分人從來沒有見過公主，是以平身之後，都抬了眼眸打量。

然而，在看見這位公主樣貌的瞬間，所有人都愣了一愣，目光裡不由浮出幾分異樣，隨即便生出一種憐憫，心裡面暗暗道一聲：「可惜。」

樂陽長公主沈芷衣乃是先帝寵妃賢皇貴妃所出，自小受盡寵愛，錦衣玉食，養得皮膚細嫩雪白，五官又繼承了皇貴妃的精緻，異常明麗照人，笑起來時更有甜甜的小酒窩，教人看了便心生歡喜。

然而她左眼下半寸靠近眼尾的地方，竟有一道疤痕。

顏色雖已稍淺，也不太長，可在這般無瑕的臉上，格外醒目，格外刺眼，讓人很難不去注意。原本一張臉上的美感，便被這一道疤拉得損失殆盡，使人不由惋嘆：「明珠有裂，美玉生隙。」

這是一張破了相的臉，便是使了脂粉來遮，也能看清。

有那般動聽的聲音，卻偏沒有與之相襯的樣貌。

姜雪寧則知道，樂陽長公主臉上這一道疤痕，乃是二十年前平南王舉兵謀反進犯京城時留下的，那時她不過是剛剛出生不久的一個奶娃娃，被叛軍從乳娘手中奪來，作為人質，用匕首在她臉上劃了一道，脅迫躲藏在皇城中的其他皇族現身。

後來勤王之師趕到，平息叛亂。

貴為公主的沈芷衣當然安然無恙，可臉上卻永久地留下這樣一道疤，從她的幼年伴隨到如今。

如今雖二十年過去，可朝堂上、皇宮裡，所有歷經過那一場變亂的人，看了她臉上這道疤，都會不由回憶起那一場讓宮廷內浸滿鮮血的變亂。

樂陽長公主這道疤，是平南王逆黨在大乾這一泱泱王朝臉上劃下的恥辱。

也正因此，當今聖上對這位妹妹格外寵愛。

但凡沈芷衣有任何要求，只要不涉及國家社稷的存亡，他都予以滿足。

便是她想要摘那天上的星星，沈琅也要叫人去試一試能不能摘，方肯甘休。

沈芷衣在宮廷中長大，從小就見過無數人注視她臉上這道疤時的目光，有的憐憫、有的疼惜、有的譏諷，甚至她偶爾還會從一些容貌昳麗的宮人臉上看到她們的心聲：縱然是高高在上的公主又如何？有了這一道疤，破了好顏色，實在連她們這些低賤的宮人都不如。

年幼時，她尚且不知這些目光的含義，待得漸漸年長明白之後，卻是由怒生恨，由恨生悲。

試問天下女子，又有誰能真正不在乎自己的容貌呢？

沈芷衣掃眼看去，眾人打量她的目光都被她收入眼底，唯有角落裡一人埋著頭沒有抬起，一直把腦袋按得低低的。倒是稀奇。

她在宮中時已習慣別人這樣的注視，此刻雖覺得心底跟扎了根刺似的，卻也沒有發作，只冷淡道：「妳們繼續作畫即可。」

眾人都被她掃過來的眼神驚了一驚，連忙收回目光。

公主既已發話，她們自不敢反駁，於是個個都回到自己原先的位置，作畫的繼續作畫，作詩的繼續作詩。

姜雪寧也輕輕鬆了口氣，退回去就要繼續假裝自己根本不存在。

可壓根兒還沒等她重新坐下，沈芷衣竟直接向著她來了，往她面前一站，便道：「妳就是姜雪寧嗎？抬起頭來。」

「……」

真不知道這位祖宗為什麼又注意到自己！

姜雪寧如今可不是皇后了，對比帝國公主之尊，她不過是個普通大臣家的小姐，身分地位的差距擺在那裡，也不敢有所違逆，便依言抬起頭來。

這一瞬間，沈芷衣眼底劃過了毫不掩飾的驚豔，不一會兒卻又變成一點帶著哀婉的豔羨，輕輕嘆了一聲：「我今日便是為妳來的。」

姜雪寧眼皮又開始狂跳。

沈芷衣卻道：「難怪燕臨那個誰也降服不了的為妳死心塌地。這般好看，便是我見了都要心動，實在讓人羨慕……」

她今日本在誠國公府赴宴，可到了才聽說她兄長沈玠去了清遠伯府。沈芷衣本來就黏著這個性情溫和又脾氣極好的哥哥，後來更得聞從小跟她一塊兒玩到大的燕臨也在那邊，便著人問了問，這才知道沈玠是因為燕臨去的清遠伯府，而燕臨又是因為某個官家小姐去的。

這一來她便好奇了。

眼看著誠國公府宴會結束，她便拉了與自己要好的誠國公府大小姐蕭姝殺來這裡看看，這傳說中的「姜二姑娘」到底是何方神聖。

沈芷衣知道燕臨那德性，從來對女人不大感興趣，若能被他看中，那必然有過人之處。所以剛才掃眼一看，那個唯一低垂著頭的身影便被她注意到了，走近來叫她抬頭一看，果真是那個姜二姑娘，一張臉姝色無雙，似冷非冷，似豔還無，教人一見難忘。

姜雪寧心底卻是哀叫了一聲「這算什麼孽緣」，聽沈芷衣這意思好像是因為燕臨才來看她的，便算是不想遇到也遇到了。

這位樂陽長公主將來的命運，她是清楚的。

原本執掌兵權的勇毅侯府被平南王舊案牽連流放後，沒兩個月，北方韃靼便蠢蠢欲動，稱新王繼位，想向大乾求娶公主作為王妃，因皇帝不想重新啟用勇毅侯府，便送了樂陽長公主去和親。

四年之後，韃靼養精蓄銳結束，徹底舉兵進犯。

滿朝文武只迎回公主的棺槨。

那時的皇帝已換了沈玠。

他悲慟之下，這才推翻了沈琅當年為勇毅侯府定的罪，為勇毅侯府平反，啟用已流放在外四年的燕臨。燕臨也終於得到機會，以戴罪之身率兵平定邊亂，驅逐韃靼，殺到夷狄寸步不敢越過大乾國土，封了將軍，掌了虎符，回了京城。

之後，便是姜雪寧的「災難」。

她想起她們上一世初見時，她做男兒打扮，卻見沈芷衣對自己臉上那一道疤過於在意，於是拎了燈會上別人用來描花燈的細筆，蘸了一點櫻粉，在她左眼下為她描了那道疤。

沈芷衣彼時誤以為她是男子，對她生了情愫，後來知道她是女子，自然心裡過不去。

可在去往韃靼和親前，她特著人請了姜雪寧來，為她畫上她們第一次見面時那般的妝容，然後靜靜坐在妝鏡前，望著鏡中那張嬌豔的容顏，頰邊卻劃過兩行淚。

在沈芷衣去後，姜雪寧也曾多次問過自己：如再有一次機會，還會在初見時為她畫上那一筆嗎？

當時沒有答案。

她以為自己不會。

可如今，真等到沈芷衣再一次活生生站在自己面前，她真的有了這樣一個機會時，姜雪寧才發現，她的答案是：我會。

「公主殿下本是天姿國色，是整個大乾朝最耀眼的明珠，雪寧何能及萬一？」她抬眸望著她，微微地笑起來。「您本不必豔羨臣女的。」

這番話聽上去實在像是閉著眼睛的恭維。

沈芷衣在聽見的第一瞬間是厭惡的，可當她觸到她的眸光，卻發現這一番話裡十分的認真和好不造偽的鄭重，一時怔然。

姜雪寧便轉身，竟然拉了她到最角落那無人的畫桌旁，拿起一管羊毫細筆，輕輕蘸了一點淺淺的櫻粉，道一聲「冒犯了」，而後便湊上前去，在沈芷衣左眼下那一道疤的痕跡上輕描幾筆。

原本刺目扎眼的疤痕，一時竟變作一抹月牙似的粉，像極了一片飄落的花瓣。

待得她退開時，跟在沈芷衣身邊的宮人已是低低驚呼一聲，目露驚豔。

姜雪寧只道：「有些傷痕，若殿下在人前過於在意，則人人知道這是殿下的柔軟處，皆可手執刀槍以傷殿下；可若殿下示之人前，不在乎或裝作不在乎，人則不知殿下之所短，莫能傷之。您的傷疤，本是王朝的榮耀，何必以之為恥？」

沈芷衣徹底愣住了。

從來沒有人對她說過這樣大膽的話，明明很是直白鋒銳，卻好似一泓清風如水，拂過心田，把某些傷痕撫平了。

她注視著眼前這位初次見面的姜二姑娘，難以移開目光。

姜雪寧畫完那一筆，便覺心頭舒坦，又轉念琢磨了一下：雖然又與樂陽長公主有了交集，可這一世還不知謝危要怎麼對付她，若能巴結好公主殿下，便是謝危要對她動手，說不準也得掂量掂量。這沒什麼不好的。

只是，當她斂神回眸時，撞見沈芷衣此刻注視著她的眼神，忽地頭皮一麻。

這眼神……怎跟上一世一般無二？

她下意識低頭看了一眼自己穿著，確實是女子打扮。

可為什麼這眼神……

電光石火間，姜雪寧腦海裡忽然冒出一個前所未有的念頭，以至於讓她渾身一顫，禁不住激起一串雞皮疙瘩。

誰說上一世樂陽長公主是因她女扮男裝，誤以為她是男子，才陰差陽錯對她生情？

同一種情形，未必不能有另一種解釋。

那就是，見她做男兒打扮，卻一身陰柔女氣，因而對她親近，只是長公主自己未必知曉！

如果是這樣的話……

姜雪寧還執著畫筆未來得及放下的手指，忽然就僵硬了。

這一瞬間頂著沈芷衣注視的目光，她整個人如被雷劈一般，木然的腦袋裡只冒出來三個字——完蛋了。

第十五章　周寅之

冷靜。

冷靜下來。

姜雪寧強迫自己暫時不要想太多。眼神這種事，且還是最初的眼神，也不過就是一切的萌芽和開始罷了。

男子看喜歡的女子，眼神很好分辨。因為在愛意之外，總是夾雜著或多或少的欲望。

可女子看喜歡的女子，不夾雜欲望，關係本質上與看一個十分親密的、特別喜歡的朋友，並無太大分別。

她該是上一世留下的陰影太深，有些杯弓蛇影了。

心念轉過來之後，姜雪寧便變得鎮定許多。

她是內心洶湧，面上卻看不出來。

沈芷衣站得雖然離她很近，卻不知道她心裡面千迴百轉地繞過了多少奇異而荒唐的念頭，只叫身邊宮人拿了一面隨身帶著的巴掌大的菱花鏡一照，在瞧見那一瓣落櫻似的描摹時，目光閃爍，已是動容了幾分。

她剛才初見姜雪寧時，著實為其容貌所驚，以為燕臨喜歡她不過是因為這般的好顏色，可不過三兩句話的功夫，這位姜二姑娘卻又讓她看見了完全不同於尋常閨閣小姐的一面。

京中哪個閨閣小姐能說得出這番話來？

她與燕臨從小玩到大，這時再想，他從不是什麼色迷心竅之輩，確實該是這姜二姑娘有很值得人喜歡的地方，他才喜歡的。

沈芷衣再走近了兩步，竟笑起來拉了姜雪寧的手。「妳說話格外討人喜歡，難怪燕臨喜歡妳，連我都忍不住要喜歡上妳了。」

她不說還好，一說姜雪寧差點腿軟跪下去。

她強繃住腦袋裡那根險險就要斷裂的弦，也強忍住將手從沈芷衣手中抽回來的衝動，徹底收斂了先前自如的顏色，做誠惶誠恐模樣，道：「臣女口無遮攔，慣會胡說八道，還請公主莫怪。」

沈芷衣見她忽然這般模樣，瑟瑟縮縮，渾無先前拉了她來提筆便在她面上描摹時的神采與風華，不覺皺了眉，就要說什麼。

這時旁邊卻插來一道聲音：「殿下嚇著她了。」

沈芷衣轉頭看去。

說話的人是一名盛裝打扮的女子，先前一直都站在沈芷衣旁邊，論通身的氣派也只弱了沈芷衣一線。衣裳皆用上好的蜀錦裁製，光是戴在頭上那一條抹額上鑲嵌的明珠都價值不菲，更別說她腕上那一只羊脂白玉的手鐲，幾無任何雜色。

遠山眉，丹鳳眼。

青絲如瀑，香腮似雪。

雖不是姜雪寧這般教人看了第一眼便要生出嫉妒的長相，可在這花廳中也絕對算得上是明麗照人，更不用說她眉目間有一股天然的矜貴之氣，唇邊雖然掛笑，卻給人一種不怒自威之感。

一看就是個頂厲害的人。

這是誠國公府的大小姐蕭姝，姜雪寧也是認得的。

或者說得更清楚一點——上一世幾乎被謝危屠了全族的那個誠國公府蕭氏的大小姐。

她先才都只在旁邊看著，這一會兒才出來說話。

見沈芷衣聽後有些不滿，蕭姝便笑起來，展了手中香扇，看著姜雪寧，卻湊到沈芷衣耳旁，壓低聲音說了幾句話。

沈芷衣聞言，一雙眸便劃過了幾分璀璨，原本左眼下並不好看的疤痕被點成了落櫻形狀，這一時相互襯著，竟是整張臉都亮了起來。

她笑著拍手道：「妳這個主意好。」接著便對姜雪寧道：「今日人多不便，我改日再找妳來玩好了。」

姜雪寧沒聽見蕭姝對沈芷衣說的到底是什麼，但心底隱隱升起幾分不安。要知道，她上一世就與蕭姝很不對盤。兩人基本同歲，她在沈玠尚是臨淄王時便嫁了沈玠，沈玠登基後順勢封為皇后；蕭姝卻是後來入宮，憑藉著母家誠國公府的尊榮，又與沈玠是表兄妹，很快便封為皇貴妃，還讓她協理六宮。

雖然出身蕭氏，但她最後下場不好。

可在眼下，蕭姝的存在，還是讓姜雪寧忍不住要生出幾分忌憚。

她向沈芷衣恭聲應了「是」，對蕭姝卻只淡淡地一頷首。

絕不要跟蕭氏扯上什麼關係。

將來謝危殺起人是不眨眼的。

蕭姝從小在國公府這樣的高門長大，所見所學遠非尋常姑娘能比，只從姜雪寧這小小一個舉動中，便輕而易舉地感覺到對方對她的冷淡。

這倒有點意思了。

蕭姝也不表現出什麼，只意味深長地看了姜雪寧一眼，才拉著沈芷衣去了。

因清遠伯府這邊的宴會已至尾聲，又正好遇到一個國公府大小姐和一個當朝長公主來，尤霜、尤月姐妹倒懂得抓住時機，竟請了二人來做評判，點出今日賞菊宴上作詩、作畫的魁首。

蕭姝詩畫俱佳，便一一看過，最後與沈芷衣一番討論，由沈芷衣點了尤月的《瘦菊圖》為畫中第一，點了翰林院掌院樊家小姐的《重陽寄思》為詩中第一。

那樊家小姐詩書傳家，倒算穩重。

尤月卻是多年苦練畫技終於有了回報，且還是樂陽長公主欽點，一時喜形於色，高興得差點掉下眼淚。

姜雪寧既不會畫，也不會寫，從始至終冷眼旁觀，眼見著這一切結束，等沈芷衣與蕭姝走了，便頭一個告辭離去。

❀

扶她上馬車時，棠兒小心翼翼地問了一句：「去層霄樓嗎？」

姜雪寧看了看天色，算了算時辰，剛才花廳這邊結束時，水榭裡還是熱鬧一片，燕臨一時半會兒該出不來，於是眸光一轉，想起另一樁還拖著的事。

她道：「先去斜街胡同。」

周寅之就住在斜街胡同。

這條胡同距離紫禁城實在算不上近，所以許多需要上朝或經常入宮的大臣，並不會將自己的府邸選建於此，這條胡同裡住的大多是下品官吏。

周寅之發跡得晚，錢財又都要拿去上下疏通、打點關係，自然沒有多餘的財力置辦府邸。

是以，姜雪寧到得斜街胡同時，只見得深處兩扇黑漆小門，扣著年深日久的銅製門環，上頭掛著塊簡單至極的「周府」二字，的確是寒酸了些。

她讓棠兒前去叩門，不一時裡面傳來一道女聲：「來了。」很快聽得拿下後面門栓的聲音。

緊接著「吱呀」一聲，門開了，一張清秀的臉從裡面探出來，先看見了棠兒，又看見棠兒後面的姜雪寧，只覺穿著打扮雖不華麗，卻不像是什麼身分簡單的人物，一時有些遲疑地問道：「您是？」

姜雪寧不答，卻問：「周大人不在家嗎？」

那清秀女子道：「今日大人一早就去衛所了，也不知什麼時候才回來。姑娘若有急事要找，不妨入院先坐，奴叫人為您通傳去。只是大人回不回，奴實在不知。」

姜雪寧沒料著自己竟還要等，但如今來都來了，白跑一趟又算什麼？

她琢磨片刻，便點了頭。

女子打開門讓開兩步，請她與她的丫鬟進來，接著便行至那不大的小院，喚了正在院中刷馬的小童，道：「南洲，去衛所找大人一趟，就說家裡來客，有急事找他。」

那喚作南洲的小童放下刷子便要出門，姜雪寧擰眉一想，忽然叫住他：「不必，只跟你家大人說他養的愛駒病得快死了，請他回來看一眼。」

南洲不由茫然，看了看那女子。

那女子不知姜雪寧身分，可看著她不像是來尋仇的，又怕誤了大人的事，所以雖有遲疑，最終還是點了點頭道：「便這樣報。」

南洲這才去了。

院落實在不大，攏共也就那麼四五間房，見客便在中堂。

那女子自稱「么娘」，是周寅之買來的婢女。

她請姜雪寧落座，又泡了茶來奉上，許是頭回見著這樣光豔的人物，有些無所適從和自慚形穢，只道：「是今年的新茶，只是不大好，望您海涵。」

姜雪寧上一世是聽說過么娘這麼個人的。

那是周寅之身邊少數幾個能長年得寵的姬妾之一，也有人說是他的最愛。

原來這麼早就跟著了，算是相逢於微時，難怪日後即便是寵姬美妾成群，他也不曾薄待了這樣一個姿色平平的妾室。

姜雪寧道：「無妨，我就坐一會兒，若妳家大人久不回來，我很快便走了。」

她端起那茶來抿了一口。

凍頂烏龍，然而的確是入口生澀，還有一點苦味。

她在宮中那些年早就被養叼了口味，於口腹之欲的要求甚高，是以此刻也不勉強自己，只沾了一口便將茶放下。

等了約有兩刻多快三刻，胡同口才傳來急促的腳步聲。

么娘忙迎上去開門。

周寅之穿著一身暗繡雲紋的黑色錦衣衛百戶袍服進來，這院落狹小而無遮擋，在院門口一抬頭就看見坐在堂屋裡的姜雪寧，他的目光頓時一閃。

他向屋裡走，么娘跟著他，他卻回頭道：「妳下去吧。」

么娘一時微怔，看了姜雪寧一眼，也不敢說什麼，只道：「那大人有事喚奴。」

周寅之這才走進來，倒也不含糊，躬身便向姜雪寧一禮：「上回二姑娘有請，周某臨時有事，不辭而別，有所失禮。今日卻累得姑娘親自前來，望姑娘恕罪。」

這人生得頗高，立在堂上都覺得這屋矮了。

姜雪寧抬眸打量他，只道：「你回來得倒快。」

「衛所中正好無事，本也準備回來了。」

事實上恰好相反，衛所裡成日有忙不完的事，南洲來找他時他正聽著周千戶與刑科給事中張遮的那樁齟齬，一聽南洲說他的馬不好，心裡第一念便知道不對。

早晨到衛所時，他剛親自餵過馬，並不見有什麼不好，於是知道是有別的事。

他當即做擔憂狀，向衛所裡的長官說了一聲，這才匆匆趕回。

路上一問南洲，果然是姜雪寧來找。

周寅之乃是白身熬上來的，心有抱負，對著姜雪寧一介弱質女流，神情間也並不見有幾分倨傲，反將姿態放得更低。「不過興許姑娘等得兩日，便是您不來找周某，周某也去找您了。」

姜雪寧猜著了，卻故作驚訝：「哦？」

周寅之便道：「近日錦衣衛這邊周千戶拿賊的時候，沒找刑科拿批簽，因此被給事中張遮上奏彈劾，還聲稱應當依律嚴懲。周千戶雖在朝中有些關係，可事情卻不好擺平，那張遮如何還不知，但至少周千戶這千戶的位置是難保了，如此將空出一千戶的名額。但周某人微言輕，既無錢財疏通，又無人脈活絡，所以本打算厚著臉皮請二姑娘相助的。」

原來他要謀的這個缺，兜兜轉轉竟還跟張遮有點關係。

她對張遮早年的事情知道得實在不多，也不知他這一次到底是怎麼度過的。

姜雪寧斂了眸。

來這裡，她原本就有完整的打算，只是沒想到周寅之如此直白，先開了口。不過倒也好，免去她再費什麼口舌。

想著，她便道：「你是想託我，將你引薦給燕臨嗎？」

周寅之坐在她的下首，鷹隼似鋒銳的一雙眼底，劃過了一縷幽光，只道：「勇毅侯府堪與蕭氏比肩，在朝中頗能說得上話。且姑娘又與世子交好，而世子年將及冠。若我能得世子青眼，將來也正好為姑娘效力奔走。」

這明擺著是說她以後嫁進勇毅侯府的事了。

上一世周寅之提出這般的請求，是因為她先要個人去查沈玠的身分，又的確想著周寅之能為自己所用，所以幫了他。

但這一世她已經知道沈玠的身分，自然無所求。

只不過……

姜雪寧看著他，慢慢一笑：「父親乃是戶部侍郎，雖不執掌吏部，卻也在六部之中，若你僅僅是想謀求個千戶的缺，只去求了父親便是，卻偏要從我這裡投燕世子。我倒奇怪，為什麼呢？」

周寅之聽著她這番話，心裡忽然有種說不出來的感覺。

二姑娘什麼時候對朝堂的事都這麼清楚了？

須知她往日也不過就是脾性嬌縱，成日裡跟著燕世子貪玩鬧事。

他望著姜雪寧，一時沒回答。

姜雪寧卻道：「要我將你引薦給燕臨，倒也未嘗不可。不過我有一個問題，想要先問一問你，這也是我今次來的目的所在。」

周寅之不動聲色：「姑娘請問。」

姜雪寧便道：「周千戶的處置還沒下來，你卻已經急著請我為你引薦給燕臨，除了想要謀個千戶之位外，恐怕還有錦衣衛那邊查平南王舊案，要你潛到勇毅侯府查個清楚吧？」

嘎吱！

尖銳且刺耳的一聲，是周寅之渾身汗毛倒豎，霍然起身時帶到了座下的椅子，讓那椅子腿劃在地上拉出的短暫聲響。

他瞳孔緊縮，盯著姜雪寧，目光裡是全然的不敢相信。

要知道這件事他也是前兩天才聽見風聲，今日衛所的長官剛將他叫進去做了一番吩咐，本是機密中的機密，他甚至沒有告訴過任何一個人。

可現在竟被姜雪寧一語道破！

她從何得知？

姜雪寧看了周寅之如此強烈的反應，哪裡能不知道自己竟然猜對了。

這一時湧上來的卻是悲哀。

難怪上一世周寅之下場淒慘。

勇毅侯府被牽連進平南王謀反舊案，抄家流放，實與周寅之脫不了干係，也難怪後來謝危要使他身受萬箭而死，還要割他頭顱掛在宮門。

而這條毒蛇，竟是她當年引薦給燕臨的。

姜雪寧微微閉了閉眼，道：「周寅之，你若想活，我教你個好。此案關係重大，萬莫與之牽連太深。辦成了或許平步青雲、顯赫一時，可再等久一點，我只怕你身首異處，死無葬身之地。」

姜雪寧與周寅之攤牌之後，又與他說了有半刻才走。

天色不早了，她怕燕臨在層霄樓久等。

她走後，周寅之坐在堂中，滿面陰沉，卻是久久沒有動上一下。

直到么娘進來找，被他這般的面色嚇住，詢問：「大人，您、您怎麼了？」

周寅之不答。

他轉過目光來，望著這座小院。

院落一角便是馬棚，一匹上等的棗紅馬正在那邊埋著頭吃草料。

這是周寅之前兩年剛謀了錦衣衛百戶時為自己買的一匹馬，每日必要親自餵上一遍，再帶牠去京郊跑一跑。

他看了一會兒，便起身走過去，摸了摸那馬兒漂亮順滑的鬃毛。

馬兒識得主人，親昵地蹭他掌心。

可站在屋簷下的么娘卻清楚地看見，周寅之另一手竟已抽出腰間那一柄刀，一時便驚叫了一聲。

噗嗤！

鋒銳的刀尖穿進馬脖子時，一聲悶響。

那馬兒吃痛，頓時就騰起前蹄，踢倒馬棚，卻被周寅之死死按住了馬首，大片的鮮血全噴出來，濺了周寅之滿身。

然而這一刀又狠又準，牠沒掙扎一會兒便倒下了。

周寅之這才有些沒了力氣，半跪在那駭人的血泊裡，一手攥著那柄沾血的刀，一手輕輕搭在馬首上，注視著牠咽了氣，才慢慢道：「記著，今日無人來找過，是我的馬病了。」

第十六章 遇襲

上一世，是周寅之「查」的勇毅侯府。

後來沈玠登基，為勇毅侯府平反。

再後來周寅之被謝危亂箭射死，梟首釘在宮門之上。

由此可見，他絕沒做什麼好事。

此人一心向著權勢和高位，為達成目的總是不擇手段，但做事偏又細心謹慎、滴水不漏，很難被人抓住錯處。

這是姜雪寧上一世用他順手的原因所在。

只是這一世，她連宮都不想進，再與此人有太深的干係，無異於與虎謀皮。但眼下對方偏偏又是她唯一一個瞭解勇毅侯府牽涉平南王舊案情況的管道，且還有個謝危不知何時要摘她腦袋，便是不想聯繫也得聯繫。

但願這一世能脫去俗擾，得一得尤芳吟說過的那種「自由」吧。

她心裡嘆了口氣，重上了馬車，道：「去層霄樓。」

此時天已漸暮。

深秋裡的鴻雁蹤跡。

層霄樓飲酒的人已不剩下幾個。

半年前升任刑部侍郎的陳瀛把玩著那盛了佳釀的酒盞，一身閒散，卻道：「錦衣衛向來只聽從聖上的調遣，要查勇毅侯府恐怕也是聖上的意思。那些平南王一黨餘孽，押在刑部大牢裡已經有好幾天了，什麼都審不出來，今兒特喊我出山去折騰一番，看能不能從他們的嘴裡撬出東西來。少師大人，您常在聖上身邊，能不能指點下官，聖上想從他們嘴裡知道點什麼呀？」

陳瀛是近些年來出了名的酷吏，用刑折磨犯人的手段十分殘酷，甚至慘無人道，但也因此破過好幾樁大案子，在地方上的政績很是不錯，這裡面甚至包括一鍋端掉天教教眾在江蘇分舵的大事。

只是，他也很愛揣摩上面人的心思。

在天子的眼皮子底下做事，有時候真相是什麼並不重要，重要的是當皇帝的想要聽到什麼。

坐在他對面的那人，今日既無經筵日講，也不進宮，所以只穿著一身寬袍大袖的簡單白衣，既不配以任何的贅飾，甚至頭上也不過用一根沒有任何形制的黑檀簪束起。

此刻他並不抬頭看陳瀛一眼。

桌上端端地放著一張新製的琴，已過了前面十一道工序，漆光如鏡，雁足裝滿，而他則垂眸斂目，拉了琴弦，一根一根仔細地往上穿。

陳瀛目光閃了閃，又道：「咱們這位聖上，看著寬厚，可陳某心裡覺著吧，聖上疑心病太重。」

謝危穿好了第一根弦，然後纏繞在琴背右邊的雁足上。

陳瀛忍不住打量他神情說：「像少師大人您，怎麼說也是當年輔佐聖上登基的功臣，可眼下不過封了您一個沒實職的『少師』，還不是『太師』，若真要計較，有帝師之實，而無帝師之名。可那勞什子實在事都沒做過的圓機和尚，聖上不僅封他為國師，還讓他執掌禮部，官至尚書。陳某若有您十之一二的本事，都忍不了這等事。少師大人難道真沒有半分不平嗎？」

謝危的手指是天生撫琴的手指，指甲蓋乾淨透明，顯出一派溫潤。

他沒停下穿琴弦的動作，只道：「陳侍郎慎言。聖上乃是九五之尊，天子心思怎能妄自揣度？況且謝某一介書生，只是紙上談兵罷了。圓機大師往日在聖上潛邸時，與謝某坐而論道，佛學造詣絕非浪得虛名。聖上封其為國師，自有道理。雷霆雨露，俱是君恩，何以不平？」

陳瀛笑了一聲，似乎不以為然：「是否公平，朝野心裡都有數。您便指點指點，這人，下官到底該怎麼審？」

謝危道：「該怎麼審便怎麼審。」

陳瀛皺眉：「要也審不出來呢？」

謝危道：「陳大人審不出，自有覺得自己能審出的來接替。」

陳瀛心頭頓時一凜，心裡已有了計較，當下便放下酒盞，長身一揖：「謝先生指點。」

謝危繼續埋頭穿著琴弦，偶爾輕輕撥動一下，略略試音。

樓頭聲音斷續。

西墜的落日為他披上一層柔和的霞光，卻不能改他半分顏色，只能將他的身影拉長了在後面。

陳瀛知他這一張琴製了有三年，甚是愛惜，眼下到了上琴弦時，能搭理他三言兩語已是給足面子，自然省得分寸，不再多留，躬身道禮後便告辭下樓去。

陳瀛走後，先才一直抱劍立在一旁的劍書，眉頭都擰緊了。他少年人面容，卻不衝動，著實思慮了一番，才遲疑著道：「先生，任由他們這樣查嗎？」

謝危道：「不是陳瀛也會有別人。」

劍書沉默。

不一會兒，樓下有小二上來，漆盤裡端著滿滿的酒菜說道：「這位爺，您點的東西到了。」

劍書道：「我們先生何曾點了東西？」

那小二一臉驚訝：「不是剛下去的那位爺幫忙點的嗎？」

這小二普通人模樣，看著卻是面生得很，說話時則帶著一點不大明顯的吳越口音。

層霄樓何時有了這麼個小二？

劍書忽然覺出不對，陡地揚眉，拔劍出鞘，大喝一聲：「先生小心！」

嘩啦！

劍書出聲時，這「小二」便知道自己已然暴露，先前裝出來的一臉純善討好立刻變成了猙獰凶狠，竟直接將那滿漆盤的酒菜向劍書一推，自盤底摳出一柄一尺半的短刀來，直向謝危襲去。

「受死！」

謝危方抱琴起身，這人短刀已至，只聽得「錚」一聲斷響，才穿好的四根琴弦已被刀尖劃崩，琴身上亦多了一道刀痕。

他方才還平和溫煦的神情，頓時冰冷。

斜街胡同距離層霄樓算不上太遠，姜雪寧覺著燕臨怎麼也該到了，所以叫人把車停在此樓斜對面的路邊上，又吩咐車夫去樓裡請人。

可她萬萬沒料著，車夫才走沒片刻，便有一道黑影從外襲來。

只見雪亮的刀光一閃，短刀已壓在她脖頸上，同在車內的棠兒尚來不及驚叫，便被此人一掌劈在後頸，失去知覺，倒在姜雪寧腳邊。

這一刻，感受著自己頸間傳來的冰冷，姜雪寧腦海裡只冒出一個念頭。

——挨千刀的！姓謝的果然要殺本宮滅口！

然而很快，她就意識到情況不對：對面的樓中似乎傳來呼喝之聲，是有人在大叫著把裡外搜清楚，接著就是一陣雜亂的腳步聲。

有人回稟說，人不見了。

姜雪寧看不見這挾持自己的人到底長什麼模樣，只能感覺到這人握刀的手有輕微的顫抖，似乎是才經歷了一場激鬥，又似乎跟自己一般緊張。

很快，有腳步聲接近這輛馬車，一人在車前站住了。

姜雪寧聽那道聲音問：「車內可是寧二姑娘？」

唯有謝危會稱她為「寧二姑娘」，便是不認得這聲音，她也能分辨說話的是誰。

一時心電急轉。

架刀在她脖子上的多半是刺客，謝危則是要捉拿此人。

對方並未動手，想必是從她的車駕判斷出車內人的身分至少不普通，想挾她為人質。

表面上她的性命受到持刀之人的威脅，然而……

車外則是更可怕的魔鬼！

這種情況可比單純遇到謝危要殺她滅口可怕多了。

因為謝危完全可以誅殺刺客或亂黨的名義將她一併殺死，事後再推到亂黨身上，或者任由對方挾持她為人質，卻不滿足刺客任何條件，故意等刺客殺死她。

如此連遮掩和解釋都省了，天底下再沒有比這更省心的死法，能讓謝危與她的死完全脫開關係，頂多說一聲「力有未逮」，也無人能苛責。

姜雪寧只消這麼一想，便頭皮發麻，也不敢回頭看那持刀的刺客一眼，在對方推了她一把之後，立刻帶著顫音開口：「是我。」

外頭謝危又道：「只妳一人？」

姜雪寧摸不準背後刺客的想法，不敢回答。

那刺客卻是陰沉沉地笑了一聲：「當然不只她一人。」

方才謝危身邊那家僕反應太快，以至於他行刺失敗，周遭立刻有人一擁而上要捉拿他，想來這姓謝的出門，暗中竟有不少人在保護。

他不得已之下遁逃，只有這馬車是藏身之處。

謝危既能輔佐那無德狗皇帝登基，自有幾分洞察能力，猜到他在車上並不稀奇，所以他也沒有必要遮掩。相反的，他隱約聽出來謝危竟認識車內這姑娘。

如此，便有得談了。

他拿刀碰了碰姜雪寧的脖子，問她：「妳跟姓謝的認識嗎？」

比起外面那位，這刺客其實不是最危險的。

姜雪寧已在謝危面前露出過一次破綻，生恐這一次他再看出什麼端倪，趁機搞死自己，加上本來也怕，便顫聲道：「認、認識，四年前我救過謝先生性命。雖不知壯士是何方神聖，但有話好說，請壯士萬勿衝動……」

這話不僅是對刺客說，也是對謝危說。

想當年她在生命的最後，為了保住張遮，還他一世清譽，才用了多年前的人情，如今重生回來才幾天，明明知道得比上一世多，做得也比上一世聰明，可沒想到這麼早就要把人情拿出來保命。

謝危立在車外，與車內人僅隔了一道垂下來的車簾。

聽見那刺客的聲音，他並不驚訝。

倒是姜雪寧這一番說辭，他聽後眉峰微微一動，覺出了些許可玩味之處。

周遭行人早已沒了一個，街道上一片肅殺。

劍書寒著臉望著車內。

謝危看了劍書旁邊另一名勁裝綁袖揹著箭的少年一眼，動作極微地一擺手，示意他去，而後才正對著車內道：「不錯，寧二姑娘於謝某有救命之恩，且她父親與在下交好。壯士對朝廷心有不滿，也算是事關天下的公事，如今挾持一不諳世事的姑娘，未免有傷及無辜之嫌。拿逆黨與救恩人，在下當選擇後者。想來閣下也不願命喪於此，若閣下願放寧二姑娘，在下可命人取來令信，使人為閣下開城門，送閣下安然出京。」

一派胡言！姜雪寧一個字也不相信。

只是她受制於人，不可貿然開口，且當著謝危的面，她也不敢開這口。

那刺客卻是沒想到自己運氣這麼好，隨便闖了馬車竟抓著謝危曾經的救命恩人，於是大笑一聲：「看來是老天眷顧，要放我一條生路。只聽人說謝少師潛心道學，不近女色，沒料著竟也有憐香惜玉的時候。你既然說這是你救命恩人，想要她平安，倒也簡單，不如你來換她！我挾你出城，豈不更好？否則……」

他聲音一頓，卻是陡然陰狠至極。

「老子現在一刀宰了這娘們兒！」

姜雪寧背後冷汗都冒出來了，心裡面大罵這刺客蠢材一個。要不說上一世不管是平南王逆黨還是天教亂黨全折在謝危手裡呢，這豬腦袋差得實在太遠了！

謝危說的能信？

還指望用她來威脅，讓謝危替她？

謝危要肯，她能把自己腦袋摘下來拎在手上走路！

外頭一片寂然的沉默。

刺客不耐煩道：「我數十聲，你若還沒考慮好——」

「不必數了。」

謝危淡靜的聲音將他打斷。

姜雪寧的心一下提到嗓子眼。

緊接著竟聽他道：「請閣下送寧二姑娘出來，我可相替。」

姜雪寧：「……」

不管她怎麼想，刺客已是大喜，只道這傳說中的帝師謝危也有犯糊塗的時候，光想著是人都想要活命，竟跟他談條件，殊不知他既已動了手，今日便沒想活著回去。

讓謝危來替這女人，不過是個幌子，在交換靠近之時趁機殺人，才是他真正的目的所在。

「妳，把簾子挑開。」

他惡聲命令姜雪寧，刀架在她脖子上也沒移開。

姜雪寧於是緩慢地移動，前傾了身子，伸出手來，慢慢挑開了車簾。

微紅的天光頓時傾瀉而入。

於是看到，謝危長身立在她車前三丈遠的地方，長眉淡漠，兩目深靜，一身寬袍大袖，素不染塵，五官好看至極，可所有人在第一眼時，注意到的永遠會是這一身克制的氣度，淵渟岳峙，沉穩而從容，又隱隱藏有三分厚重，使人想起高山，想起滄海，想起古時行吟的聖人，或是山間采薇的隱士。

他的目光越過虛空落在她身上，平和深遠。

姜雪寧卻打了個寒顫。

她一下想起來，謝危身邊除了一個劍書善劍之外，另有一個不愛說話的刀琴長於弓箭，例無虛發，百步穿楊不在話下。

再掃眼一看，外頭便是高高的層霄樓……

恐怕，這刺客離開車駕顯露在人視線之中時，便是他身死之時。

只是不知，謝危會不會十分「順便」地處理掉她……

她身後的刺客也掃看了一眼，只對謝危道：「叫你的人都退到三十丈開外！」

所有持刀持劍的人都看向謝危。

謝危於是向他們一擺手，而後直視著那刺客道：「還請閣下放心，謝某不敢將恩人與友人愛女的性命置於險境，君子一諾，若閣下肯放人，絕不傷閣下性命。」

眾人退去，原地只留下謝危一個。

刺客道：「你上前來。」

謝危上前，待得走到距離車駕僅有六尺時，那刺客才叫他站住，而後一搡被他制住的姜雪寧。姜雪寧委實不想下去，天知道下去之後是不是就有一枝箭穿過她腦袋，可刀就在脖子上，她不想下也得下，這時只好走了下去。

那刺客一路挾著她，然後慢慢靠近了謝危。

姜雪寧渾身都在發抖，她覺得閻王爺已經站在外面叩門。

不過萬萬沒料想到，在終於靠近謝危時，那刺客毫無預兆地將她一推，竟直接舉刀向謝危斬去。

謝危臉色都沒變。

電光石火間，姜雪寧覺得這是個機會，立時毫不猶豫地向謝危撲去——她就不信有一個謝危墊背，樓上拉弓的還敢瞄準她！

一片清甜的冷香撲面而來，謝危算得到那刺客的舉動，卻沒算到姜雪寧會「倒」過來，一時眼角都微微抽了抽，還好他反應不慢，在她撲倒自己之前，伸出手去一把將她扶住了，也隔開兩人急劇拉近的距離。

同時，半空中「嗖」的一聲銳嘯，靜寂而危險的空氣中彷彿有一聲弓弦的震響悠然迴蕩。

那高樓之上有箭疾電般激射而來。

這一刻姜雪寧瞳孔劇縮，以為自己要死。

然而下一刻，便有一片雪白擋在她的眼前。

竟是謝危蹙了眉，平平抬手，舉起寬大的袖袍將她擋住。

姜雪寧一怔，看不到前方。

耳中但聞一聲箭矢穿破人顱骨的聲響，就像是穿過一顆脆皮西瓜，接著就見幾道鮮血的紅影濺射而出，落在這乾淨的袖袍上。

觸目驚心！

那刺客的刀，此時距離謝危不過兩三寸，面上猙獰還未退散，一枝羽箭已插在他眉心上，全根透進顱骨，箭矢則從腦後穿出，足可見射箭之人用了何等恐怖的力道。

刺客直被這一箭帶得往後倒下，咽下最後一口氣時，眼底還猶帶著幾分不敢置信。

謝危卻滿面冷漠，只看了一眼，然後鬆了扶著姜雪寧胳膊的手，也垂下了舉起袖袍的手。

姜雪寧自己站穩了，沒了袖袍遮擋，這時才看見那刺客確實已斃命於箭下。再向旁邊的層霄樓上望去，一名揹著箭囊的藍衣少年已在欄杆旁收起弓，重新退入陰影之中。

地上紅白迸濺，有鮮血也有腦漿。

若非方才謝危舉袖，這些必然沾她滿身。

姜雪寧站在一旁，光聞見那股血腥味，都覺反胃，臉色煞白，於是別過眼不敢再看。

先前退開的所有護衛，這時才連忙奔了回來。有人去查看那刺客的情況，劍書則是直接走到謝危身邊。

謝危左邊袖袍上已是一片血汙，連帶著那如清竹修長的手上也沾了不少。

劍書見了，便從袖中取出一方乾淨的錦帕雙手奉上：「先生。」

謝危接過來，卻一轉眸，目光落在姜雪寧耳廓。

他看了片刻，只將這一方錦帕遞了出去。

姜雪寧頓時愣住，後知後覺地一抬手，指尖觸到一點黏膩，放下手來看，是少數一點濺到她耳垂的血跡。

一時毛骨悚然。

她怕極了謝危。可剛才她撲他並未成功，也沒有箭落在她身上，此刻又見他遞出錦帕，暗驚之餘更生惶恐。

猶豫了好半晌，濃長的眼睫顫了顫，她才小心地伸出手去，從謝危遞出的手中取過錦帕，低聲道：「謝過大人。」

剛才那是情勢所逼，可現在……

因上一世曾有被他說「自重」的難堪，所以她十分謹慎，只拿錦帕，手指不敢挨著他手掌分毫。

然而那錦帕雪白柔軟，以上等的絲綢製成，被她取走時，一角垂落下來，偏偏自謝危掌心似有若無地劃過。

謝危長指痙攣似地微微一蜷，同時看見她伸手時手腕上露出的那道淺淺疤痕，隱隱覺著口中又泛出某一年絕境中滿口的血腥味。

他收回手來，負到身後，虛虛握住。

這時，他才注視著她道：「讓寧二姑娘受驚了。」

姜雪寧擦拭了耳際那一抹血跡。

錦帕上染了血汙。

她低垂著目光說：「幸而得遇大人，知道您必有辦法相救，所以還好。」

「是嗎？」看她拭了血跡，將那一方錦帕攥在手中，謝危向她伸了手，卻淡淡道：「可方才聽寧二姑娘在車中提及對謝某的救命之舊恩，倒更似怕我袖手不救一般，看來是我多心了。」

姜雪寧聽到這話，險些魂都嚇沒了一半，強作鎮定道：「刺客問我，我不敢不答，一時沒了主意，又怕他覺得我尋常便隨意殺我，是、是說錯了嗎？」

說完她才看見他伸手，連忙將錦帕遞還。

謝危從她手中接回錦帕，就用這一方已沾了點血汙的白綢，慢慢地、仔細地擦拭著自己方才濺血的左手，竟低眉斂目，不再言語。

沉默使姜雪寧心裡打鼓。

一旁的劍書見狀，看了謝危一眼，默不作聲地收起原準備遞出的另一方錦帕。

不一會兒，有人來報：「少師大人，燕世子在街外，想要進來。」

謝危擦拭的動作一頓，抬頭看了姜雪寧一眼，便道：「劍書，送寧二姑娘過去。」

劍書應聲：「是。」

姜雪寧屏氣凝神，向謝危斂衽一禮，也不敢問她車裡的丫鬟是什麼情況，只跟著劍書從這長街上穿過，去到燕臨那邊。

二人走後，刀琴從樓上下來，懷裡抱了一張琴。

謝危接過，抬手撫過那斷掉的琴弦，還有琴身上那一道深入琴腹的刀痕，一張臉上沒了表情，許久才道：「屍首送去刑部，叫陳瀛來見我。」

第十七章　熾烈純粹

燕臨沒想到清遠伯府那邊一幫人這麼能鬧騰，又因清遠伯親自來找他說了一會兒話，暫時沒能脫身，所以直到這近暮時候才得出來。原本要去層霄樓，可到街口時卻發現這裡已經被官兵封鎖，一問，說是前面層霄樓出了刺客，行刺朝廷命官，他差點就慌了神。

他想進去，可裡面是謝危，也不敢造次。

還好有人前去通傳，回來時也把姜雪寧帶了回來。

「寧寧！」見到她出來，燕臨情急之下，都沒管周圍是不是有人看，便拉了她的手，上上下下地看她。「沒受傷沒摔著哪裡吧？」

姜雪寧剛經過那一場驟然到來的驚心動魄，雖一路走過來，腿卻有點發軟，見著燕臨都不大能回過神來。

直聽到他叫了好幾聲，她才眨了眨眼，只道：「沒事，有驚無險。」

人看著雖然沒傷著哪，可一張巴掌大的臉蛋煞白得不見血色，神情也是恍恍惚惚的，一看就是受了驚嚇。

燕臨的眉頭非但沒鬆開，反而蹙得更緊。

他攥著她的手，只感覺她手指冰冷，一時心都有些揪起來，偏還要壓低聲音哄她：「別怕，別怕，我現在來了。都怪我不好，原不該給伯府那些人什麼面子，不該叫妳到層霄樓等我，如此也不會遇到刺客……」

姜雪寧怕的哪裡是刺客？

她怕的是那個別人怎麼看怎麼好、聖人一般的帝師謝危！

且她回想二人方才一番暗藏機鋒的對話，才發現謝危竟然知道她與燕臨的關係。下頭人來報時，只說是燕臨要進來，沒提她一個字，謝危卻直接看了她一眼，叫劍書送她出來。

須知她往日跟燕臨出去都是女扮男裝，事情並沒有傳開。

謝危從何而知？

這時姜雪寧想到了很多可能，也許是從勇毅侯府，也許是從她父親姜伯游那裡，但總歸對謝危來說，這是一件心知肚明的事情。

那麼前世的謝危必然也是知道的。

如此，上一世謝危無論如何都對她敬而遠之的態度，就完全能解釋得通了：因為她負了燕臨，間接害了勇毅侯府，甚至後來還重用周寅之。

姜雪寧感受著少年掌心熾熱的溫度，彷彿也能感受到他心底那一片熾烈，抬頭目光則觸到他真誠而滿溢著心疼的眼眸，一時竟有種不敢直視之感。

因為她的卑劣。

因為她的虛偽。

燕臨還在擔心她：「今日妳受了驚嚇，該回家早早睡上一覺，養養神。燈會我們便不去了吧，等以後什麼時候再開了，我再帶妳去看。」說著便要拉她上一旁的馬車。

姜雪寧心底卻泛開一片酸澀，反拉了他的手道：「不，我想去。」

她強忍住那一點想要落淚的衝動，彎了彎唇，衝他露出個笑容，想以此讓他放心，告訴他自己沒事。

燕臨就這麼靜靜地望著她。

過了好半晌，他才跟著笑起來：「可是妳說要去的啊！」

話音剛落，他便上前一步，竟然攬住她的腰，將她抱上馬。

姜雪寧哪裡反應得過來，眼睛一時睜大，沒控制住自己，當即便低低地驚呼一聲：「燕臨！」

燕臨大笑起來，也不解釋，接著便扶了鞍上馬坐在她身後，一手扯著韁繩，一手甩著馬鞭，半將她圈在自己的懷裡，直接打馬而去。

馬兒撒開四蹄便跑。

秋日微冷的風獵獵地打在臉上，灌進人衣襟裡，街道上稀少的行人和兩側鱗次櫛比的樓臺都飛快地從視野的兩邊奔過。

姜雪寧後背緊緊貼著少年已顯寬闊的胸膛，耳邊一時只有風聲和他在背後那暢快的笑聲，只覺一顆心跳得比方才遇到刺客和謝危時還要劇烈。

好不容易她才緩過了神，一時沒忍住：「你有病啊！」

燕臨笑得整個胸腔都在震動，快意得很：「我有啊。」

姜雪寧氣結。

燕臨知道她害怕，可非但不讓馬的速度慢下來，反而還又催了催，讓馬兒跑得更快，只問她：「現在不怕了吧？」

姜雪寧心說自己差點嚇死了，就要回懟他。

可話要出口時，她卻怔住了。

是了，就在被他抱上馬、在這街上飛奔的那一刻，先前在層霄樓裡遇到的所有事都成了一片空白，被她拋之腦後，竟全忘了個乾淨。

姜雪寧反應過來，也不知是該感動還是該繼續罵他。

但下馬時，兩條腿差點軟了沒站住。

被他扶著站穩後，又看他聳著肩膀竊笑，她一個火氣上頭，就攥了拳頭把這崽子捶了一頓：「還笑個沒完是吧？你再來一次試試！」

她一個姑娘家，打人根本不疼。

燕臨從小有大半時間都被家裡養在軍營，武功練得扎實，哪裡怕她這兩下，就站在那邊任她捶，然後還要捂一捂胸口，假得不能再假地裝出很疼的模樣，說：「哎呀，疼疼疼，好疼啊！」

姜雪寧瞪他，乾脆不揍他了。誰都知道他不疼。

習武的少年胸膛硬邦邦的，揍他他不疼也就罷了，關鍵是自己手疼。

她索性轉了身便往那熱鬧的燈會裡走。「懶得搭理你。」

燕臨也不介懷，反而滿面笑容地追上來，不一會兒就問她：

「那邊有糖人妳要吃嗎？」

「看，放花燈的，咱們也去放一個吧。」

「寧寧妳看她們頭上戴的那個，真好看，我給妳買一個。」

「花燈花燈！」

「有猜燈謎的，快，跟我來！」

姜雪寧生來實是愛玩的性子，重生回來之後，這才算是第一次真正意義上的出門，剛開始時還有些不慣，但被燕臨帶著，左一句右一句地問，沒一會兒便找回少年時的那種感覺。

穿行在人群裡，無拘無束。

這一方世界沒有坤寧宮的逼仄，廣闊無邊，任由她這一條魚在裡面歡騰。

於是，她想起了自己年少時為何總喜歡與燕臨在一起。

她是在鄉野長大的孩子，回京城後卻要跟著府裡學這樣那樣的規矩，既擔心自己不被

「新的」父母喜歡，又擔心被下人嘲笑不如府裡長大的那個姐姐，成日不能出門，見到的人、見到的事也總是那麼幾樣，實在又壓抑又乏味。

是燕臨給了她掙脫一切的機會。

他雖年少，卻隨他的父輩走過很多地方，有許多超乎常人的見聞，既帶她在這京城中放肆，也為她講述外面那一片她從未知曉的壯麗河山、風俗人情，是一扇明亮的窗讓她窺知那令她好奇的一切。

而且他給了她從未得到過的愛。

就像是那畫上最明媚的一抹顏色。

這樣好的少年，她當年到底是何等冰冷的心腸，竟忍心要拿那樣殘忍的話來傷他呢？

燕臨帶著她去猜燈謎，猜得燈謎的彩頭雖然都是些不值錢的小玩意兒，但勝在不用花錢，感覺像是白撿來的，真將那一大堆東西都拿在手裡的時候，只覺得比自己花錢買了還要高興。

滿街都是漂亮的花燈。

夜色一深，便全都亮了起來。

人走在裡面，就像是徜徉在一片光海裡。

路邊也有小販在叫賣一些吃食。

燕臨瞧見有人擺了一筐雞頭米，招呼著往來的客人，於是一下想起寧寧頗愛此物，便拉了她去買。

買的人多，最後沒剩下幾個，那小販見他衣著光鮮，忙堆了笑道：「前兒蘇州剛運過來的，上等紫花雞頭米，好吃著呢，要不嘗一下？」

雞頭米又名芡實，一般都栽種在南方，因外表形似雞頭而得名，但吃的卻是掰開之後裡面的「米」，也就是裡面的核，跟蓮子有些像。

燕臨拿了幾個來看，只道：「這兩日漕河上水況不好，你這樣新鮮的雞頭米哪能是蘇州運來的？便是八百里加急的荔枝都不能這麼快。什刹海裡種的吧？」

那小販頓時訕笑：「是是，您可真是火眼金睛。不過這味道也不比蘇州的差呀，您嘗嘗！」

燕臨便掰開來撿了裡面一顆圓圓的果實，遞到姜雪寧嘴邊。

姜雪寧下意識張了口。

燕臨問她：「好吃嗎？」

姜雪寧點了點頭。

燕臨便道：「你剩下的這幾個都給我吧。」

他遞了一粒碎銀子出去，也不用對方找，裝了那幾顆雞頭米就走。

姜雪寧便一路玩一路吃，等到終於玩累了，燕臨拉著她到白果寺前面的臺階上坐下歇腳。

寺前栽種大片銀杏。現在這深秋時節，樹葉全都飄了黃，從樹上掉下來鋪了一地。

寺內僧人們的晚課都已結束，遠處的街上熱熱鬧鬧，近處卻敲響了晚鐘，安然而靜寂。

燕臨就坐在姜雪寧旁邊。

這些天來，姜府的一些事他也聽說了，只覺得她好似有些變化，跟以前不大一樣了。

他有心想要問問，可一轉頭來，看見她併著腳蜷坐在臺階上，專心致志、心無旁騖地嗑著那最後一顆雞頭米。旁人都是把裡面的果實摳出來吃，她有時候卻習慣於湊上去將其銜下來吃，跟啄米的小雞似的。

於是一時失笑。

哪裡有什麼不一樣呢？還是他的那個寧寧。

燕臨也有點累了，便順著臺階在她身側躺下來，望著那繁星滿天的夜空，笑著對她道：「寧寧，很快我就要加冠了。」

姜雪寧動作一頓，沉默。

她不大想談及他真正想要說的話題，於是道：「我有個人想要薦給你。」

燕臨好奇：「誰呀？」

姜雪寧道：「叫周寅之，原算是我家的家僕，後來跟著父親做事，父親為他在錦衣衛謀了個職位。這幾日朝中好像出了個什麼周千戶的事情，他求到我這邊來，想謀這個缺，搭上你的路。」

這人燕臨是聽說過的。

他都不多問幾句，便道：「那妳改日叫他拿了名帖來投我便是。」

對她的要求，只要他能做到，從來都是一味地滿足。

這般的回答，與上一世幾乎無二。

姜雪寧於是想起了周寅之。她是想要避免勇毅侯府重蹈上一世的覆轍，也想要救燕臨，可現在她誰也不是，能用的也不過這一個人。到底她如今做的這一點，能救到哪一步，連她自己都沒信心。

此刻，她慢慢垂了手。

一顆鮮嫩的芡實被她捏在指尖，她眼睫輕輕地一顫，忽然問：「燕臨，你對我這樣好，到底喜歡我什麼呢？」

她長得雖然好看，但京中別的大家閨秀也不差。

至於性情，她還比別人刁鑽嬌縱一些。

學識修養也平庸至極，用她親娘的話來說，那是「上不得檯面」。

可燕臨偏偏喜歡她。

燕臨覺得她是犯了傻，理所當然道：「見著妳第一面，我就知道妳跟京城裡那些姑娘不一樣。一雙眼睛看人的時候實實在在，半點不懂得遮掩。想要便去搶，不高興便對誰都不給好臉色，高興了又能把人哄得心裡甜，傷著心了卻要躲起來哭。我便想，這本該是個被人疼著的人，若能教她每天都把我放在心上，用那種期待的眼神亮亮地看著我，把我放到心上哄著，該是一件很開心的事。」

姜雪寧又覺得眼底酸酸的。「可是別人都不喜歡我。婉娘不喜歡，母親不喜歡，府裡的下人不喜歡，京城裡別的人也都不喜歡。所以，你就沒有想過，其實是你喜歡錯人了嗎？」

燕臨啊，你知不知道——

我不會永遠是那個被你捧在手心裡就滿足的小姑娘。

我會長大，我會變壞。

燕臨終於察覺出了她聲音裡帶著的哭腔，慢慢從臺階上坐起來，凝望著她紅紅的眼眶，只覺得心口都堵住了，有點發悶。

他伸出手去摸了摸她腦袋，卻是笑說：「胡說八道。妳想啊，妳的婉娘其實本沒有必要讓府裡面知道妳和妳姐姐換過。只要她不說，妳姐姐便永遠是姜府的嫡小姐。她若去了，這祕密便長埋黃土。可她臨死前，既有自己的親生骨肉在，卻還肯冒著讓她受苦的險，送妳回了府。又怎麼能說她不愛妳呢？」

姜雪寧眼底的淚一下滾落。

她想起了婉娘，也想起婉娘臨去前塞到她手裡那個要送給姜雪蕙的鐲子。

不知為什麼，雖竭力想要讓眼淚停下來，卻哭得越發厲害了。

那一顆雞頭米浸了淚，燕臨看得心疼，從她指尖拿了過來，含進口中，便是滿口苦澀的鹹。

他道：「我的寧寧，值得全天下最好的愛。」

姜雪寧埋頭還是哭。

少女粉白的臉龐在周遭朦朧的燈光下猶如月下綻放的冷曇花，淚痕滑落卻沁著夜裡的星光，看著又是可憐，又教人心裡抽疼。

燕臨輕輕道了一聲：「別哭了。」

這一刻，他覺得自己是著了魔，既控制不住自己的想法，也控制不住自己的手腳，竟然湊了過去，用他微顫的手指挨著她的面頰，而後將唇貼了上去。

一點一點，舔吻去那一道淚痕。

像是已長了牙但性情還算溫馴的小獸，有一種向她親近的本能。

姜雪寧怔住了。

燕臨卻覺得在他的唇覆上她臉頰的時候，渾身一下子熱了起來，連著一顆心都在胸膛裡狂跳。

這時他幾乎不知道自己在做什麼。

但唇瓣已遊移而下，不知不覺間落到她兩瓣柔軟的唇上。

她的微涼。

他的滾燙。

不同的溫度，在觸碰的那一瞬間，便將燕臨驚醒，直到這時，望著近在咫尺那一雙不知是驚還是愣的眼，他指尖立時像是被烙鐵燙了似地放開，一下退了回去。

「我、我……」

他剛才幹了什麼！

燕臨那一張少年的臉忽然變得通紅，一時覺得無地自容，連忙背過身去，咳嗽起來：「我、我失禮了。」

姜雪寧：「……」

寺前的臺階上，一時什麼聲音都聽不見。

少年只能聽見自己劇烈的心跳。

他看那一樹葉子已差不多掉光的銀杏，過了很久，才背對著同坐在階前的少女道：「寧寧，等過了冠禮，便嫁給我吧。」

第十八章　伴讀

這一天，兩個人回去的時候，燈會上的人都散得差不多了。

燕臨牽著馬扶了她上去，還像來時一樣走。

只是他不再縱馬奔騰，而是信馬由韁，與她一道坐在馬上，恨不得這一條回姜府的路長一點，再長一點，走到天荒地老，海枯石爛，永無盡頭。

這時的少年，懷了滿腔的赤誠，心愛的姑娘便坐在他的馬上，依偎在他的懷裡，一時什麼旁的事情都想不到。

劇烈的心跳已占據他全副心神。

他對往後的日子實在是太憧憬了，以至於未注意到坐在他身前的那個人不同於以往的沉默。

風微冷。

姜雪寧能感受到背後的胸膛傳來的滾燙熱度。

只是她看著眼前越來越熟悉的回到姜府的路，心裡卻越發惘然。若她是此刻少女的年紀，又褪去上一世的偏執與不懂事，遇著像這樣為她赴湯蹈火的少年，該會為他的劍、為他的眼、為他緊緊攥著她的手掌，還有那高牆上投下來的木芙蓉，而歡欣、而羞澀、而雀躍、而感動。

可她不再是了。

到得姜府門口時，已是夜深。

燕臨又扶了她下馬，笑著囑咐：「今晚回去可得睡個好覺。」說完便重新上了馬。只是一轉頭又見她還站在門口望著自己，便道：「回府去吧，我看著妳。」

姜雪寧卻靜靜地回視著他，問他：「燕臨，你總是這般寵著我、護著我，可有沒有想過，若某一日，我沒有了你，會是什麼樣？又該怎麼辦？」

燕臨一怔。

他覺著她今日有些傷感了，只道：「杞人憂天，妳怎會沒有我呢？我會一直在妳身邊。」

姜雪寧一時竟覺心痛如絞，連再看他一眼都覺得難受，於是低低笑一聲：「也是，那我回去了。」

燕臨點了點頭。

於是她轉過身，走進姜府還為她開著的側門。

燕臨長身坐在馬上，牽著韁繩，注視著她的身影漸漸隱沒，心底卻忽湧上一陣迷惘。

姜府裡很多人沒睡，就等著她回來。

白日裡京城出了刺客的事情早就傳開了，姜伯游一聽說姜雪寧當時竟然在場，且正好被那刺客挾持，差點嚇得一顆心跳出心口，還好別人都說她人沒事。

只是後來這小丫頭居然又被燕臨拐去逛燈會，著實令人生氣。

姜伯游心裡打算好了，等姜雪寧回來，必要好好地訓她一頓才行。

可等看到她回來，一張臉的臉色實在算不上好，這一時又忍不住有些心疼這丫頭：刺殺這檔子事兒要麼是平南王逆黨，要麼是天教亂黨，怎麼著也不算是寧丫頭的錯，都這麼慘了還要被苛責一番，那也太過分了。

所以還未開口，心便軟了下來，只溫聲對她道：「近日來京裡頗不太平，聽說錦衣衛已抓了好些作亂的逆黨，今日也不僅謝居安一個人遇襲。妳與燕臨雖然要好，我也對他放心，可誰也不知道到底會遇到什麼事。這段時間便少出門吧，等太平一些，你們再出去。」

他以為姜雪寧還要反駁兩句，但沒想這一次她竟低眉斂目地應了：「好。」

後面一連十多日，她果真沒有再出門。

只有遇襲之後第二天，她派人去了一趟斜街胡同，讓周寅之帶名帖去投燕臨。

之後的事情她便暫沒過問。

沒兩日，燕臨便隨他父親勇毅侯去巡視豐臺大營和通州大營，九月廿一才回來。

也是這一天上午，宮裡面傳來消息，說樂陽長公主羨慕文華殿總開日講，央求聖上也為她尋幾個靠譜的先生，想認認真真地讀點書。

於是聖上發了話，為長公主選伴讀，下朝的時候對各大臣交代了一句，要他們家裡有女兒的、年紀與公主相仿的，挑一個品性好的報上來，再由宮裡擢選。

這一下，滿朝文武的心思都活絡了。

誰不知道樂陽長公主受寵？

且如今文華殿陪著皇上聽經筵日講的，哪一個不是天潢貴胄、世家才俊？

不說將來姑娘家嫁人的時候「進過宮」、「當過長公主伴讀」這名頭有多好使，光是這連結姻親的機會，還有選進去後各家的臉面，都值得大伙兒拿出力氣來爭上一爭。

別家是如何安排，姜雪寧不知，她只知道自家。

姜伯游從宮裡回來之後，便把這事兒同孟氏說了，對她道：「我聽說前陣子重陽節宴的時候，寧丫頭在清遠伯府好像被樂陽長公主另眼相看，很有些親近喜歡的樣子。各家把人選報上去，宮裡還是要挑一遍的。論品性才學，自是雪蕙這孩子適合些，沉穩端莊識得大體，不容易惹事，可也未必比得上別家姑娘。寧丫頭報上去，被挑中的可能很大，可她性情頑劣，只怕比長公主還刁鑽一些，不是能受氣的。這要怎麼辦才好？」

孟氏一聽，眉頭就擰了起來。

她情知姜伯游因對寧丫頭有愧且又有勇毅侯的原因在，他對寧丫頭格外偏寵一些，可入宮為長公主伴讀這件事到底事關重大，叫姜雪寧去哪裡能讓人放心？

她道：「寧姐兒浮躁，宮裡卻拘束，她未必願意去。」

姜伯游看了她一眼：「我其實也覺著蕙姐兒會穩妥一些。」倒不是他偏心，而是寧姐兒的性情實在令人擔憂。掙不著臉面無所謂，只怕惹出禍來。

不過這等事還是要和兩個姐兒商量，所以姜伯游便道：「去請兩位小姐來。」

孟氏一時又覺著氣不順了，嘆氣道：「我只怕寧姐兒又鬧起來要爭，不肯甘休。」

❀

姜雪寧原是在午睡，驟然被叫起來其實有些起床氣，但也不好發作。收拾一番去了之後，便發現姜雪蕙早到了。

她行過禮後坐下來。

姜伯游把事情都給她們講了，末了道：「現在是只知道挑伴讀，具體進宮要學什麼、怎麼做，還一概不知。但本朝皇子們的伴讀都是要住在宮裡的，而皇宮是什麼地方妳們都知道。萬萬得小心謹慎，須得挑個穩妥的去，可寧姐兒似乎很得長公主青眼，妳們倆怎麼想？」

下頭一時靜默。

姜雪寧坐著沒動，也不說話。

姜雪蕙卻低垂著頭，看著自己手裡那一方繡帕，想起前些日國公府重陽宴回來時撞見的那個人。可她並非是府裡正經的嫡女，眼下雖有嫡女名分，但在姜雪寧面前，她絕沒有立場為自己爭取什麼，當下只輕聲道：「但憑父母做主。」

孟氏卻著意看了姜雪寧一眼，開口道：「府裡就妳們兩個嫡出姑娘，本來是誰去都合適。一個性情沉穩，一個討公主喜歡。可入宮畢竟不是易事，且還要伴讀。我們也並不想要妳們為府裡爭什麼光，但凡平平安安出來也就是了。寧姐兒性子太活潑了些，宮裡面雖可能有燕世子照應，可宮中規矩嚴，世子也不住在宮中，未必照應得過來，所以，按理是蕙姐兒去合適一些。」

姜雪寧面無表情聽著。

姜伯游卻是時時在關注她神情，聽了孟氏這番話，莫名就有些心虛，又覺著這樣對二女兒有些不公平，忙找補了一句：「當然了，寧丫頭是公主喜歡的，既是為公主伴讀，若妳想去，還是呈妳的名字上去。」

孟氏抿了唇不說話了。

姜雪蕙實沒抱太大的希望。她是熟知寧姐兒性情的，但凡她有什麼東西，寧姐兒一定要一個更好的。如今入宮伴讀這種機會，別的世家小姐都要搶破頭，寧姐兒又怎能讓她如願呢？

雖則這一次她其實有那麼一點點的希冀，可也只是一點點罷了。

姜雪寧坐了好半晌，眾人的目光都落在她身上，她的目光卻落在姜雪蕙身上。

姜伯游與孟氏等得久了，也沒聽她說話，只以為她是默認將這機會讓給姜雪蕙，一時都有一種心裡面一顆大石頭落了地的感覺。

孟氏鬆一口氣，開口便要道「那事情就這麼定了」，可正當她要說出口時，姜雪寧竟從座中站起來，還未出口的話頓時堵在嗓子眼，孟氏眼皮都跳了起來。

姜雪蕙轉眸看見，心底只微微苦澀地嘆了一聲：果然。

連姜伯游都暗暗喊一聲「要壞」，在腦袋裡琢磨起等一會兒寧丫頭鬧起來要怎樣才能擺平這事。

可沒想到，姜雪寧都沒看誰一眼，搭著眼簾，躬身一禮，竟然道：「父親母親說得有理。此次入宮的機會雖然難得，可女兒知道自己的性情，忍不得讓不得。但姐姐端莊賢淑識大體，也願意前去，且與京中世家貴女都有交往，入宮會更妥貼。這一次讓姐姐去，女兒並無意見。」

姜伯游忽然懵了：「妳說什麼？」

孟氏不由坐直：「妳——」

姜雪蕙亦是怔然，目光閃動，莫名動容：「寧妹妹……」

姜雪寧一哂，又想起婉娘來，半點面子也不給她，只道：「別覺著我這回是要成全誰。我不想入宮，實是因為宮裡的規矩我受不了。他日妳要有什麼東西我看上了，照搶不誤！」

姜雪蕙無言，只望著她。

姜雪寧卻轉過目光，徑直對姜伯游與孟氏道：「父親母親如無他事，女兒便告退了。」

姜伯游和孟氏哪裡想到事情有這樣容易，第一時間還未反應過來，待聽到她這句話了，一時心底都生出幾分複雜的情緒：原以為寧姐兒必要鬧出一番事，可她輕輕巧巧就把這大好的機會放掉了，倒叫他們為自己先前的心思生出幾分慚愧。

姜伯游忙道：「沒事了。」

姜雪寧也不拖拉，又行了一禮，便從屋內退出。

廳裡便剩他們三人，神情各異。

終究是姜雪蕙望著那一道已漸漸消失在廡廊上的清瘦背影，慢慢地笑起來，向著孟氏道：「寧妹妹心地，其實很軟的……」

孟氏默然不言。

姜伯游卻是生出了幾分感動，只嘆道：「寧姐兒如此懂事，倒令我有些不習慣。是真的長大了，懂得體恤我們，也懂得讓著姐姐了。」

還好這番話沒讓姜雪寧聽見，不然恐要笑出聲來。

只怕人人都當她是放棄了入宮伴讀的大好機會，卻不知她壓根兒就沒打算要這機會。

從廳裡走出來，她的腳步不要太輕快，蓮兒都差點跟不上她，一面走還一面叫：「天啊，姑娘您是怎麼了？那可是進宮啊，到長公主身邊去伴讀的好機會呢。京城裡多少人削尖了腦袋也未必進得去，您竟然直接讓了出去！」

姜雪寧嗤了一聲：「我要去了才傻呢！」

宮裡哪有外頭舒服？行走坐臥都要規矩。

別說是下面大臣勳貴家裡選進去的伴讀了，就是進宮伺候皇帝的那些妃嬪，都謹言慎行，不敢有半分的懈怠。

她進了宮才知道日子有多苦。

還好後來封了皇后，即便行事放肆些也沒人敢說什麼。

但上一世伴讀那是什麼光景？

一個事事精通、樣樣厲害的蕭姝壓得人喘不過氣，一個對她「因愛生恨」的樂陽長公主逮著機會就尋她錯處還不放她出去。

更可怕的是，有兩課請了謝危當先生！

上一世她在這時候與謝危算得上沒仇沒怨，對方也不怎麼為難她。可這一世，謝危當先生，還有她活路？

更別說先前樂陽長公主那眼神令她心有餘悸，燕臨也常常出入宮廷……

她要再把自己折騰進去，那簡直是嫌自己頭太鐵、命太硬！

只是方才姜伯游、孟氏問起，姜雪蕙也坐在那邊，她實在不想讓她太好過，才故意拖了那許久。

不過最後效果有些出人意料，他們好像都當自己是個什麼好東西了。

但也無妨，不是壞事。

至於姜雪蕙入宮伴讀會不會受苦？那與她有什麼相干。

姜雪寧回了屋後，便又把自己的那些「家當」搬上來清點一遍，只在心裡琢磨：如今伴讀這件事落到姜雪蕙的身上，就算回頭沒選上，進宮也沒有自己的事了。如此，便與上一世的軌跡完全偏移開來，她也沒招惹上沈玠。那麼，只待找個合適的機會和燕臨說清楚，再待勇毅侯府的事情塵埃落定，不管最後的結果是好是壞，她都已經盡力，接下來便可回通州去住，或者乾脆拎了行囊學上一世的尤芳吟行走天下。

外頭的風光那樣好，何必將自己困在一隅？

小算盤一時已扒拉得劈啪直響。

勇毅侯府牽連進平南王謀逆一案雖然還令她有些掛心，可這一晚她仍難得睡了個好覺。

次日下午，宮裡面擢選的名單就下來了。

傳到姜府時，姜伯游和孟氏簡直不敢相信自己的眼睛，一再跟宮裡來的太監確認：「公公，這名單別是傳錯了吧？我們府裡呈上去的是大姑娘的名字，可這名單上被選中的怎是二姑娘？」

那公公也不清楚內情，只道：「旨上就這麼寫的，奴家不知道啊。反正都是您家的姑娘，也沒差。旨下了後日便可略收拾些東西入宮，先學一些規矩，熟悉一下宮裡的情況。若實在不合適的，還會被挑出去呢，總之您可為小姐準備了。」

姜伯游與孟氏面面相覷。

消息傳到姜雪寧這裡時，她還在屋裡點自己的東西，準備回頭把一些不易攜帶的貴重東西都換成銀票，等往後出門會方便些。

結果蓮兒興沖沖地跑進來說：「姑娘，是您！是您啊！」

姜雪寧聽了她聲音腦仁疼。而且蓮兒這丫頭跳脫，想法一般與她是不同的，蓮兒若覺得有好事，那一定是壞事。

在帳本上畫著的羊毫小筆一停，姜雪寧眼皮都跳了一下，問：「什麼是我？」

蓮兒喘著氣說：「進宮！進宮伴讀啊！」

姜雪寧頭皮都炸了，一把摔了筆站起來：「妳說什麼！」

蓮兒還沒明白狀況，以為她是高興壞了，忙給她解釋：「宮裡面定下來的伴讀名單裡寫著姑娘的名字啊！老爺呈進宮的是大姑娘的名字，可不知為什麼沒選上，反而直接把您的名字添了進去。您很快就要為公主伴讀了！」

「……」

姜雪寧腦袋裡頓時「嗡」的一聲，千萬般的念頭都似潮水劃過。

最終只留下來一個——

明明沒呈上名字，最後出來的伴讀名單裡卻偏偏有。

宮裡可是正宗的「修羅場」啊！到底是誰在背後搞我？

第十九章　失望

這問題在姜雪寧腦海裡盤旋了整整一夜，沒有答案。

她不知道擢選具體是如何進行的。

如此，即便是心裡有些懷疑的對象，也無法得到驗證。

第二天一早，便陸續有更多關於樂陽長公主選伴讀的消息傳了出來。

比如初選的伴讀名單。

沈芷衣自小玩到大的誠國公府大小姐蕭姝自然在其中，其次還有其他大臣和勳貴家裡學識修養俱佳的小姐十一人。

這裡面就有「命好」的姜雪寧。

同時她也注意到，上一回在清遠伯府，被沈芷衣點了詩中魁首的樊家小姐和畫中魁首的清遠伯府二小姐尤月也在其列。

比如進宮伴讀具體要學的東西。

大乾的男子們要學禮、樂、射、御、書、數，尋常人家的女兒家卻頂多識幾個字，學的都是女紅、詩畫一類可有可無的東西。

但沈芷衣是公主，且本就有要求，自然不一樣。君子六藝裡禮、樂、書這三樣是要學的，其次還要學些調香、作畫的雅事，除此之外，聖上偏寵沈芷衣，知道她總想溜去文華殿聽經筵日講，便為她在翰林院裡找了幾個學識過人的老先生，為她講一些只有男子才能讀的書。

其中最令人咋舌的，是聖上為她請的這些先生裡，有一位竟是「謝先生」。當朝太子太師謝危！

據說謝危要開兩堂課：其一是琴，算在「樂」中；其二會在經史子集裡選一本來講，但具體是哪本還未定。

天知道姜雪寧從蓮兒那一張叭叭的小嘴裡聽見這消息的時候，恨不能以頭搶地！

再比如入宮的安排。

後日便要準備入宮，大約待個三到五天，跟著宮裡的女官粗粗學一學宮廷的禮儀，瞭解一下宮廷裡的禁忌，免得犯了什麼錯闖出什麼禍。這一時若實在學不會或資質太差，便會被委婉勸退。

而後各自回家待上幾日，才是真正入宮伴讀。基本都住在宮中，每隔九日能回家一日，直到學完了先生們安排的學業為止，估摸會有大半年的時間。

——這絕對是個好機會。

姜雪寧只要一想到入宮伴讀，就頭大如斗，聖上的旨意下來當然不敢明目張膽說不去，所以一定要有個合適的理由。

若學不會禮儀，或資質太差被「勸退」，可不正好遂了意？

她打定了主意要「消極怠工」！

午後。

棠兒、蓮兒在屋裡給她收拾打點第一趟進宮需要準備的東西，又說屆時進宮要見到那麼多世家小姐，少不得要帶點見面禮之類的，最好晚些時候出去買些。

姜雪寧坐在窗邊看閒書，聽得嘴角微抽。

「知道的說是去伴讀，不知道的還以為要走親戚呢。」

蓮兒嘟嘴說：「姑娘進宮，當然是要萬事準備周全，這回奴婢們又都不能跟進去，誰知道宮裡那些宮女什麼樣呀？這回用不著，下回還能用呢。而且我們姑娘可是唯一一個原本沒呈上去名字卻在伴讀名單裡的人，什麼都能輸，排場不能輸！」

姜雪寧一聽這茬兒就眼皮跳。

果然還是找個牙婆來把這丫頭賣了吧？怎麼就哪壺不開提哪壺呢。

她埋著頭從盤子裡撿了塊蜜餞來吃，隨手翻著書看，也不管她們怎麼折騰了。反正她沒打算在宮裡待太久。

只是，這也不能說出去。

若教人知道她故意耍心機、玩手段不想入宮，只怕惹來不必要的麻煩。

知道的人越少越好，最好沒有。

只是才又翻了沒兩頁，忽然聽得「啪」一聲響，似乎有什麼小東西打到了窗扇上。

姜雪寧抬頭看去，外頭只一片日影。

剛要低頭繼續看書，又是「啪」一聲輕響。

這一回打在窗櫺上，彈了一下，滾落到她書上。

她撿起來一看，竟是枚金黃的松子，還開了個小縫，手指用力一捏便開了。

原來是炒松子。熟的。

姜雪寧沒看到人，但已知道是誰來了，沒忍住笑道：「府裡這院牆砌了跟沒砌似的，若讓我父親知道你又不聲不響不走正門進來，怕又要發一陣牢騷了。」

「這回不是沒讓他瞧見嗎？」

燕臨的聲音從高處傳來，只從牆下那棵樹濃密的樹蔭裡現身，縱身一躍便跳了下來。他今日穿著一身藏袍的長袍，腰上懸了個不大的荷包，手裡還抓著一小把松子，笑著踱步到她窗前。

「除非妳去告狀。」

好些日子沒見，他好像曬黑了一點，原本俊俏的一張臉上也多了一道淺淺的擦傷，還好不深也還好不多，並未真的破了相，只是在原本的貴公子氣質上添了一分硬朗，更顯得灼灼熾烈。

姜雪寧問他：「怎麼弄的？」

燕臨多少還是有些在意這張皮相，聞言抬手摸了自己臉頰一下，咳嗽一聲道：「去通州大營的時候，喝了一點酒，沒忍住要跟父親幾個部下比比武，拳腳無眼，傷著了一點。不過沒大礙，軍中的大夫說，放著過兩天就好。」

豐臺大營和通州大營兩地，歷朝來都有駐軍，為的是拱衛京師。

但自從二十年前平南王謀反，揮兵進犯京城，而豐臺、通州兩地都來不及反應，無法及時入京平亂之後，先帝便在京中設立了禁軍，選兩營中的佼佼者出來編入其中，守衛京城。

到得本朝，沈琅登基後，又進一步加強了禁軍。

只因他是當年平南王謀反一役的親歷者，對藩王謀反的危險和大軍馳援的緩慢有極深的陰影，所以豐臺大營與通州大營在軍中地位越發下降。

勇毅侯府是朝中執掌兵權的幾家勳貴之一，主要管的是距離京城遠一些的通州大營。

至於距離京城更近的豐臺大營，則由誠國公府掌管。

而如今最重要的二十六禁衛軍，卻由皇帝自己與兵部共同掌控。

由此可見，雖說燕氏與蕭氏乃是京城中兩大可以比肩的勳貴望族，可誠國公府蕭氏乃是當今聖上沈琅的外家，明顯要比燕氏更得信任一些。

也不知勇毅侯府的事情，背後是什麼人在推。

姜雪寧望著燕臨問：「周寅之怎麼樣？」

燕臨看了她屋裡忙碌的丫鬟一眼，只把手裡那一把松子放在她靠窗的桌上，手一撐窗沿便翻了上來坐下，一條腿垂在外面，一條腿卻在窗沿上屈起，順手便拿了她一塊蜜餞來吃，然後才道：「這人有點意思。」

他回想了一下，竟露出頗為欣賞的神情。

「我是離京之前見他的。不卑不亢，沉得住氣，可能因為本是錦衣衛，對朝中大小事情都很瞭解，應該是個能辦事的。只是我覺得這人堪用，倒不僅僅因為這一點。近來有件跟他有關的事，不知道妳有沒有聽說？」

姜雪寧好奇問道：「京裡最近出了刺客，不太平，我都沒出門，也沒關注外頭。是什麼事？」

燕臨便道：「此人養了一匹好馬，甚是喜愛，每日都要自己親自餵，京城裡沒什麼開闊地界，若有時間他還要帶去京郊跑馬。可前不久，他在衛所裡處理公務時，家裡忽然來了小童急傳說他的馬病了，眼看著就要不行了。此人當即向長官告假，回家看過那匹馬之後，竟然拔了自己佩刀親手把馬給殺了。」

姜雪寧忽然愣住。

燕臨卻笑起來說道：「第二日他去鎮撫司，長官問他，你的馬還好嗎？他說，馬死了，我殺的。長官大為詫異，問他緣由。他竟說，這匹馬他養了兩年多，便如親人一般，可馬兒患病，他實不忍見牠痛苦，索性給牠個痛快，免去一番折磨，也算還了那匹馬跟他兩年多的情誼。」

那匹馬……姜雪寧哪裡能不知道？當日她去找周寅之時這匹馬還好好的，何至於就病到要死，還「痛苦不堪」？

此刻她唯一能想到的，只有當初自己隨口編了讓那小童去衛所找他回來時的藉口：周大人的愛馬，病得快要死了。

一股寒意頓時從腳底下傳遍全身。姜雪寧壓著書頁的手指一下沒按住，輕輕地顫了一顫。

燕臨則道：「這一番說辭真假不好說，可殺馬的事不假。這人行事之果決俐落，可見一斑。近來聖上有意將刑獄之事放給錦衣衛來處置，可刑部、大理寺和都察院這原本掌管刑獄之事的三法司，都有很大的意見。這回那個刑科給事中彈劾周千戶，正好給了三法司借題發揮的機會，聖上也扛不住悠悠眾口，前些日已撤了周千戶的官品。我著人在朝中打點過了，這缺落在周寅之身上剛好。」

周寅之是不見兔子不撒鷹的。

燕臨辦事俐落，也好。

姜雪寧雖是重生，可上一世經歷這些時，對朝政還一無所知，只知道最後的結果，可事情是怎麼發生、中間具體有什麼內情、又有幾方勢力在角力，她全不清楚。

如貿然提醒，還不知落入誰人眼中，只怕沒幫著勇毅侯府還害了自己。但若經過周寅之來示警，一則能藏起自己，二則周寅之是錦衣衛派去查勇毅侯府與平南王逆黨關係的「暗子」，對這件事本身知道得要比她多，且能拿出實在的消息來，才能夠引起勇毅侯府足夠的重視。

即便避不了禍，若能提早做些提防和準備，也可避免像上一世那般。

抄家固然死了一些人，可更多的人卻都死在流放途中。有的是因為年老體衰，有的是因為遭遇流匪，也有的是因為貧病交加。

這裡面包括燕臨的父親。

姜雪寧心中又覺出幾分沉重來，只道自己上一世被周寅之此人利用得徹底，這一世雖還是用了此人，可也要嚴加防範。

他今日能為滴水不漏地圓謊殺了自己的愛駒，明日也能為了自己的仕途和前程向著她舉起屠刀。

她忍不住提醒燕臨：「我倒覺得這人喜歡他的馬，可說殺就殺了，固然果斷，但也是個手段狠辣的。」

燕臨眉目舒展，知她是關心自己，只道：「我知道。」

姜雪寧便不好再說什麼，只低眉撿了他方才放下來的那一把松子來剝。

松子仁小小一顆，剝起來不快，有些費神，她剝著剝著便皺起眉頭。

燕臨看得一笑，這時才把自己腰間掛著的鼓囊囊的荷包解下來扔給她。「就知道妳不耐煩剝，打開看看。」

她接住荷包，只覺沉甸甸的，打開來一看，全是已經剝好的松子仁，黃澄澄地攢在一起。

東西雖不貴重，可要剝好實得花些功夫。

只看著這鼓囊囊的一個荷包，便能想像出坐她窗沿上的少年，是怎樣用他那一雙本來只用握劍的手，一點一點仔細地把松子仁從殼裡剝出來。

然後攢起來。

再這般若無其事地扔給她。

燕臨見她不說話，還以為她不喜歡。「不愛吃嗎？」

姜雪寧搖搖頭說：「不，很喜歡。」

燕臨奇怪：「那為什麼不吃？」

姜雪寧不知該怎麼解釋。東西雖小，可心意太重，她怕自己還不起。

窗前有秋日微涼的風吹著，九月也快到終了，丹桂的香氣都漸漸殘了。

燕臨半天不見她說話，也不知為什麼，就想起那天晚上她對他說的那句奇怪的話，一抬眼則見她的丫鬟又收拾了幾本書來問她：「姑娘，明日進宮要帶幾本書去看嗎？」

姜雪寧頭也不回道：「不帶。」

燕臨這才想起入宮這檔子事，又拿了她一顆蜜餞，笑說：「要入宮當公主的伴讀了，而且還能得謝先生授課。怎麼樣，高興嗎？」

姜雪寧高興得起來才怪，張口便想說自己半點也不想去。

可話還沒出口，一抬頭竟看見燕臨滿面的笑，再一想竟覺得他話裡好像透出幾分得意，心裡頓時有了不好的預感。

姜雪寧眼皮跳了跳，問：「你剛回來沒兩天就知道伴讀的事？」

燕臨「啊」了一聲，向她眨了眨眼，一雙烏沉的眸子裡光華璀璨，眉目間那種得色越發明顯。「公主要選伴讀的事情我早已知道，老早跟她提過妳了，要她無論如何都要把妳加進去。妳總說想去一去沒見過的地方，皇宮裡的事情往日妳不是很好奇嗎？有這大好的機會，我當然不能忘了寧寧妳。怎麼樣，這事兒我辦得漂亮吧？」

姜雪寧：「……」

鬧了半天，是你要搞我啊！

她強忍住一把將這小子推下窗臺的衝動，嘴角抽了抽，看似笑著，實則暗地裡都咬緊了後槽牙，只道：「漂亮！辦得可真是太漂亮，太『驚喜』了！」

燕臨也不知為什麼覺得脖子後面有些發涼。

但寧寧高興了，他也就高興了，於是道：「眼下雖不知謝先生要教妳們讀什麼書，但學琴是已經定下來，肯定會有的。我前些日子已命人去搜羅一些好琴，有幾張還是好幾百年前的古琴。謝先生愛琴，妳進宮學琴帶一張好的去，便是先生要求嚴格，看在琴的面子上也會寬容妳幾分。今日正好，還有些時間，走，我帶妳相琴去。」

姜雪寧一聽見「謝先生」這三個字就渾身發毛，一聽見「琴」更是頭大，想說自己進宮一趟就會被「勸退」回來，真心用不著這東西。

可架不住燕臨霸道，沒一會兒，她便被他強行帶上了馬車，出府去選琴。

❀

這時距離九九重陽已過去了十四日。

尤芳吟不知第幾次地踏入這家商行，詢問過今日生絲的市價後，顰蹙了眉頭，也沒管櫃檯的夥計用多少白眼看她，依舊誠懇而老實地道了一聲謝。

連著十多天挑燈學看帳本、練習記帳，她眼底都是血絲，從商行走出來的時候，只覺得頭重腳輕。

外面的街市上人群熙攘，車馬絡繹。

最近府上看得越來越嚴，老是偷溜出來，若被她兩位姐姐，尤其是二姐姐發現，只怕又是一番折磨。

二姐姐剛被選為長公主伴讀，府裡誰也不敢開罪她。

尤芳吟想，自己今日該早些回去。

且昨夜也只睡了兩個時辰，實在有些熬不住了。

可走著走著，她看見路邊擺著的小攤兒，上頭放了許多幅繡得精緻的錦帕與香囊，還有各式各樣的繡樣。其中一個香囊上繡了綠萼的蘭花，針法竟是她從未見過的，一時目光停住，腳步也停了下來。

尤芳吟想起了那朵被自己弄髒的白牡丹。

於是她伸出手去，將這香囊拿起來細看。

不料旁邊有人經過，無意間撞了她一下，而她人恍恍惚惚已是連站都不大站得穩，這一時便被帶得往前撲了一下，不成想慌亂間衣袖一帶，竟將攤子上原本排掛得整整齊齊的錦帕、香囊掃落了大半在地上。

那小販也是小本生意，立時叫了起來：「妳這姑娘怎麼回事？誠心來砸人生意是不是！」

尤芳吟頓生愧疚：「對不住，我只是想看看香囊，並非有意……」

周遭目光都落在她身上，令她難堪極了，忙低下頭來，幫著小販把落在地上的東西一一撿起來，連聲道歉。

街上這動靜不小，眾人都不免對她指指點點。

姜雪寧才跟著燕臨上了樓上這一家布置雅致的幽篁館，還不待走進去，聽見聲音，轉過頭循聲望去，一下就看見了人群裡窘迫不堪的那個姑娘，她撿起一只香囊反而碰倒了更多，越來越手忙腳亂。

她認出那是尤芳吟，心底不由微微一窒。

好像並沒有什麼改變。

原來如何笨拙，現在依舊如何笨拙。

再一看那小攤，賣的是香囊錦帕，她忽然便自嘲地笑了一聲。

自己到底是在期待些什麼呢？

不早就知道，一個後宅中的姑娘，又從未學過管家，只怕連帳本都不會看，字都寫不來幾個，還受著家中束縛，即便手裡有了錢，撐死了也就會置辦些田產，難道還真奢望她拿錢去冒險，買生絲、做生意不成？

上一世那樣大膽且出格的尤芳吟，終究只有一個。

燕臨順著她目光望去，認出那是她那天救過的那個尤家庶女，一時蹙了眉問：「怎麼了？」

姜雪寧收回目光，垂下眼簾，只道：「救得了病，救不了命。有時候明知道一件事不可能，可真當親眼看見不可能時，依舊會有一點點失望。」

燕臨回眸注視著她，有些疑慮。

她慢慢笑了一笑：「沒事，一點點罷了。」

第二十章　琴起

清遠伯府的光景一日不如一日，燕臨身為世家勳貴子弟自是清楚。這伯府庶女在那一日重陽宴上「落水」的事情，也算人盡皆知，更何況當時還有姜雪寧那驚世駭俗的一句話：婆子懲治姑娘，奴才欺負主子。

清遠伯府的臉面算是丟盡了。

只是為免旁人閒言碎語，說他們伯府苛待庶女，明面上自然不大敢再為難這庶女，但只怕暗地裡的苦頭只多不少。

勇毅侯府只有他一個嫡子，且他在宮中又很受寵，種種後宅中的陰私手段落不到他身上。但沒吃過豬肉也見過豬跑，後宅裡有些爭鬥是什麼樣，燕臨還是瞭解的，畢竟父親也有一干妾室和庶子女。

他覺著寧寧對這萍水相逢的伯府庶女太上心了些，不由勸她道：「妳就是心太善，天底下像這樣又笨又拙且自己不爭氣的人，不知凡幾。救了人便罷了，難不成還指望她脫胎換骨？須知人的處境皆有因由，若她有本事也不至於落到先前的下場。」

姜雪寧收回了目光，道：「正因為是自己救的，所以反而要比尋常人在意些，也希望她更好些。不過你說得也對，我已仁至義盡，哪能管更多呢？」

說罷，她輕輕吐出一口氣來，似乎想要藉此紓解心底某一種不那麼暢快的感覺，隨後才對燕臨道：「我們還是進去看看琴吧。」

幽篁館，聽這名字便知道，此館是專為琴而設。

位置雖然是在熙熙攘攘的鬧市之中，在京城也算得上是寸土寸金的地界，可卻一定要從臨街那不起眼的樓下，順著樓梯走上二樓，才能看見那清雅素淡的竹製匾額。

「幽篁」二字便以純墨寫在竹上。

只因琴是件雅物，來相琴的客人們，假愛琴的要附庸風雅，真愛琴的又不湊熱鬧，所以這般的裝潢和風格倒是剛好能兼顧。

燕臨顯然不是第一次來這裡，輕車熟路地帶姜雪寧走了進去。

角落的香爐前正有一名做文士打扮的男子拿著香箸撥香，焚的竟是上好的婆律香，整間幽篁館內都浮蕩著淡淡的香氣。

那文士聽見腳步聲便回了頭，瞧見是燕臨便笑了一笑，只輕輕將那香箸放下，一面走到旁邊的銅盆前淨手一面道：「世子可算是來了。我琢磨著你要再不來，那幾張琴我便要掛出來賣了。」

燕臨失笑道：「好歹在琴館，能收收這一身銅臭氣嗎？」

那文士渾然不當一回事，只道：「你當我開琴館是做善事？彈個琴要沐浴要洗手要焚香，還得要好琴，哪樣不要錢？」

姜雪寧只覺此人清奇，不由多看了幾眼。

那文士瘦削，尋常長相，也看了姜雪寧一眼，醒悟過來：「便是這位姑娘要相琴吧？」

姜雪寧不說話，燕臨沒好氣道：「別廢話，琴呢？」

那文士眉梢微微一挑，輕而易舉便感覺到了燕臨對這女子的不一般，沒因此收回目光，反倒多看了姜雪寧幾眼，才轉身走入內間，將裡面藏著的四張琴一張一張抱了出來，排在館中的長案上，然後一一解開外頭的琴囊，叫燕臨上來看。

「原本是找了五張琴，有一張是江寧顧本元新製的，但到得晚了，我的人去時，顧本元已將那張新琴贈給謝居安。」

顧本元乃是如今名氣最大的斫琴師。

一般來講，斫琴的工序甚為繁瑣，從挑選木料開始到穿弦試音，製一張琴最少要花上一年的時間，有做得細緻、講究的則要兩年多甚至三年。

斫琴師算手藝人，以此為生，兩年出一張琴當然會餓死，所以許多斫琴師會準備好木材，同時製作十張或者二十張琴，如此製琴的工序雖依舊需要兩年，可兩年中便能出很多張琴。

但顧本元今年已經六十好幾，眼見著就要到古稀之年，精力不比那些年輕的斫琴師，無法再同時製很多張琴，是以基本兩三年才出一二張琴。

時人卻偏愛追捧稀少的東西。

這兩年千金求琴的人不計其數，只是誰也沒想到，這張新琴面兒都還沒露一回，音都還未泄一縷，老頭兒竟然直接將之送給了謝危，不知讓多少人暗中咬牙。

燕臨習武，不算愛琴，可聽過顧本元的名聲，一時也愣了一愣：「贈給？」

「啊，白送。」那文士終於洩露出了幾分不滿，冷笑一聲，但轉而又有幾分幸災樂禍。「前陣子不是又有平南王逆黨在京城刺殺朝廷命官嗎？謝居安一張琴斫了三年，那日在我這裡選了幾根好琴弦，正打算趁得閒穿好試音，結果回去的半道上不知怎的就上了那什麼層霄樓，遇到逆黨。人沒事兒，但一張新琴弦都還沒穿好卻被人一刀給劈了。嘖，心裡嘔不嘔、氣不氣，咱不知道，反正啊聽人說他兩天沒去上朝。顧本元知道這事之後，便叫人從江寧遠道把琴送上京城來給他。這不倒貼嗎！」

燕臨道：「你不是在乎琴吧？」

那文士冷哼一聲：「千金買琴我轉頭就敢翻一倍賣給你，謝居安斷老子財路！」

「咳。」燕臨咳嗽了一聲，很想說「本世子看著像那種好騙的冤大頭嗎」，但想了想還是沒有接話。

謝危乃太子少師，如今又主持宮中的經筵日講，算他半個先生。

對方卻不一樣。

這文士乃是幽篁館的主人，原本是與謝危同科的進士，且還同是金陵人士，姓呂名顯，字照隱。一路考學上來，謝危案首他第二，謝危解元他第二，謝危會元他第二，連進翰林院都還要被壓一頭。時人都開玩笑說「謝一呂二」。

呂顯是個寒門出身的倔脾氣，越是比不過越要跟謝危比，自己還挺得勁兒。

沒料想一朝金陵來了喪報，謝危回家奔喪還要丁憂三年，呂顯忽然成了第一，卻覺著翰林院裡沒什麼意思了，待了一年竟直接辭官，聽人說好像也是回金陵去了。

四年前謝危因扶立當今聖上沈琅重新回到朝廷，如今官至少師，呂顯卻好像對仕途沒了興趣，雖然也回京城，可竟然開了間琴館賣琴，像只閒雲野鶴。

進過翰林院的人搞這種營生，簡直是聞所未聞，京中一些舊識都不敢相信，多來光顧，沒多久這間琴館就聞名朝野。

當然，漸漸便有人發現比起清正做官，呂顯當起「奸商」是毫不含糊，暗地裡都有句話，叫「進士賣琴，不買不行」，可見生意做得有多黑。

也就是說，呂顯與謝危乃是打過交道的舊相識，一口一個「謝居安」頗不客氣，可燕臨受教於謝危，卻是要掂量掂量「尊卑」二字。

他看了看面前這四張琴，問：「這些呢？」

呂顯便一張琴一張琴地介紹起來，不過全程倒有大半的目光都放在姜雪寧的身上，很多話也是對著她所說，顯然知道今日這一樁生意的「重點」在哪裡。

只是姜雪寧實在不愛琴。

上一世學琴時，各世家貴女都卯足了勁要在謝危面前露臉，唯獨她嫌苦又嫌累，前期仗著自己有燕臨，後期仗著自己有沈玠，壓根兒沒去聽他講過幾回。

若要問她這些琴喜歡哪張，她很想回答：一張也不喜歡。

還好燕臨知道她以前在府裡就不學琴，大致考慮考慮後便要了那張三百多年前的古琴，名曰「蕉庵」。琴身上因常年風化和彈奏震動，已覆著一片流水斷紋，散音渾厚，泛音清潤。

只是價錢也嚇人。

呂顯微微笑著給燕臨比了三根手指，姜雪寧倒吸一口涼氣。

燕臨卻視若尋常，叫人拿銀票付錢，之後親自將琴囊套上，交至姜雪寧手中，道：「妳們入宮雖是為公主伴讀，謝先生待人也算寬厚，可於學問、於琴上，卻不會因為妳們是姑娘家就輕輕饒過。聽謝先生講學，妳須得打起十二分的精神來。他在宮中不常撫琴，我有幸得聞過幾回，是極好的。妳往日不想學琴，必是教琴的先生不好，這回入宮，說不準便喜歡上了。」

所以，一張好琴是必須的。

可姜雪寧聽見他這一番話，眼角都微微抽了抽——沒有人知道，她入京之後怎麼都不願學琴，便是因為謝危。

四年前上京路上，謝危便抱著琴。

她還以為這人真是姜府的遠房親戚，穿著一身白布衣，除了一張琴一無所有，看著還病懨懨的，雖與她同乘一車，卻不愛搭理人，大部分時間都閉目養神，唯有中途偶爾停下歇腳時，他會撫弄那張琴。

姜雪寧聽不懂，也看他不順眼。

那時她才知道自己身世，又知道家裡還有一位人人稱讚的「姐姐」，一路上生怕被京裡來接她的僕婦看輕，雖沒學過什麼規矩，卻因為內心恐懼，偏要端出一副大家小姐的架勢，為著那一份卑微可憐的「自尊」。

大小姐都是高高在上的，頤指氣使。

所以她也對別人高高在上，頤指氣使，這「別人」裡便包括「謝危」。

她在鄉野間長大，也沒學什麼規矩，可此人行走坐臥皆有章法，不管是同在一起進食時那舉箸的姿態，還是靠在馬車內小憩時的一絲不亂，都教她看了難受。

當時她覺著此人一身寒酸卻還端著，很久以後才願意承認，她之所以難受，實是因為即便不懂，也能感受到那種雲泥之別。而這種差別，正是當時一個在鄉野間長大的她和那座她即將抵達的繁華京城的差別。

但人總是不願承認。

即便後來當了皇后，她都不願意看見謝危，且謝危的名字總與琴連著，連帶著她也不願看見琴。

她一生中最惶恐、最不堪的時候，都被這個人看見，只要看見這個人，她就會想起那些過往。

這是上一世的她最忌諱的。

誰知道當時的謝危是怎麼看她呢？

如今的皇后娘娘，當初就是個穿上龍袍也不像太子的鄉野丫頭。

只要想起來便覺得難堪，所以姜雪寧從來只當這段過往不存在。

洞悉人心的謝危大約知道她的想法，即便在朝野地位甚高、進出宮廷頻繁，他也極少出現在她面前，且對此絕口不提。

至於腕上那道疤，她請太醫開了方子，仔細塗了兩年的藥，消了個乾乾淨淨。

此刻館內的婆律香氤氳著。

香氣悠遠，使人靜心。

姜雪寧眨了眨眼，垂眸看著這張交到自己手裡的「蕉庵」，忽然想：如果不是為了張遮，或許，她到死了，埋進土裡，也不會對誰提起，她還對謝危有過餵血之恩。

不過……

好像前世宮變後，謝危手上沾了血，便再沒碰過琴了。

第二十一章 尤芳吟的東家

一張琴要價三千兩，燕臨付錢的時候眼睛都沒眨一下，勇毅侯府家底厚實可見一斑。

以前是懵懂不知，燕臨理所當然地對她好，她也理所當然地享受著燕臨對自己的好，可重生回來後，她卻知道自己還不起少年這一份赤誠的喜歡，也不當理所當然地受著這一份的好。

這張琴她不該收。

可是待要拒絕，改叫棠兒拿銀票來付時，姜雪寧又忽然猶豫了一下，心念一轉，竟把先才的想法壓下去，默不作聲地接受了這張琴。

那呂顯收了錢一張張地點著銀票，整張臉上都是笑容，只對燕臨道：「就知道小侯爺出手是最闊綽的，滿京城這麼多主顧，我呂照隱最樂意見到的便是你！往後常來，須知琴這玩意兒容易讓人上癮，若喜歡上之後，有一張還想要兩張，學琴不夠往後還要學製琴。都到我這裡來，要什麼有什麼，保管不讓小侯爺白跑一趟。」

燕臨翻了個白眼。

姜雪寧整個人卻愣住了，幾乎不敢相信自己的耳朵。

——呂照隱！

那不是謝危後來發動宮變時最得力的黨羽之一，呂顯嗎？

燕臨管著兵，呂顯管著錢。

後來的燕臨是掌握禁軍的統領，呂顯則在她幽禁宮廷之時被謝危破格提拔上來，成為進士從商又由商而官的第一人，當了新一任的戶部尚書。

上一世尤芳吟為了保命，向朝廷捐了自己八成的財富以充國庫，便是由此人經手打理。

先前進這幽篁館時，燕臨不曾介紹過此間主人的身分，直到方才呂顯自己無意間吐露了姓名，這才讓姜雪寧悚然一驚，窺見了一點燕臨窺不見的端倪。

這時再看呂顯，感覺便全然不同。

剛才只覺得這人言語大膽而放肆，生意做得很有趣，但此刻再看，卻覺得這種大膽而放肆未必沒有幾分恃才傲物、眾人皆醉我獨醒的超然。

呂顯點完銀票，滿意地點了點頭，駕輕就熟地把銀票往懷裡一揣：「數目沒錯。」

燕臨便道：「那我們告辭了。」

三千兩的大生意可不是時時能有，呂顯把市儈商人的精明演繹了個淋漓盡致，堆著滿面的笑，親自把他們二人送到門口。

姜雪寧跟在燕臨後面，抱著琴下樓。

不成想樓下快步上來一人，跟他們撞了個照面，一看是謝危身邊的劍書。

她眼皮跳了一下。

劍書常跟在謝危身邊，且習得一身好劍術，燕臨是見過他也知道他的，看見他便道：「謝先生又著你跑腿來了。」

劍書向燕臨一禮，也笑：「正是呢。」說罷目光一轉，又看見跟在燕臨身後的姜雪寧，原本要繼續邁開往上去的腳步又停得一停，向她道禮：「寧二姑娘好。」

姜雪寧微怔，頷首還禮。

燕臨聽著這話，卻是忽地一挑眉，覺出一種微妙，用略帶幾分奇異的目光看了劍書一眼——「寧二姑娘」是什麼稱呼？

但劍書好像沒覺得不對，道過禮便匆匆上樓去了。

幽篁館內，呂顯剛準備關上門，給自己倒上一杯小酒，慶賀慶賀賣出了一張這麼貴的琴，可兩手才剛放到門上，就看見劍書過來。

他眼角一抽，立刻加快了動作要把門關上。

豈料劍書眼疾手快，直接上前一掌卡在了門縫裡，向呂顯微微一笑：「天還亮著呢，呂先生怎的這樣急著關門呢？」

呂顯心裡罵「練武的果然皮糙肉厚，怎就沒夾死你」，面上卻已一臉驚訝，好像才看見劍書一般，笑得親熱極了。「呀，劍書啊！這不是沒看見你嗎？怎麼樣，你家主人壞了一張琴，在家裡氣死了沒有？」

劍書不由臉黑：「不勞呂先生操心。」
呂顯眉目裡那幸災樂禍便又浮了上來：「想買什麼？」
劍書道：「不買東西，有事。」
呂顯一聽這茬兒臉色一變，立刻要把劍書卡住門的手推出去，決然道：「我沒錢，你趕緊走。」
劍書動也不動一下，說：「燕小侯爺不才剛走？」
呂顯撒謊不眨眼：「那琴不值錢。」
劍書冷冷地笑，竟將手放了，作勢要走。「那我回去跟先生說你三個月前的帳目上，有一筆五千兩的出帳不對。」
「哎哎哎，有錢，有錢，有錢！」呂顯二話不說連忙拉住他，將他往屋裡拽。「真是，你說你，年紀不大，學得謝居安那樣老成有什麼意思？哪怕跟刀琴一樣也好啊。動不動就拿帳來威脅，這可不是什麼好習慣。說吧，什麼事？」
劍書顯然已習慣了呂顯的德性，知事情緊急也不耽擱，言簡意賅道：「漕河上翻了船。」
呂顯忽地一震，問：「什麼船？」
劍書道：「絲船。」
呂顯兩隻眼睛都冒了光：「什麼時候？」

劍書道：「三天前。消息是加急傳來的，京中還沒幾個人知道。」

呂顯頓時撫掌大笑：「好！」

劍書道：「先生說，前陣子京中絲綢商人聯合起來把絲價壓得極低，如今漕河上運絲上京的絲船翻了，京中生絲之價必漲。若能趁著消息還未傳開，以低價購入生絲，待消息傳開絲價漲時出手，當能大賺一筆。只是前陣子壓價，許多商人扛不住，多已將手裡的生絲售出，只怕市上已所剩無幾。」

呂顯琢磨一會兒，把京中一應大小商人的名字都在腦海中過了一遍，扯開唇角一笑，眼底竟是熠熠光華，只道：「有的，還有一位！」

❀

許文益見著尤芳吟走進來時，被她憔悴的臉色嚇了一跳。

「妳這是幾天沒好好睡覺了啊？快來人給尤姑娘端杯熱茶上來。」

尤芳吟揉了揉眼睛，坐了下來。下面的夥計立刻把茶給端了上來，也難免用藏著幾分擔憂的眼神看了她幾眼。

此地乃是江浙會館裡的一間客房，由江浙商幫的商人們在此設立，專容納江浙兩省上京來的商人留宿、談生意。

許文益便是蘇州南潯的絲商。

兩個月前他就上京了，只因江浙一帶做絲綢的大商人聯合起來壓低生絲的進價，搞得蠶農不滿，他們這些以販絲為生的中小商人亦無以為繼，只被逼得北上。誰想到京中大商與江浙大商沆瀣一氣，加之入京的中小商人太多，絲價不漲反跌，竟只有去年市價的一半，別說賺錢了，連付給蠶農的成本價都不夠。

許文益今年三十六歲，即便沒有學人蓄鬚，一張臉上也看得出有些風霜痕跡，眼角都是細細的皺紋。更不用說連日來絲價不漲，他滯留京城，睡著今天的覺卻不知明天的太陽會不會升起來，著實覺得每一日都在油鍋上煎熬，連眼神裡都透著一種沉沉的壓抑與焦慮。

他的身家性命都在這單生意裡。

他去年學人販鹽賠了不少，今年從蠶農手裡買絲時都拿不出錢來，還好他是南潯本地商人，又與當地蠶農往來過數年，大家知道今年行情不好，但願意信任他，只收了他一成的定金，把這一年產的生絲都交到他的手上，讓他上京賣個好價錢之後再回去付訖餘款。

生意場上，誰不是一手交錢一手交貨，可家鄉的蠶農卻願意先給貨後收錢。

許文益是個有良心的商人，也不願辜負背後鄉親們的信任，可天知道他來到京城，四處詢問生絲市價時，有多絕望。

直到十一日前，他滯留京城，幾乎連住會館的錢都拿不出，終於覺著自己扛不住了，只想著把手裡那半船生絲賣出去，價錢低也無妨，能收回多少是多少，先帶回鄉裡，至於不夠的部分只能先欠著，慢慢想辦法貼補。

但就在這時候，在這般絕境之中，尤芳吟出現了，然後給了他一個全新的希望。

這姑娘那天來時還戴著孝，兩隻眼睛紅紅的，把許文益嚇了一跳，還以為她出了什麼事來求助的。

可沒想到她從荷包裡直接掏出四百兩，竟跟他說要買絲。

許文益也算活了小半輩子，從來沒見過這樣的主顧，一時愣住了，半天反應不過來，又見這姑娘實在不是什麼大富大貴的模樣，也不像是商戶家出來的女兒，心裡著實納悶。

他當時太想把生絲賣出去，也沒有多問，便以當時的市價賣了一些給她。

只是尤芳吟也就四百兩銀子，於他一船生絲而言，實是杯水車薪。

銀錢付訖後，許文益沒能夠忍住心中的好奇，開口問她：「如今市上生絲價格這樣低，且看情況說不準還要繼續跌，妳一介姑娘家，連帳本都不大看得懂，四百兩銀的生絲也不算是小數目，妳買了之後要怎麼辦？」

尤芳吟竟然回答：「等半個月後漲了再賣。」

許文益當時渾身一震，腦袋裡千雷轟鳴，眼見著她答完就要走，出奇地失了態，追了上去，連聲音都在發顫：「姑娘何敢出此斷言？」

這尤家姑娘看著呆愣愣的，好像被他猙獰的臉色嚇到，過了好半晌才直直道：「給我錢的人說的。」

許文益更為震驚：「姑娘有東家？」

尤芳吟當時看著他，好像想了一會兒，覺得這個詞貼切，便點了點頭說：「有。她交代我，拿著錢今日來買進生絲，等半個月後賣出，能賺三倍。」

許文益當即倒吸一口涼氣。

這尤芳吟的東家何許人也，竟敢說出這樣的話？

那豈不是比去年的市價還要高上一倍，是現在市價的四倍？

從商多年的許文益意識到，自己無意間也許逢著一個千載難逢的機會。

自來做生意買低賣高，吃的是差價。

而價隨市變，所以生意場上消息靈通極為重要。

有能掌握別人不知道的消息的人，往往能在這裡如魚得水，撈著消息澀滯之輩一輩子也撈不著的好機會。

尤芳吟，或者尤芳吟背後這個「東家」，多半便是掌握著消息的人！

雖然不知為什麼掌握了這樣的消息卻只拿出四百兩銀子來做生意，但既然遇到了這個機會，許文益無論如何也無法說服自己放棄。

他想要冒險。

若半個月後絲價真的漲了，於他而言便是絕地逢生；若半個月後絲價未漲反跌，又能比現在跌到哪裡去？他的處境又能比現在壞到哪裡去呢？

所以乾脆豪賭一把。

許文益用尤芳吟付的四百兩銀子打點了渡口的船隻，也在會館續了半個月的房錢，索性放棄低價拋售生絲的想法，還叫人買了一套上好的文房四寶，連著一把算盤和幾本自家以前用過的帳冊送給尤芳吟，與她一道等著生絲漲價的那天。

這段時間以來，許文益也曾旁敲側擊，想問出她背後這東家的身分。

可尤芳吟這時嘴卻很嚴實，竟絕口不提。

若問到底為什麼會漲價，尤芳吟只說：「不知道，東家沒提過。」

此刻許文益坐在她的對面，望著她滿眼的血絲，掐指一算時間，終於還是嘆了口氣：「只剩下四天了。」

絲價非但沒有上漲，反而還跌了。

尤芳吟也是剛從商行問過價出來的，心裡知道，可她不擅長與人打交道，不知該怎麼回這句話，一身僵硬的拘謹，兩手緊緊攥著茶盞，悶頭喝茶，這架勢簡直看得人著急。

許文益苦笑一聲說：「尤姑娘先前說這四百兩銀子就是妳全部的積蓄，如今絲價遲遲不漲，妳就不怕這錢虧了，東家責怪嗎？」

尤芳吟想了一會兒說：「若虧了，我以後攢夠再還給她。」

四百兩銀子裡，有三百五十兩是二姑娘給的。

她雖不知道二姑娘為什麼要救自己，又為什麼要給自己錢，可滴水之恩當湧泉以報。她過往的十八年裡，沒有遇到過這樣的事，也沒有遇到過這樣好的人，更不知道二姑娘為什麼當時用那種快落淚的眼神看著她。

她想了很久，也不知要怎樣去報答。

但二姑娘教她做生意。那也許把生意做成了，賺了很多很多的銀子，都捧到她面前，二姑娘就會高興吧？

許文益不知尤芳吟是什麼想法，聽了這話頓時愕然，過了片刻便無奈地搖了搖頭。這姑娘對她的東家倒真是死心塌地，錢本來就是東家給的，事也是東家讓辦的，賺了賠了都是東家的，如何虧了還說要「還」呢？

他叫人把準備好的帳本拿上來，說：「這是給姑娘準備的新帳本，我已讓手下的帳房先生在上面做了標記，姑娘看起來會容易些，也明白些。不過姑娘總是熬夜看帳本，到底傷身，還是得適當一些。」

尤芳吟今日便是為取帳本來學的，雙手接過帳本時，連忙道了聲謝，又訥訥道：「近日來府裡看得嚴，我可能這幾天都出不來。若四天後許老闆也不見我人，便請您先幫我把生絲賣掉。」

許文益問：「不早不晚，四天後？萬一又漲了呢？」

尤芳吟搖了搖頭說：「東家說這時候賣。」

許文益一窒，便答應了下來。

待送走尤芳吟，他重新坐下來，又是長長嘆了口氣。

身後的夥計皺著眉頭，對這件事始終充滿疑慮：「老闆，我看這姑娘腦袋裡就一根筋，怎麼看都像個傻的。有這樣好的事情，她的東家難道不自己做，要輪著我們來？」

許文益卻是咬了牙，目中一片孤注一擲的決然：「賭都賭了，這話休要再提。我覺著她話裡說的這個『東家』只怕不是騙人的。若撒謊也該圓得像樣些，沒有這樣忌諱深到不提的。」

他閉了閉眼，重新睜開，這時眼底已是一片壓抑的憤怒與悽愴：「再說，我若真拿著低價賣的那點銀子回去，又該如何面對鄉里蠶農的信任和託付？秋冬一過，明年又要準備桑蠶，若手裡沒錢，難道要他們喝西北風嗎？」

夥計頓時不敢再言。

許文益說完這一番話後反倒平靜下來，正待叫夥計再出去探探情況，沒料想外頭半開著的房門忽然被人叩響，竟有一名文士立在外頭，向屋內的他拱了拱手道：「可是蘇州南潯，許文益許老闆？」

許文益覺得對方面生，問道：「請進，您是？」

那文士自然是呂顯，進來一看他桌上擺著的茶還未撤，便知道先前有客，但也沒問，直接道出了自己的來意：「在下姓呂，單名一個顯字。聽說許老闆手中有一船生絲，至今沒有賣出去。今日特地來訪，是想來跟您做一筆生意，買這一船的生絲。」

許文益心頭忽地一跳，連呼吸都不覺一停，但面上卻不動聲色：「您出什麼價？」

呂顯道：「自是市價。」

許文益摸不清他的來頭，只道：「市價不賣。」

呂顯眉梢一挑，忽然覺得情況好像和自己想的不一樣。「許老闆的絲不是賣不出去嗎？」

許文益道：「如今賣不出去，但也有您這樣一看就揣著大錢的人來買。焉知再過幾天不漲呢？」

呂顯瞳孔微微一縮。他意識到事情不簡單了，卻偏一笑：「您好像知道點什麼。」

這時許文益已敢確定，尤芳吟那個東家所說是真的了！

他整張臉都因為過於激動而泛起潮紅，但聲音還是顯得整肅不亂，只是眼底一時竟含了淚光，也不知是對呂顯說，還是對自己說：「十一日前，有人來買了我一批生絲，她的東家告訴她價會漲。直到今天看見呂老闆來，我便知道，我賭對了……」

❀

砰！呂顯是一腳踹開斫琴堂的門。

侍立在一旁的劍書差點拔劍劈過去，一見是他，不由詫異地瞪大眼睛。

呂顯卻青著一張臉走進來，端起那茶桌上已沏著涼了一會兒的猴魁便往喉嚨裡灌，放下時茶盞砸在桌上一聲嚇人的震響。

這間斫琴堂挨著東面牆的地面上，十幾張製琴用的木料整整齊齊地排著，謝危手裡拿著墨斗，穿著一身簡單的天青直裰，正站在那兒選看，也沒披袖袍寬大的鶴氅，還把袖子挽到手臂上，露出骨節分明的手腕來。

他聽見動靜便轉頭看，見是呂顯，那清冷的長眉不自覺一皺，道：「沒辦成？」

呂顯道：「辦成了一半，但我今天見了鬼。謝居安，你老實告訴我，漕河上絲船翻了這件事是什麼時候出的，最早又是什麼時候傳到京城的，都有誰知道？」

謝危又轉回頭去看木料。

他把正中間那塊桐木翻了過來，道：「劍書沒告訴你嗎？三天前出的事，消息剛到京城還沒兩個時辰，知道的人除了送信的也就我、劍書，還有你。」

呂顯斷然道：「不可能！有人十一天前便找許文益買過生絲，料定絲價會漲。我幾番旁敲側擊，許文益也沒說太多，但我出來之後找人打聽，這幾日有一位姑娘進出會館，似乎在同他談生意。你道這姑娘是誰？清遠伯府一個誰也沒聽說過的庶女，叫尤芳吟。這姑娘背後似乎有個東家，但也沒打聽到東家是誰。若絲船在河上是三天前出的事，這人如何提前八天就知道此事？」

謝危摩挲著那塊準備選來做琴面的桐木板的手指一頓，聽了呂顯這一番話，輕而易舉便發現事情有詭譎之處。但他竟沒先問，反而道：「你剛才說辦成一半怎麼講？」

呂顯差點被他這一問給噎死，憋了口氣才回答：「許文益是個有腦子的，似乎猜著我來頭不小，畢竟京城裡能夠第一時間得到這種消息的人，一般人都開罪不起。他想結個善緣，也怕若有萬一，過幾天絲價不漲手裡沒錢回去，所以用去年的市價賣了半船的生絲給我。」

謝危道：「也好。今年江浙一帶，蠶農苦不堪言，我等也不純為謀財，少賺一些無妨。」

可呂顯是個財迷啊，他忍不住狠命扣著手指頭敲了敲桌說：「謝居安！你搞清楚，這事兒很嚴重！漕河上絲船要出事，尤芳吟這個東家怎能事先預料？既能讓一個小小的尤芳吟來買絲，暗地裡未必沒有低價購入更多的生絲。很有可能漕河上絲船出事就與此人相關。未卜先知這種事我是不信的。要麼誤打誤撞，要麼早有圖謀！不管此人到底是在朝還是在野，只怕都不是簡單之輩。我看此事不能作罷，一定得知道尤芳吟的東家，到底是誰？」

謝危原也沒打算就此作罷，不過更關心事情有沒有辦成而已。

此刻他面上一片淡漠，既看不出喜也看不出怒，只垂了眸光道：「的確不可小覷。既不清楚此人是誰，便著人查一查那伯府庶女。此人與她必有接觸，且與漕河有些關係，做事又不敢明目張膽，說不準是哪個品階不高的小官。範圍很小，查起來容易。」

呂顯也是這樣以為，但很快他們就發現，事情好像沒有想得那麼容易。

第二十二章　不配

從幽篁館離開後，燕臨帶著她又逛了會兒。諸如什麼金銀玉器、胭脂香囊，甚至筆墨字畫，到一處店裡，見著幾樣好的，總要問她「喜歡不喜歡」。姜雪寧一開始還未察覺出什麼，可當她看見燕臨又拿了一柄玉如意問她時，心裡便有了隱隱的知覺。

少年的表達一向是直白的，此刻卻顯得含蓄。

他這般問她「喜歡不喜歡」時，眼底是含笑的，可眼神偏有幾分躲閃，倒好像藏著點什麼怕被她發現一般，還有一抹不大明顯的羞澀。

燕臨的確不想被她知道。

眼見著九月就要過去了，扳著手指數馬上就是十月，然後便是十一月他的冠禮。

冠禮一過便可談婚論嫁。

屆時就能去姜府提親，那麼聘禮單子自然是要提前備下的——他想知道寧寧喜歡哪些，不喜歡哪些。若她有喜歡的，那等今日過後便悄悄買下來，回頭都放進聘禮單子裡，想來她見了會有小小的驚喜。

少年的心事藏得實在算不上深。

姜雪寧沒看出來時，尚且還能如常地說自己喜歡或者不喜歡，只以為他是與往日一般尋常地詢問自己；可看出來之後，卻是說自己喜歡不對，一直說自己不喜歡也不好。

她跟著他又逛了兩家店，最後，終於在第三家賣珠翠頭面的店鋪前停下來，對燕臨道：「我有些乏了。」

燕臨抬眸便見她面色的確懨懨，這才後知後覺地意識到，自己一個人逛得開心，倒忘了她明日還要進宮，也忘了問她要不要停下來歇歇，一時有些內疚：「都怪我，我又忘了。反正以後時間還不少，等妳進宮為公主伴讀，我也能來找妳。今日便早些回去吧，我送妳。」

姜雪寧是乘馬車出來的，燕臨卻是騎馬，回去時只慢慢跟在她車駕旁邊。

她偶爾撩開車簾的一角，就能看見落日那金紅的餘暉灑落在少年挺拔的身影上，高挺的鼻梁，含著些微一點笑意的唇角，連著那微動的眼睫都沾上了光，回過眸來看她時，又熾烈又耀眼。

但她心底泛開的竟是一片酸澀。

差不多了。該找個合適的時間，和燕臨說清楚。

回府之後，姜雪寧便叫人把自己的東西都搬出來，還叫人去府上帳房查近些年來父母給她添置了哪些東西。

她自己沒有帳，但府裡是有的。

先前因為從她這裡偷拿東西受過了懲罰的一眾丫鬟婆子嚇得瑟瑟發抖，以為二姑娘又要開始翻舊帳，連王興家的都嚇得面無人色。

姜雪寧只道：「我說過不會再追究妳們，這一次不關妳們的事，該搬東西的搬東西，該查帳的查帳。」

屋裡的丫鬟婆子們這才放了心。

不一會兒好幾口箱子便都搬了出來，姜雪寧對著手上有的清單，把自己這些貴重東西都分到了兩邊：一邊是她自己的，基本是府裡節禮時添置的；一邊是燕臨這些年來送的，這占了大多數。

她自己重新做了一本帳冊，記錄清楚。

勇毅侯府家大業大，顯赫一時，可當年聖上下旨抄家時沒有透露出半點風聲，甚至前一天晚上，侯府上上下下都還在準備著次日燕臨的冠禮。

所以一朝抄家，毫無準備。

所有財產罰沒充公，被查了個乾乾淨淨，人也直接被關進詔獄。即便外面有人在努力地奔走疏通，可錢財方面有所限制，又見不到侯爺和世子，再加上後來錦衣衛查出勇毅侯府的確和平南王逆黨有書信聯繫，聖上雷霆大怒，便再也沒有誰敢為勇毅侯府奔走。

最終還是念及侯府曾為國效命，饒了滅族的死罪。
然而流放之後又是何等潦倒落魄？
上一世燕臨還朝後，渾然已變了個人似的，身上總帶著一股戾氣，且極少再笑。
她記憶中那個熾烈的少年，彷彿從未存在。
只有夜深人靜時，他躺在她寢宮的床榻上，輕輕拉著她的手，和她講述他流放西北絕域時的所見所聞、所歷所感，姜雪寧才能感覺到，這是燕臨。
那個年少時為她講山河壯麗的少年。
只是講的故事不同了。年少時，他是尊貴的小侯爺，鮮衣怒馬，看遍山河，是滿滿的意氣風發，留在眼底的都是那些燦爛的、美好的；流放後，他不但不再是世家勳貴，反而成了戴罪之身，去往苦寒之地，便是一樣的山河，看在眼底都是滿目蕭條，留在記憶中的則是世道艱險、人心易變。
如今，上天給了她一個機會，讓悠悠歲月的長河倒流，又讓她看見了記憶中那個真摯而熱烈的少年。
這一腔的情，她回報不了。
可如果能讓這少年，永遠是記憶中這般美好的模樣，該是何等動人？
白日裡燕臨買來贈她的琴還擱在案頭上，姜雪寧抬眸靜靜地凝望了很久，然後將這一張琴也記進了帳裡，在後面用小小的字，標寫一行「三千兩銀」。

標完了她又沒忍住苦笑一聲。

燕臨這傢伙，真是花起錢來不眨眼，要把她掏空不成？這張琴買來三千兩，可等要賣的時候，還不知要折價成什麼樣呢。那呂照隱實打實一奸商！

蓮兒、棠兒也不知道她為什麼忽然又清點起東西來，但忽然想起一事，便湊上來說：「對了，姑娘，因您被選為公主伴讀，老爺和太太都賞下來不少東西。下午大姑娘也送來了一套文房四寶，您要看看，也點點嗎？」

姜雪蕙？

她朝蓮兒那邊看了過去。

湖筆、端硯、松煙墨，另配了一刀澄心堂的紙，都是極好的東西。

於是一時沉默，只道：「放著吧。」

姜雪寧被宣召入宮成為公主伴讀的事情，在姜府裡自然引起好一番的議論，畢竟她性情嬌縱又不學好，無論從哪方面看都和大小姐姜雪蕙相去甚遠。

可最終下來的名單裡竟然是她。

府裡一開始都傳呈上去的是大小姐的名字，誰也沒想到會出現這麼出人意料的情況。

一時之間，說什麼的都有。有說宮裡可能是弄錯名字了；有說是姜雪寧巴結上了公主，用了點什麼手段，讓公主劃掉姜雪蕙的名字，把機會給她；也有說她私底下到老爺那邊去鬧過，硬讓老爺在把人選呈上去之前改成了她；也有說是姜雪蕙資質不夠，所以宮裡才看不上的……

但反正話沒傳到姜雪寧耳朵裡，她不在意。

明日一早就要入宮，姜伯游和孟氏雖然也覺得這一次的結果實在讓人一頭霧水，摸不著頭腦，可到得晚間還是在屋裡擺上了飯，叫姜雪蕙與姜雪寧一起來用。

這還是宮裡伴讀人選下來之後，姜雪寧第一次看見姜雪蕙。

看著與平時沒有什麼兩樣，照樣是以往端莊賢淑的模樣，席間還會主動為父母布菜，眉眼間也不見有什麼不平與失落，倒好像這件事從來沒有發生過一般，也並沒有聽見過外面任何一點流言蜚語。

姜伯游則是憂心忡忡，對姜雪寧此番入宮實在沒有抱太大的希望，只語重心長地叮囑：「父親在朝為官，政績也還將就。妳入宮之後，不需去爭什麼一二，只要好好地管住自己的脾氣，好好地不要惹事就行。至於公主是不是喜歡、先生們是不是喜歡，都不重要，能勉強敷衍過去就是了。千萬記得，多看少說，埋頭做事便可。」

姜雪寧都一一應過，但心裡想的卻是明日進宮開始學禮儀，姜伯游實不必如此擔心。畢竟若「消極怠工」的計畫順利，只怕她在禮儀與資質這一關就過不了，早早就能打道回府。

姜伯游看她一副漫不經心的樣子，著實有些擔憂，嘴上沒有再多說，心裡卻是琢磨著：等明日下朝，要找居安說上兩句，託他在宮中照拂一些。

孟氏則還對伴讀人選意想不到的改變耿耿於懷，席間臉色不大好，看了姜雪寧好幾眼，有心想要問問她是不是在中間做了什麼，可姜伯游在旁邊給她使眼色，她便沒有問出口，交代時也不過應付兩句。畢竟真正的話都讓姜伯游說了，她從頭到尾也沒跟姜雪寧說上幾句。

一頓飯吃到酉時三刻，方才散了。

從正屋出來的時候，府裡已經上了燈。

姜雪寧是和姜雪蕙一起行過禮出來的，所以在廊上走著，很正常的一個在前面一個在後面。

若是往常，便這般各不搭理地走了。

可今日，姜雪寧叫住了她，淡淡道：「妳送的東西，我不喜歡。」

姜雪蕙停住腳步，沒回頭。「那寧妹妹扔了便是。」

姜雪寧不無嘲諷地笑了一聲：「若我是妳，名字都呈上去了，卻一朝落選，反而是自己那不學無術的妹妹被選為伴讀，必定要想一想自己是不是被人耍弄了一番。妳倒虛偽，還要送我筆墨紙硯。難道以為我看不出，妳其實也想入宮嗎？」

姜雪蕙終於轉眸來看她。

廊上都是鋪下來的紫藤花，只是花季早過，又已到這深秋時節，花葉枯萎，枝條蕭疏，所以頭頂上那霜白的月色便從枝條間的縫隙裡垂落下來，細碎地流淌到她身上。

簡單的月白衫裙，站在那兒卻清麗嫵媚。

連著唇角那一抹諷笑都有動人的姿態。

她的喜與怒都不遮掩，也彷彿不屑遮掩。

姜雪蕙竟覺得有些豔羨，慢慢道：「我想入宮，天底下哪個女子不曾愛過繁華呢？這於我而言，並非什麼可恥之事。只是最終事不成，也沒有什麼好抱怨的。萬事皆有其緣法，如今是我既沒這本事，也沒這緣分罷了。」

姜雪寧自來看不慣她說話時這種波瀾不驚的神情，唇邊那一抹笑意便漸漸隱沒了，聲音裡的譏誚卻更濃：「妳知道我為什麼打一進府就不喜歡妳嗎？」

姜雪蕙不說話。

姜雪寧折了那廊上垂下來的一小段乾枯的枝條，「啪」一聲，在這寂靜的夜裡有一種別樣的驚心。

「不僅僅是因為妳比我好、比我出色，享受了我本該享有的一切。更重要的是，四年了，妳既已知道自己的身世，也知道了誰才是妳的親生母親，有些人縱然沒有養恩，也有生恩，可妳從未向我問過婉娘一句，哪怕一個字。」

姜雪蕙交疊在身前的手掌慢慢地扣緊了，她微微垂了垂眼，似乎有話想說，可終究沒有說。

姜雪寧於是隨手把那枯枝扔了，向她一笑：「婉娘病重臨去前，拉著我的手，把她傳家的鐲子塞到我手裡，讓我回了府見著妳，就交到妳的手上。可我一直沒有給妳，因為我覺得——妳不配。」

第二十三章　入宮

說完這話，她也沒管姜雪蕙到底是什麼神情，轉身便走了。

很多時候她都無法分辨自己對婉娘到底是怎樣的情感。

但她上一世所有的悲劇，歸根究柢，都跟婉娘有關。

照理說，她該恨她。

可只要想到她心心念念記掛著的女兒，卻不曾問過她一句，又覺得婉娘終究是可恨又可憐。

上一世，姜雪寧是搶了姜雪蕙的機會，也搶了她的姻緣，爭著一口氣自己擠進了宮廷為沈芷衣伴讀。這一世，她明明已經對皇宮避之不及，可所有人卻跟上趕著似地湊到她面前，連入宮伴讀這件事，都在她名字未呈上去的情況下落到了她的頭上，完全是被人在背後推著進宮。

一切似乎與上一世沒有太大的不同。

這讓她忍不住思考，重生回來這一世，真的能改變什麼嗎？又或者，不過是重蹈上一世的覆轍？

次日一大早，天都還沒亮，姜雪寧被丫鬟們伺候著起身，梳洗打扮過後去辭別父母，帶上少許行李，便上了馬車。

大臣們出入宮從午門走，宮中女眷或是她們這樣入宮伴讀的則都從皇宮東北角的貞順門進。

這一批入選的伴讀，年紀大多在十七到二十之間，都是青蔥少女最好的年紀。

姜雪寧到的時候，已經有些人到了。

她很少在世家貴女的聚會中露面，與她們並不相熟，但她們相互之間卻是熟悉的，正站在宮門附近低聲交談。

但姜府的馬車才一到，這議論聲便停了下來，所有人都轉過頭來看姜雪寧，目光裡都露出或多或少的好奇或者忌憚。

姜府一開始呈上去的名字是姜雪蕙，但後來選入宮做伴讀的忽然就成了姜雪寧。這件事可不僅僅是姜府裡知道，外頭也早就傳開了。像她們這些世家大族的姑娘，誰能不關注這些呢？

旁人搶破頭都搶不到，這姜雪寧倒好，坐在家裡什麼也不用做，餡餅便從天上掉下來砸她頭上。實在是讓人心裡很難平靜。

姜雪寧才從馬車上下來，一眼掃過去就看見幾張熟悉的臉孔——還真都是上一世伴讀的那些人。

一個清遠伯府的尤月。

當日重陽宴上姜雪寧頗不給她面子，算是結下了仇怨。

此刻她穿著漂亮的宮裝，一臉端莊賢淑模樣，可朝著她望過來的眼神裡卻是毫不掩飾的敵意，甚至隱隱帶了幾分刻毒。

姜雪寧心道，她可千萬別來自己面前找死，不然這一世自己入宮的處境要比上一世好太多，若一個脾氣上來不小心捏死她，傳出去不大好聽。

尤月旁邊是上一回重陽宴上被點為詩中第一的禮部樊尚書家的小姐樊宜蘭，是所有人當中穿著最素淨的，連耳璫都未佩上一枚，眉目間一股淡泊縹緲之氣。入宮這件事於她而言好像並不值得激動。

旁人看姜雪寧的目光多少都有些異樣，可樊宜蘭只是淡淡地看過來，既沒有好奇，也沒有嫉妒。

姜雪寧知道，這個是此次入宮伴讀的十二人裡，唯一一個對榮華富貴沒有嚮往的人，並且最終沒有留下來伴讀。

其次是定遠侯家的三姑娘周寶櫻，是所有人裡年紀最小的，也是定遠侯寵愛的掌上明珠。一張小臉還有點嬰兒肥，圓嘟嘟的，一雙黑葡萄似的大眼睛甚是明亮。

她站在宮門前東張西望，半點都不害怕。白白嫩嫩的手上還抓著個不大的油紙包，不斷從裡面拿出蜜餞來吃，兩腮幫子動起來跟小倉鼠似的，正眨巴著眼一個勁兒盯著姜雪寧看。

這是個隨便給點什麼零食就能收服的姑娘。

但也有一點不好。那就是，誰給她零食，都能收服她。大約是人還小，不懂事兒，完全沒有原則。

剩下的幾個分別是姚蓉蓉、方妙和另外三個人。

那三個姜雪寧看著眼生，已是沒印象。因為她們好像都因為禮儀和學識資質不好，在這一次進宮學規矩、熟悉宮廷環境的幾天裡，被宮裡的女官退了回去。

前面兩個倒還記得一些。

一個姚蓉蓉，乃是這次進宮的人裡面出身最低的，是翰林院侍講姚都平的女兒，小家碧玉的長相，穿著打扮相較於其他幾位出身大家的姑娘來說，未免有些寒酸，看人時也是低眉順眼。她看過來時，一觸到姜雪寧的目光，便立刻收回自己的目光，不敢再看一眼。

姜雪寧記得姚蓉蓉，是因為她是上一世所有人裡面最笨、學東西最慢的一個。

末了便是方妙了。

一張清秀的臉，乾乾淨淨；一雙靈動的眼，卻有些過於活泛。眉尖上有一顆小小的紅痣，讓她看上去有些嬌俏。若仔細打量，便會發現她今日穿的乃是一身水藍色的衣衫，因為九月在五行當中屬金，少陰之氣溫潤流澤，與水相生。

沒錯，方妙是欽天監監正的獨女。

方妙從小耳濡目染，學她父親觀察天象、推算節氣之餘，沉浸於五行八卦之學，還會給人看相占卜。

到底準不準，姜雪寧不知道。

反正上一世，方妙因著這方面的愛好，很得其他人的喜歡，晚上動不動就湊到一起算點什麼姻緣禍福，混得如魚得水。

姜雪寧也不管她們都用什麼眼神看自己，因為這一世她的計畫十分明確。

學禮儀？

人無法叫醒一個裝睡的人，那麼再好的女官也不可能教得會一個一心想要遠離宮廷的人。

她才懶得搭理這些人呢。

所以下車之後，她也不去找她們說話，隔了個不遠不近的距離往宮門口一站。

那守在門口的太監看了她一眼，又掐著手指頭算了算，道：「九個人了，還差三位沒到，請諸位小姐稍等一下，奴家隨後便可帶妳們入宮。」

姚蓉蓉怯怯問：「是誰還沒來呀？」

周寶櫻低頭扒拉著她油紙包裡的蜜餞，嘟著小嘴，隨口便答：「來得最晚的肯定是蕭家姐姐啊，陳姐姐和姚姐姐同她一塊兒，想必會一起來。」

其他人面上一時都有些微妙的異樣。

周寶櫻乃是侯府嫡女，又自來與蕭姝等人走得近，且心思單純，所以說出這樣的話來並沒覺得有什麼不對，可其他人的門第卻很難與她們相比。

如今大部分人在這裡等著，卻還有人沒來，誰聽了不覺得還沒來的那幾位架子太大。

不過正說著話，一輛看著頗為豪奢的馬車便遠遠朝著貞順門這邊駛來，停在了眾人前方。

車夫從車上拿了腳凳放下。

先前同姜雪寧等人講話的太監一見了這馬車便連忙湊上去，堆起滿面的笑容，到車旁躬身一禮：「大小姐可算是來了。」

車裡果然是蕭姝。

她今日穿著一身杏黃的廣袖留仙裙，腰上佩環叮噹，扶著那太監遞過來的手便下了車來，笑道：「今日竟是黃公公出來接人，長公主也沒告訴我一聲。」

黃仁禮跟著也笑：「殿下知道這一回要來許多玩伴，很是高興，今日特遣了奴家來，也好看看，回去再跟公主說呢。」

眾人聽出來了，這黃仁禮乃是樂陽長公主身邊的太監，想來是極受長公主信任。

可這樣一個太監也上前扶蕭姝下車。

蕭氏一門的顯赫和蕭姝與長公主關係之好，可見一斑。

那車上並不止蕭姝一人，她下車之後，又有兩人從車上下來。

姜雪寧一看，眉梢便微微一挑。

內閣大學士陳雲縉家的小姐陳淑儀，雖然很少入宮，與樂陽長公主並不算很相熟，可與蕭姝的關係卻是極好，只因二人在這京中出身相當。

她的容貌雖然沒有蕭姝這般明豔，卻是人如其名，自有一股端雅之氣，唇邊總掛著淡淡的笑，只是一雙眼看著卻頗有些心思和成算，是個性情內斂而謹慎之人。

剩下的那一個就有意思了。

人倒是杏眼柳眉，梳著單螺髻，耳朵上掛一對月牙形狀的白玉耳墜，胸前還掛著精緻的玉鎖。看著好看，看打扮也知道出身不普通。只是從車上下來時，這位官家小姐鎖著眉頭，隱隱有些煩躁，甚至有幾分陰沉，好像是遇到了什麼難以解決又令人不快的事。

姜雪寧對她的印象可太深了。

吏部尚書姚太傅的女兒，姚惜。

她差一點就嫁給張遮為妻，只是在議婚都議到了一半時死活悔了這門親事，還使人將張遮「剋妻」的謠言滿京城散布，又叫她父親在朝中好一番打壓，氣得張遮年邁的母親馮氏大病了一場。

結果千挑萬選後，她嫁給了周寅之。從此讓自己的母家幫助周寅之，一路扶搖上來。可沒想到，僅僅三年後便因為「難產」，死在了周寅之那妻妾成群的府邸。

這時候，姚惜應該正在和張遮議親，且為此事煩惱吧？

畢竟張遮才與錦衣衛鬥了一番，怎麼看也不像是有好前程的。

姜雪寧也不知怎的，雖然知道自己上一世也不是什麼好東西，可手段還真沒這位下作。她上看下看、左看右看，就是瞧姚惜不大爽快。

棄了張遮，選了周寅之……真有點瞎了這一雙漂亮的眼睛。

她的目光平靜而蘊含深意，只這般注視著姚惜。

姚惜才下得車來，正抬眼打量其他人時，無意間撞著姜雪寧這眼神，目光停下，頓時一怔。

姜雪寧卻一下拉開了唇角，立在眾人旁邊，向她露出一抹燦爛的微笑，藏起了方才的尖銳和譏誚，竟似對她很有好感、十分友善一般，還點了點頭致意。

姚惜一頭霧水。

但姜雪寧這般好看的人若向人笑起來，便是女子也抵擋不住，她雖不明所以，也不由得下意識地還了一笑。

姜雪寧面上純善，心底卻是悠悠地琢磨起來：上輩子她這時候還不認識張遮，對姚惜也不關注，但這一世，這姑娘可千萬別在自己眼皮子底下作妖，不然，有些事情她未必能忍得住袖手旁觀……

第二十四章　區別對待

這一來十二個人便到齊了。

蕭姝在這一群人當中，無疑是隱形的為首者，才一走過來，所有人的目光便都落在她的身上，除去豔羨之外，多少有一些畏懼與臣服之意，也有許多人主動同她問好。

蕭姝也不含糊，一一點頭應過，倒是對誰都一樣。

唯獨看到姜雪寧時，她唇角輕勾。

這時姜雪寧尚未向她見禮，她卻先遠遠向她點了點頭，算是打了個招呼，看起來似乎還算友善，隱然還有一些認同的意味在裡面。

若換作旁人早就受寵若驚，可蕭姝這般的態度，落在姜雪寧眼底，卻依舊帶著一種天生貴族似的高高在上，並不是平等地表達友好，不過是因為覺得她能入長公主的眼，所以也算能入她的眼，但並不會真把她當一回事。

蕭姝便是這樣的性情。

出身顯赫，別人一輩子夢寐以求的，都是她從小就擁有的，很少有什麼得不到的東西。

這讓她在面對每件事、每個人的時候都極為平靜，甚至在面對皇族的時候也能保持不卑不亢。對於一切對她沒有威脅的人，即便對方對她十分無禮，她也能談笑風生，絕不會動怒。

因為一切在她之下的人，都不具有與她對話的資格。

唯獨當她覺著誰威脅到她了，她才會露出獠牙。

姜雪寧上一世是同蕭姝交過手的。

當年還沒當上皇后的時候，姜雪寧還會用心地哄一哄沈玠，雖然沈玠心裡未必真的屬意她，可男人嘛，誰不喜歡漂亮女人哄著，所以那段時間她算是「受寵」。

但等到沈玠登基，姜雪寧當上皇后，達成自己的目的，便懶得再哄沈玠。正好不久後蕭姝入宮，她乾脆由得後宮裡的人爭寵，樂得讓皇帝歇在蕭姝宮裡，自己都不用伺候，只在坤寧宮裡執掌鳳印，一心一意當自己的皇后，小日子過得不要太舒坦。

直到有一天，蕭姝有孕，封了皇貴妃，沈玠還讓她協理六宮。

姜雪寧終於開始慌了。

或者說，開始憤怒了。

原來當上皇后之後，並不意味著一輩子都是皇后。後宮裡人這麼多，總會冒出一些有能耐的。尤其是蕭姝這種，世家大族出身，母族給予的支援極為強大，且自己又有本事，很爭氣，一輩子當慣了人上人，只怕很難滿足於只是個皇貴妃，也很難容忍自己上頭還有別人。

於是爭鬥正式開始了。

姜雪寧與母家的關係雖然不怎麼樣，但榮辱一體，姜伯游當時新任了戶部尚書，在朝中也算說得上話。

她又有周寅之，彼時已經控制了大半個錦衣衛，心狠手辣，辦事牢靠。

而且十分有意思的是，蕭氏一族有個「流落在外」的嫡長子叫蕭定非，那兩年剛「找回來」，是能正經繼承爵位的誠國公世子，也是蕭姝同父異母的兄長。他別的不行，浪蕩登徒子的性情倒是朝野聞名，一身混不吝的混混做派，對姜雪寧甚是追捧，稱得上是俯首貼耳。為了她，蕭定非能氣得誠國公背過氣去，而且半點不給蕭姝這個妹妹面子，完全是姜雪寧用來刺激誠國公府的一柄好刀。

所以她跟蕭姝和誠國公府打起來，還真不落在下風，頂多說戰況有些膠著。

後來謝危出手搞倒了蕭氏，她還拍手稱快了一陣。

當然，她沒能高興多久。因為頂多過去沒半年，謝危又出手搞倒了皇族，把整個朝野都控制在手中，姜雪寧這個皇后也終於風光不再。

真是一齣「鷸蚌相爭，漁翁得利」。

雖然說她和蕭姝的下場都算不上好，而且最終都因為朝局牽累，折在了謝危的手裡，她應該對這一位昔日的「對手」存有一分同病相憐的同情。

可根本不是這麼回事。

謝危固然是一披著聖人皮的魔鬼，但也不意味著蕭姝是個好人，更不意味著她就要與蕭姝「同仇敵愾」。

相反的，這一世姜雪寧照舊不大喜歡她，且忌憚她。

面對蕭姝主動打招呼，她垂眸思量片刻，只淡淡地頷首還了個禮，依舊顯得不很熱絡。

蕭姝的目光裡又多了幾分審視。

但很快她的注意力就移開了，因為黃仁禮已經點好人數，叫了幾個宮人來為她們拎東西，驗過腰牌之後，一路領著她們入宮，路上還跟她們介紹介紹周遭的宮殿。

黃仁禮知道這一幫都是貴家小姐，且裡面還有長公主殿下的朋友，也有長公主殿下很感興趣的人，加之嗓音陰柔，所以說話時有如春風般柔軟和煦：「這一次諸位小姐都住在仰止齋。聖上為殿下準備這一次伴讀的事情可也是費了心的，這仰止齋原本是給皇子伴讀住的地方。只不過如今宮中沒有皇子，正好諸位小姐進來，便著了御用監把一應陳設換新，又給栽上了些適合賞玩的花樹。回頭住的時候，一人一間，也算得上寬敞。這地方與奉宸殿挨著，講學就在奉宸殿，離得很近。往北接著後宮娘娘們住的六宮，往南則能遙遙望著外朝的文華殿。像先生們來為公主殿下和諸位小姐講學，來往很方便。只是畢竟在內廷邊緣稍接近外朝一些的地方，若小姐們怕不小心遇著誰，只能稍稍小心些，少走動便可。」

本朝男女之防雖然沒有那麼嚴重，但也有些府裡規矩十分嚴的很在乎這些，甚至不大讓自家姑娘見任何外男，是以黃仁禮才有這一句。

姜雪寧自是不在乎，但同行的其他幾個姑娘裡卻有人深以為然地點了點頭。

姜雪寧嗤之以鼻。

仰止齋對上一世的她來說不要太方便。距離文華殿近，有的先生給皇帝、王爺、大臣們講完課，穿過不遠的路就能來給公主講學。同樣的，像燕臨、沈玠這些聽先生講課的人，也能偷偷溜過來。有時候遇到謝危講一些書，還有其他的王孫子弟請過皇帝示下，特支了屏風，坐在文華殿外面聽。

那簡直是想勾搭誰便能勾搭誰。

這一世的仰止齋也是上一世的模樣，連宮牆下新栽的兩株桂樹的位置都分毫不差，因以前住的都是皇子的伴讀，所以甚是清雅樸素，很有幾分書館的翰墨之氣，一看便知道是個向學的地方。

在家裡富貴習慣的世家小姐，未必覺著有多好。

但似姚蓉蓉這般小門小戶出身的卻是目露驚喜，正想誇讚皇宮的氣派，可一轉頭看見其他人都神色平平，才要出口的話便又悄悄咽了回去。

黃仁禮道：「這裡都已經打掃乾淨，不過諸位小姐要住哪間可能得商量一下。待諸位選好住處之後，略做收拾，便會有尚儀局的幾位女官來教宮中禮儀。諸位小姐可要打起了精神應對，因為蘇尚儀也會親自來看。她在宮中多年，早年是一直伺候著長公主殿下的，可說是看著公主殿下長大，於禮儀方面要求十分嚴格。若不能過她那一關，只怕即便來了宮中一趟，也不免要打道回府。」

蘇尚儀——姜雪寧一聽見這稱呼，條件反射似的，只覺得自己的膝蓋、腰背和脖子甚至手指，都開始隱隱作痛。

上一世她本來就在鄉野裡長大，自來不愛學規矩，回了京城後又仗著有燕臨越發放肆，結果一進宮就撞在蘇尚儀手上。

且蘇尚儀是伺候沈芷衣長大的，也不知是不是為了公主抱不平，或者得了沈芷衣什麼示下，對她要求格外嚴苛，反復折騰她，一個不小心便要重頭再來。

這種時候便格外難堪，因為所有人都學會了，站在旁邊看她笑話，眼神難免異樣，對她指指點點。

今日來伴讀的許多世家小姐都是著意打聽過宮裡情況的，對這一位尚儀局的蘇大人顯然也有耳聞，皆露出些許畏懼的神情。

這導致大家在選房間的時候都在悄悄地小聲議論。

「蘇尚儀我知道，特別特別嚇人的咯，我娘親今早走的時候還說最好不要碰到她呢。不過黃公公又說會來幾個女官，那應該是分開教吧？要真遇到蘇尚儀，我可怎麼辦，嗚……」

「有、有這麼可怕嗎？」

「這間房朝南，窗戶開在西面，外頭正好對著桂樹，該能遇到貴人才是。我就選這間房了，妳們誰也不要跟我搶！老君保佑，選了這間，能讓我順順利利過了這難關。」

姜雪寧也不跟她們爭什麼位置特別好的屋子，乾脆挑了最角落裡最僻靜但同時採光也不大好的一間，只聽著後面傳來的說話聲，都能知道誰是誰。

說話總要帶個「咯」、「呀」之類語尾，聲音甜甜的那個是周寶櫻。

怯生生的那個是姚蓉蓉。

神神道道選個屋子，還要咕噥著算半天的是那位算得上半個神棍的方妙。

其他人倒是沒怎麼說話。

不一會兒便選好了，大家非常有默契地把最好的那一間留給蕭姝，陳淑儀和姚惜的房間正好在她兩邊，其他人的便隨意散落著。姜雪寧那間最靠邊，所以只有東邊還接著一間屋子，位置也不大好，由同樣不大在乎伴讀這事兒的樊宜蘭選了。

選好後便各自進去收拾自己的東西。

姜雪寧帶的東西最少，隨便整理一下便收拾妥當，出來時本以為自己會是第一個，誰料想抬眼一看，樊宜蘭居然已經坐在外面。

見她出來，樊宜蘭便向她點了點頭，也不知是不是覺著姜雪寧跟自己一樣看淡這些事，竟難得展露出笑容來，向她笑了一笑。

的確如空谷幽蘭綻放。雖不是國色天香，卻自有一股清雅絕塵之氣。

姜雪寧估摸著這樊小姐可能誤會自己是她同道了，但也不好解釋這種「美妙」的誤會，索性厚著臉皮接下對方這份善意，也笑了一笑。

兩人也不說話，便坐在外間等。

過了有小半個時辰，所有人才陸陸續續收拾好。

這時外頭一聲通傳，說尚儀局來教規矩的女官們來了，仰止齋內外的宮女幾乎立刻全都站直，躬身垂首，屏氣凝神，再沒發出半點聲音。

所有人都被這架勢震了一震。

緊接著就見宮門外走來了四位女官。

打頭的那位穿著灰青色的五品女官服，髮髻綰得高高的，安了兩枚如意雲紋金簪，雙手交疊在腰腹前方，卻不真正貼在腰間。行走間，一身嚴謹整肅，每一步邁出的距離跟量過似的一模一樣。一張有些上了年紀的臉上見不到半分笑意，兩眼角添了皺紋，眉心亦因為經常顰蹙而有一道淺淺的、皺起的豎痕，目光從眾人身上掃過時，既冷且厲，沒有什麼溫度。

十二人中有膽子小的，立刻嚇得低下頭去。

唯有蕭姝、陳淑儀、樊宜蘭幾個人還能坦然、平靜地躬身行禮。

蕭姝、陳淑儀是經常進宮，早就學過禮儀；樊宜蘭卻是看誰都一樣，是以也不覺得蘇尚儀可怕。

蘇尚儀看了這情況，眉頭便皺起來，走到眾人正前方站定，語氣毫無起伏地道：「今日尚儀局奉命來教各位小姐一些宮廷中的禮儀，為期兩天。各位小姐可稱我為『蘇尚儀』。往後各位都是要為長公主殿下伴讀的，須得格外謹慎，所以還望大家這兩日認真對待，若有誰懈怠或實在學不會，便要請誰離宮回府了。」

先前差不多意思的話，黃仁禮就已經說過一遍，但眾人聽了不覺得如何；可當這話從蘇尚儀口中說出來時，所有人都是心底一顫，打了個寒噤。

蘇尚儀見她們都聽進去了，這才道：「現在便請諸位小姐自行分作三組，一會兒由三位女官分開教習，也能指點得透徹些。」

眾人齊齊躬身應道：「是。」

接下來蘇尚儀便坐到了一旁去，所有人見著頓時鬆一口氣：看來這位要求最嚴、最可怕的尚儀大人，應該不會親自來「指點」她們。

但一說「自行分組」，又頗有點微妙了。

蕭姝、陳淑儀、姚惜三人來時是乘同一輛馬車來的，自然在一起。

尤月左右看了看，竟上前把樊宜蘭拉了，往正要去蕭姝那邊的周寶櫻身邊走，笑吟吟對她道：「我往日便想認識寶櫻了，我們一起好不好？」

周寶櫻想了想，覺著也無所謂，便點了點頭。

姜雪寧站在原地沒動，卻是在琢磨自己這一世跟誰比較好。

上一世她掐尖好強，是跟周寶櫻一起的。結果運氣不好遇到蘇尚儀，被折騰得沒個人樣。

這一世她雖然原本就打算放水，沒準備讓自己安然通過，可若再撞著蘇尚儀，離宮這件事固然是十拿九穩，可也會被折騰得夠嗆。

她還有點沒想好。

「還跟誰在一起這件事吧，一定要看看『勢』的。」

一道神神道道的聲音忽然從身後不遠處響起來，姜雪寧轉頭一看，竟然是方妙朝她走了過來，一雙靈動活泛的眸子正盯著她精明地轉動，一隻手已經搭上她的肩膀，笑著道：「姜二姑娘近段時間來的勢頭甚好，光也亮，我覺著若能跟妳一起，必能借到幾分勢，沾到一點光。所以，我和姜二姑娘一起——」

最後一個「吧」字，陡然滯住。

方妙本是打聽到姜雪寧乃是唯一一個原本沒呈上名字但最終卻出現在伴讀名單上的人，且還在重陽宴上得了樂陽長公主的青眼，這一回入宮只怕是長公主殿下除了蕭姝之外第一在意的人，所以本想與她一道，也好混得容易些，多一點讓長公主注意到自己的機會。

可她無意間眼角餘光一掃，竟看見蘇尚儀又站起來了。

不僅站起來了，還朝著姜雪寧這邊走過來！

方妙眼皮狂跳起來，各種還未來得及說出口的跟姜雪寧套近乎的話，全都吞回了肚子裡，手指輕輕一轉，竟硬生生轉了個圈，指向樊宜蘭那邊。

「哎，那邊的勢好像也不錯！」

說完，方妙抬起了原本搭在姜雪寧肩膀上的手掌，還把她肩上衣料的皺褶給撫平了，只道：「那我這就過去了，姜二姑娘不要想我哦！」

接著一溜煙跑去了樊宜蘭那邊。

一時所有人都用一種憐憫的目光望著姜雪寧，尤月更是忽然「噴」地笑了一聲，只道姜雪寧昔日在伯府囂張，今天總算是要倒大霉了，這種人合該好好治一治，落到蘇尚儀手中，不死也要她脫層皮！

「……」

姜雪寧這才發覺事情好像有點不對勁。

然後就聽見自己身後一道冷淡的聲音：「姜二姑娘。」

姜雪寧渾身一僵，轉過身來，就看見了不知什麼時候立在自己身後的蘇尚儀。

看著這張沒表情的臉，她渾身都疼了起來。

心裡只道是果然這一世也逃不過蘇尚儀，但往好處想，蘇尚儀要求嚴格，她只要把自己的嬌縱脾氣和投機取巧的劣性表現出來，多半就能出宮了。

她當下便要行禮，但萬萬沒想到，下一刻蘇尚儀那一張不苟言笑的臉上，竟然勾起了一抹微微的笑容！

儘管並不明顯，可與先前相比完全天差地別。

這一瞬間，不僅是姜雪寧，其他所有正在幸災樂禍或者剛打算看笑話的人全都傻了眼，不敢相信自己看到了什麼。

鐵樹開花了！

太陽打西邊出來了！

蘇尚儀竟然笑了！

她該是不習慣笑，所以看上去有些透著違和的僵硬，此刻只注視著姜雪寧，連聲音都比先前放得柔緩一些，只道：「姜二姑娘是第一次入宮吧？禮儀便由我來教好了。」

姜雪寧：「……」

等等，是不是有哪裡不對？

其他所有人：「……」

說好的對所有人一視同仁、異常嚴苛呢？

第二十五章　長公主濾鏡

她們哪裡知道，蘇尚儀是看著沈芷衣長大的，可從來沒有看到過公主殿下長大至今有過那樣開懷的笑容、釋然的神情。

那是重陽節宴從宮外回來的晚上。

她照例在天將昏時，從尚儀局到鳴鳳宮，去看望長公主。

進去的時候，宮人們說公主在裡面，於是她掀開珠簾，竟然看見公主坐在妝鏡前，輕輕地伸手觸碰著自己的面頰。

蘇尚儀只覺自己在作夢。

因為鳴鳳宮所有伺候的宮人都知道，長公主殿下最厭惡看見的就是鏡子，除了一些大慶節禮，需要隆重端莊，她會在宮人們為自己穿戴妝點完畢之後照一照鏡，尋常時候是連看都不願看鏡子一眼的，打扮全憑宮人們用眼睛來看，自己卻不甚在意。

如今這是怎麼了？

還沒待她從震驚中回過神來，心裡正心驚肉跳地念叨著公主殿下是不是出了什麼事，長公主殿下便從妝鏡裡看見了她，站起來轉身便將她抱住，竟是滿面的笑：「姑姑看我！」

她這才看清楚，長公主換了新的妝面，以櫻粉色輕輕描摹幼時眼角留下的那一道細疤，只如一瓣落櫻綴在美人面上，抹去了原本那一抹傷痕所留下的殘破，反而添上全新的豔色。

更重要的是公主的神態。

往日便是再高興，公主眉心裡也是籠著一股鬱氣，可今日全都散了。熠熠的神光從她眼底迸發而出，竟是坦然且灼然。

那一刻，她實在沒忍住內心忽然湧上來的感動，由衷地讚嘆：「真好看。」

但長公主也沒有說自己為什麼忽然這樣。

蘇尚儀當然留了個心眼，從鳴鳳宮離開的時候，便詢問了當日隨長公主一道出宮去伺候的宮人，這才知道是在清遠伯府的宴上遇到一位很不一樣的小姐，是姜侍郎府上的二小姐，叫姜雪寧。

當時她只欣慰公主終於遇到很好的朋友，也沒有想要做什麼。

可不久之後她就在公主殿下的伴讀名單裡，看到了這位姜二姑娘的名字。

蘇尚儀雖不敢僭越說待沈芷衣如己出，卻是真心地偏疼著她，巴不得公主殿下和這樣能令她開心的人待在一起，是以才對著姜雪寧展露出前所未有的「和顏悅色」。

周遭人雖都跌掉了下巴，可她卻只看著姜雪寧。

眼見這位姜二姑娘愣愣望著自己，似乎沒有反應過來，她眉頭幾乎下意識地一皺，但緊接著又想到這位會成為公主的好朋友，不能隨意責斥，於是又提醒了一聲：「姜二姑娘？」

姜雪寧這才如夢初醒，忙道：「那、那就有勞尚儀大人。」

蘇尚儀便點了點頭，又環顧了眾人一眼，便道：「開始吧。」

一開始說的是十二人分成三組，可現在分明是實打實的四組人：蕭姝、陳淑儀、姚惜，三個人湊一起；樊宜蘭、尤月、方妙、周寶櫻四人在一起；姚蓉蓉和其他三個姜雪寧沒什麼印象的人在一起；而姜雪寧單獨出來，一個人就是一組。

其他三位女官教那三組，蘇尚儀則單獨指點姜雪寧。

其他人差點把眼珠子都瞪出來了。要知道，她們中的大多數人對姜雪寧的態度，一開始就有些微妙。誰讓她明明沒呈上名字，最後卻選上了伴讀，擺明了這裡面有一些外人不知道的事，在這一群伴讀之中也有著十分特殊的位置。現在不僅擢選的時候特殊，連在宮中學禮儀都要給她特別待遇？蘇尚儀這麼嚴厲的人，都對她假以顏色！

一些人心裡著實不平衡了起來。

這裡面以尤月為首。

她早跟姜雪寧有一點過節在，剛才看見蘇尚儀冷著臉向姜雪寧走去，只以為姜雪寧是要倒大霉了。可根本還沒等她高興上片刻，蘇尚儀對姜雪寧的態度便像是一巴掌打在了她臉上，她連笑容都還沒來得及收起來，就覺著生生地疼，此刻差點沒恨得把一口好牙咬碎。

只是很快，一面跟著女官學習禮儀，一面暗中關注著蘇尚儀與姜雪寧那邊進展的眾人就發現，這姜雪寧好像不大行啊。

尚儀局的女官來教習禮儀，首先教的便是站。站要有個站樣。

蘇尚儀講得十分清楚明白：「腿要併攏，腰要挺直，背不要彎，可脖頸要稍稍垂下，把頭埋下來三分。兩手交疊虛扣在腰間，不要實實在在貼著。胳膊肘要支起來，左右看著一樣高，切忌懶散地搭著。」

然而反觀姜雪寧……

腿併攏的時候，腰沒有挺直；腰挺直了，背彎下去；背直起來了，脖頸硬梗著了；脖頸垂下去了，一顆腦袋還兀自抬著；好不容易都站對了，兩手交疊的方式又不對，左右兩邊胳膊就跟那不倒翁似地搖晃，無論如何也沒有辦法定在同一高度。從沒見過誰的肢體可以這麼不協調！

姜雪寧偏還面不改色，鎮定自若，一副完全不知道自己有多差勁的樣子。

蘇尚儀在宮中以嚴厲出名，實則是個眼底不能揉沙子的人，平日裡見了宮中誰沒規矩都敢冷臉訓斥上一句，本身脾氣很是不小。

她原本以為，既能開解公主，該是個心思靈秀的細巧人兒，且看這模樣也不像是笨的。

誰料想，一教竟跟塊榆木疙瘩似的，而且渾然沒有羞恥之心。戳她一下，她改一下，不戳能杵在那兒半天不動，完全不知道檢討自己有哪個地方做得不對，哪裡有面上那股機靈勁兒？

蘇尚儀交疊扣在腰間的手指有些發緊，骨節也隱隱泛白，有那麼一瞬間就要壓不住爆發出來。

但很快她又想到了樂陽長公主。

不，沒關係。

笨一點也沒關係，頂多是教的時間久一些罷了。耐心些，耐心些。

在心裡面不斷用這些話叮囑自己一番後，蘇尚儀終於輕輕吁出一口氣來，將那一股火氣壓下去，保持著臉上已經略顯僵硬的笑容，違心地對姜雪寧道：「沒關係，慢慢來，姜二姑娘比起剛才已經好了一點。」

姜雪寧：「……」

蘇尚儀妳的要求什麼時候變得這麼低！

其他人：「……」

這絕對不是我們知道的那個蘇尚儀！假！的！吧！

毫無疑問，姜雪寧根本沒有打算在這裡認真學什麼禮儀。

上一世她就學過了，更不用說後來怎麼也在宮廷中生活過一段時間，即便當了皇后後，儀態方面有些懶怠，可很多東西已經成為習慣，再差也不可能比其他剛入宮來當伴讀的小姐們差。

可這些世家小姐們努力，是為能留下來；她一個打定主意鐵了心要走的人，認什麼真、努什麼力？

非但不要認真、不要努力，還要故意演出一副無論如何都學不會的模樣，讓蘇尚儀覺得她朽木不可雕。

然而計畫進展得並不順利，姜雪寧先前那一種不祥的預感竟然成真了。這一世雖然還是蘇尚儀來教導自己，可一則對她和顏悅色，二則對她耐心至極，完全沒有上一世那種雞蛋裡挑骨頭、好的也能說不行的魔鬼架勢。相反的，無論她怎麼演、怎麼作，蘇尚儀都緊緊扣著手掌，用一種「再努努力，我相信妳可以」的鼓勵眼神望著她……

太棘手了。

被上一世的心理陰影用這種眼神看著，一身雞皮疙瘩直接冒了出來。

姜雪寧整個人都不好了！

不，要冷靜。

蘇尚儀是什麼脾氣她是知道的。

如今可能是因為什麼別的原因對她格外容忍，但每個人的容忍都是有限度的，一旦越過某一道極限，便是聖人都會發作。

藏拙裝愣的法子一時不奏效不要緊，千萬不能放棄。堅持就是勝利！

如果現在還不能激怒蘇尚儀，一定是因為她還不夠作，作的時間還不夠久！

姜雪寧看得出來蘇尚儀在忍耐，她故意又不經意地把方才抬起的手臂垂下去，在清楚看見蘇尚儀眼角控制不住地抽搐了一下之後，掛起了靦腆而羞澀的笑容，囁嚅道：「多謝尚儀大人，我這人從小就是笨，學什麼什麼不會，多勞您費心了……」

我就不信妳還忍得了！

蘇尚儀的確差點沒忍住，想厲聲責斥她不僅僅是笨，更重要的是懶！

然而話到嘴邊還是咽了進去。

想想公主。

想想公主。

她反省了一下可能是自己逼得太緊，這姜二姑娘有些緊張，且自己現在也需要冷靜一下，於是道：「無妨，二姑娘練習了這麼久，該是累了，歇息片刻再繼續吧。」

正被其他女官嚴格指點的其他人：？？？！！！

嗖嗖嗖！空氣中彷彿能聽見利刃劃過的聲音。

姜雪寧清晰感覺到旁邊有十數道眼刀，瞬間飛到身上，恨不能把她戳成個篩子。

要知道，其他人可跟她不一樣啊。

蘇尚儀乃是尚儀局的掌事女官，跟著她一道來的這其他三名女官都算是她的下屬。如今與蘇尚儀同處一室，在歷來要求嚴格的蘇尚儀眼皮子底下教授宮廷禮儀，哪個敢不打起精神來？

就算是原本收了些打點的銀錢要照顧些的，這會兒也不敢輕易放水。

若一個不小心被蘇尚儀看見，那可就成了天大的事情。

所以這些女官們非但沒有半分懈怠，反而比起平時更加嚴格，不苟言笑，活脫脫是第二、第三、第四個蘇尚儀。

然而蘇尚儀本人，卻偏是前所未有地放水。

於是其他人面臨的局面和她們最初構想的局面，完全掉個個兒。

原以為姜雪寧落到了蘇尚儀的手中，肢體又這般蠢笨，絕對要被折磨得不成人樣，她們在旁邊看笑話就是；可現在的情況是，姜雪寧在蘇尚儀那邊輕輕鬆鬆，半點事兒沒有，而她們原以為要求不大嚴格的普通女官卻把她們往死裡折騰。

她們學不會，女官要冷臉呵責；姜雪寧學不會，蘇尚儀卻叫她坐下休息！

有那麼一剎那，姜雪寧都慫了。剛開始選伴讀沒呈名字卻進來了，已經讓她在眾人之中很特殊，隱隱被孤立；如今學禮儀還有這樣特殊的待遇，她若真坐下來，無疑立刻要成為所有人的眼中釘、肉中刺，成為所有人的「公敵」！

然而事情已經發生了。

她意識到，越是如此，自己越要卯足了勁兒離開宮廷，不然留在這等著被其他人大卸八塊嗎？

退無可退，當以攻為守。

姜雪寧立刻露出感動又驚喜的神情道：「我早就累了，尚儀大人可真是太會體恤人了。」然後硬著頭皮，看似淡定地一屁股坐在旁邊椅子上。

對，真的是「一屁股」。

大大咧咧，沒有半點風雅儀態。

蘇尚儀頓時覺得一口氣差點沒喘上來，只強迫著自己立刻轉開視線，心中一意默念：南無阿彌陀佛，眼不見為淨！眼不見為淨！公主既然對她青眼有加，那麼這姑娘身上必然有過人之處，自己現在還沒有發現一定是自己眼拙。靜下心來，慢慢發現她的美！

畢竟先前站了也有大半個時辰，姜雪寧坐下來之後是覺得渾身舒坦，只不過就是……後背有點涼快。

轉眸一看，其他人的視線果然都落在她身上，那尤月更是臉色鐵青，差點沒氣歪了鼻子。

方妙也正看著她。這會兒她站在樊宜蘭的身後，望著姜雪寧那一看就很舒適的姿態和那張一看就很舒適的椅子，差點羨慕得哭出來，恨不能把半個多時辰前的自己揍一頓。

何必呢？換什麼換！第一感覺才是最對的！

姜雪寧就是那個有「勢」的人啊，自己為什麼不鼓起勇氣再堅持堅持？不然現在也能坐在那邊涼快了。

還好，她並沒有坐上太久。

蘇尚儀把自己的心態調整過來後，便重新請了她起來，繼續學規矩。

然而，讓她萬萬沒想到的是，休息一陣之後的姜雪寧不僅沒有半點進步，比起先前好像還更糟糕了，彷彿吃準了她對她很有耐心一般，簡直連最開始那種大家閨秀的氣度都沒了，看了就讓人生氣！

蘇尚儀簡直覺得自己要憋出病來了，連唇邊的笑容都要維持不住。

只是她依舊在努力地維持，即便顫抖著聲音，也要對姜雪寧說：「沒關係，已經好一些了，姜二姑娘再來一遍。」

殊不知這時候的姜雪寧，心裡也在顫抖。

她真的好想衝上去抓住蘇尚儀的肩膀，向她搖晃，向她怒喊：蘇尚儀！妳清醒一點，拿出妳原本的脾氣來呀！

但不能。

現在就看誰沉得住氣，又是誰先繃不住。

旁人的禮儀教習都進行了一大半，蘇尚儀與姜雪寧這邊才好不容易搞定「站」，這時不管是指教的人，還是被指教的人，額頭上都沁出了細密的汗珠。

蘇尚儀是氣的，姜雪寧是累的。

即便蘇尚儀對她和顏悅色，可要一遍一遍重複著那愚蠢的動作，於她而言也是個不小的負擔，還要注意著別一個不小心做對了暴露自己，可算十分艱辛。

第二次休息時，她看了看蘇尚儀的神情，估摸著她的忍耐應該已經要到極限，只要再加一把勁兒自己就能被她責斥，離宮回家。

所以第三次站起來時，姜雪寧心裡充滿了希望。

現在開始學「走」。

她打算繼續作下去，可沒想到樂陽長公主沈芷衣這時候竟然從外面進來了。

伴隨著一聲「長公主殿下駕到」，所有人都躬身下來行禮。

沈芷衣今日一身淺藍的宮裝，左眼角下那一道疤依舊畫成了落櫻粉瓣的模樣，煞是好看，人笑著從外面走進來時，明媚得像是外面透藍的好天氣，有一種晃著人眼的好看。

才一走近，她的目光就落在姜雪寧身上。

姜雪寧渾身一僵。

她卻只擺了擺手，在一旁坐下來，對所有人道：「不必多禮。本公主就是來看看，妳們繼續就好。」

所有人頓時齊齊應是，女官們回去教其他人，蘇尚儀繼續教姜雪寧。

姜雪寧這時還沒覺出什麼不對來，雖然樂陽長公主的到來讓她有幾分不安，但總歸對方也只是看了她一眼，並沒有多餘的舉動，便讓她稍稍安了心。

她收斂心神，繼續裝。

蘇尚儀說：「宮中行走，切忌要看路，不要東張西望。女子的步距以一尺為最佳，便是妳腳下放著的這把尺的距離……」

姜雪寧走了一步。

忽然「啪」一聲，「一沒留神」，踩在了尺上。

尺斷了。

蘇尚儀開始覺得自己太陽穴裡有一根筋繃緊了不斷在跳動，隱然已要斷裂。

然而這時旁邊傳來一道聲音。

竟是沈芷衣以手支頤，笑盈盈地望著姜雪寧，眼睛裡都要冒出星星來，頭也不回地對身邊宮女道：「妳看，她把宮裡的東西踩碎了，連神情都沒有半分變化，好鎮定好平靜哦。」

其他人：「……」

等一下，這種半點沒有責怪甚至透出一點欣賞與迷醉的口吻是怎麼回事！

姜雪寧：「……」

當作沒有聽到好了，沒有關係，我還可以繼續作！

蘇尚儀聽了沈芷衣的話，算是親眼見識到自家公主對眼前這姑娘的喜歡，原本的怒氣一下就平息下去，重新放平了氣，叫人再取一把尺來，對姜雪寧道：「還請二姑娘重新邁步。」

姜雪寧再邁步。

這一次倒沒再踩著尺，只是那步伐邁出去頂多有半尺，顯得隨意極了，與蘇尚儀最初說的「一尺為最佳」相去甚遠。

沈芷衣見了，輕輕嘆息一聲，捧著臉讚嘆起來：「古時詩人形容美人嬌態，說『弱柳扶風』、『蓮步輕移』，我還不信，想那女兒家步子邁得小了多少顯出幾分畏縮來，未必好看。可見了寧寧我才知道，原來世上真有人小步一邁，會這樣好看……」

其他人已經完全搞不懂是什麼情況了。

長公主殿下這是什麼眼神？

這明擺著就是沒把蘇尚儀的話放在耳邊，十分懈怠啊，怎麼到了公主的口中又給誇了個天花亂墜？

姜雪寧聽後，腳底下一個沒站穩就顫了顫，差點滑倒。

沈芷衣把雙掌闔在自己胸前，笑得兩彎月牙似的眼底滿是柔軟而寬容的光芒，只道：「看，連差點滑倒都能面不改色，長得好看的人果然做什麼都賞心悅目！」

「……」

姜雪寧方才驚魂未定地站好，聞言心頭一顫，眼皮一跳，這回是真的一沒留神，左腳被自己的右腳絆了一下，瞬間沒站穩，跪到了地上去，還好及時用手掌撐了一下不太疼。

沈芷衣見狀立刻從座中起身，竟直接走到她身邊將她扶起，一臉心疼模樣說：「妳怎這樣不小心？沒摔疼吧？」

姜雪寧軟著腿起了身，已是去了半條命般，顫巍巍道：「臣女自小於鄉野間長大，沒學過宮中規矩，又懶惰愚笨，這宮中的禮儀實在學不來，恐怕辜負長公主厚愛。留在此地也不過丟人現眼，還請長公主遣了臣女離宮，臣女有自知之明，不敢奢望為公主伴讀。」

「妳胡說什麼呀！」

沈芷衣已挽住了她的手，神情間有一種自然的親密。

「上回重陽宴上妳給本公主畫了個落櫻妝，本公主很喜歡，宮裡面旁人見了都紛紛仿效。本公主喜歡妳還來不及呢。這宮中禮儀，妳若學不成也沒什麼干係，本公主罩著妳便是。再說了，妳都不知道本公主為了讓妳進宮，花了多大力氣！」

姜雪寧眼皮又是一跳，一種熟悉的不妙之感湧上心頭。

果然，沈芷衣露出一個稍顯委屈的神情，卻湊上來，看著有些可憐，但言語之間完全是與燕臨一般無二的邀功意味：「最開始燕臨雖託了本公主添妳名字，本公主也的確想妳進宮，可伴讀的擢選要按著禮部擬定的規矩來，名字一開始沒呈上來的不能當伴讀。本公主找到禮部那些個老頭兒，磨了好久才讓他們同意呢！怎麼樣，我對妳好吧，妳高興嗎？」

姜雪寧：「……」

果然，搞我進宮這件事，妳也有一份啊！

姜雪寧一張臉已是木然，回望著沈芷衣那明豔的臉龐，慢慢勾起一個笑容，十分得體地回答：「長公主殿下對臣女太好了，臣女實在太高興了。」

實在是——

太、他、喵、的、高、興、了！

第二十六章　一計不成

沒有任何正常人能扛得住樂陽長公主這種完全枉顧事實的閉眼瞎吹，更不用說是姜雪寧這種有著前世心理陰影的。

但還好，這種情況沒有持續多久。

沈芷衣才在這裡坐了沒一會兒，外頭便有宮人來找，說太后娘娘請她過去說話解悶，沈芷衣只好依依不捨地去了。

臨去前，她還拉著姜雪寧的手道：「反正本公主喜歡妳，在宮中這幾天若有什麼事情，妳儘管跟仰止齋的宮女說，她們會來報我。母后那邊找，我這就去了，明天再來看妳。」

姜雪寧於是鬆了一口氣，目送沈芷衣離開。

最終這一天，以她跟著盡心盡力、耐心無比的蘇尚儀「勉強」學完了宮廷禮儀而告終。

沒辦法，裝起來實在太累了，而且姜雪寧回想一下沈芷衣在這件事上的態度，連「妳若學不成也沒什麼干係」這樣的話都說出來了，她再裝下去還有什麼意義？

一計不成，得要再換一計了。

只是她也不能讓旁人看出端倪來，所以一直熬到天色漸漸晚了，才像是被蘇尚儀漸漸教會了一般，動作開始流暢起來，也慢慢符合蘇尚儀嚴苛的標準。

末了，蘇尚儀難得露出一片欣慰之色，只看著她，又指著她對眾人道：「由此可見，天分再差也沒關係。自古俗語便有言，『笨鳥先飛』、『勤能補拙』，只要肯努力，世上很多難事還是能克服的。姜二姑娘今日做得很不錯，爾等當以她為鏡。」

姜雪寧：「……」

其他人心底都在腹誹，這要能當「鏡」大家都別進宮了，不過嘴上卻是齊齊道：「是，謝蘇尚儀指點。」

蘇尚儀這才叫她們散了，自帶著那三名尚儀局的女官離開。

這深秋的天氣，姜雪寧出了一身的汗，見人一走，頓時懶得再跟誰打一句招呼，立刻就回自己的屋裡，請仰止齋的宮女為自己準備沐浴的香湯。

其他人卻要落在後面一些。

內閣大學士陳雲緗家的小姐陳淑儀便和姚惜走在蕭姝的身邊。

她看了一眼不知在想些什麼的姚惜後，目光微微一閃，才淡淡地對蕭姝開口：「我與長公主殿下雖見得不多，卻極少見她對誰這般好過。這姜家二姑娘也不過就是為她上了個妝而已，怎值得公主對她這般？」

陳淑儀沒去清遠伯府，自然不知道，可蕭姝卻是全程在場的。

她手裡把玩著一柄精緻的香扇，低眉斂目只笑了一聲，倒不像是陳淑儀這般隱隱有些忌憚，反而顯得很隨意，說：「若僅僅是上了個妝當然不至於此，要緊的是當時說的那番話。這種話，淑儀，妳我是這輩子都說不出來的。」

陳淑儀若有所思。

❀

因大家都是第一次在這種場合下聚到一起，又是頭一天進宮，到得晚間，大家都梳洗用膳完畢，也不知是誰起了個頭，便叫著在仰止齋單獨給眾人讀書、喝茶用的流水閣裡聚了起來。

姜雪寧本來沒什麼興趣。

要知道這幫人上一世就不聊什麼有意思的話題，左右都是那些香粉啊、頭面啊，撐死了聊聊外面的青年才俊，實在沒什麼新意。

可架不住現在大家都覺得她厲害，誰教她在樂陽長公主那邊面子大呢？

今天學禮儀時的情形，所有人都看在眼底，心底雖然覺得她這後門開得實在是太過分了，可表面上對她還要更加友善，雖都是世家小姐，不至於到「巴結」這個地步，但言語間都十分溫和，連尤月見了她也收起先前那種敵視的眼神，從唇邊擠出一抹笑容來。

所以她是被方妙等幾個人拉過去的。

一張圓桌旁坐了六七個人，剩下的則有幾個散坐在靠窗的炕上，正相互說著話，間或拿起盤子裡準備好的蜜餞、乾果來吃。

周寶櫻更是一頭栽進了吃食裡，誰來都不抬頭。

倒是蕭姝似乎格外對姜雪寧另眼相看，見她進來，又點點頭打了個招呼，笑說：「姜家妹妹這一天可算是把風頭出大了。」

姜雪寧累得狠了，只能扯扯嘴角笑，做出一副尷尬的模樣，彷彿不知道該回什麼，只道：「蕭姐姐說笑了。」

蕭姝見她始終沒有與誰攀談的意思，便也不好再藉著話與她深談，乾脆轉頭去找別人說話。

大家都忍不住抱怨今天的女官。

那姚蓉蓉頗有些畏縮地坐在角落裡，一張臉漲得通紅說道：「自小家裡就沒怎麼教過這些東西，我學起來實在是太慢了。還好有姜家姐姐，跟我差不多。不然我今天可不知道該怎麼辦才好……」

所有人聽了這話都是一窒。

該說這姑娘傻還是特別傻呢？這種話妳自己心裡知道就是了，怎麼還宣之於口？

屋內忽然就安靜了片刻。

尤月嗑了個瓜子，雖然神情不敢做得太明顯，但眼底流露出看戲的興趣來。

姚蓉蓉還反應了一下，才意識到自己說錯話，又想起今日姜雪寧在公主面前的面子，頓時瑟縮一下，忙向姜雪寧道歉：「我、我剛才說的話不是那個意思……」

姜雪寧：「……」

她倒是不生氣，只覺得她可憐。

她上一世跟姚蓉蓉也沒什麼交集，更無意為難她，只隨意地笑笑道：「沒關係，我本來也笨，實在學不大會。只是蘇尚儀也太負責了些，一遍一遍地來，想不學會都難了。」

樊宜蘭倒是心善，原本是從書架上拿了一本詩集在手中翻看，這時大約是見姚蓉蓉窘迫，便插了句話：「宮中禮儀似乎是學兩日吧？可一開始宮裡說叫我們第一次入宮要待上三日。聽說最後那一日是要先生們出題來考我們，看看大家的學識如何，以此來定往後講學的內容與深淺。只是不知，屆時是哪位先生來考。」

還能有誰？

謝居安唄。

姜雪寧心底冷笑了一聲。

果然，先前很是寡言少語的陳淑儀回答：「該是少師謝大人。如今宮中的經筵日講都是他在主持，且學識過人，這一回又要教我等學琴、讀書，其他先生唯他馬首是瞻。我入宮時父親便叮囑過，說此次入宮並非就等於能為公主伴讀，除卻學禮儀之外，還要學識能過得了先生們這一關。太好倒無所謂，若是太差卻留在公主伴讀，先生不好安排講學，講得深了聽不懂，講得慢了拖累長公主殿下。所以第三日的考校也是用來選人的，屆時若不合適，同樣會被先生勸退。」

——這就是姜雪寧準備換的第二計了。

禮儀這一關因為蘇尚儀和樂陽長公主的變化，眼見著是她無論如何裝傻，便是躺在地上都能過了，自然也就絕了因為禮儀學不會而被勸離宮的可能。

但樂陽長公主不可能搞得定謝危！

只要她能在第三日的考校中突破自己的底線，交白卷或者瞎寫一通，必然觸怒從不在這方面放低要求的謝危或者其他先生，那麼因為學識不佳被勸回，也就是板上釘釘的事。

一說起謝危，這幫世家小姐們忽然就激動了幾分。

有一個道：「不會真是謝先生親自來吧？」

尤月打趣了一句：「妳臉紅幹什麼？」

那人啐了她一口，把臉捂住道：「妳若哪天見了，也會臉紅的！」

姚蓉蓉又怯生生地接話：「我在家中也聽父親提過謝先生好多次，不過都說謝先生再有得四年，便要到而立了，卻一直是孤身一人，也不談婚論嫁，可實在是太奇怪了。」

方妙頓時抬起頭問：「這有什麼好奇怪的？」

姚蓉蓉輕輕「啊」了一聲。

方妙又低頭去排桌上那幾枚銅板，似乎想要算什麼東西，只道：「京中大都知道謝先生雖出身儒家，近年卻潛心於佛老之學，每年都要空出兩個月去懸空寺和三清觀齋戒暫住，與人講經論道，是清心寡欲不近女色的，不成家不值得稀罕。」

不近女色？

提到這個，姜雪寧忍不住要想起上一世的難堪，這一時心裡面種種惡毒的念頭都冒了出來：說什麼清心寡欲，可人在高位身邊連個女人都沒有，保不齊是哪兒不行呢！

眾人正自打鬧說笑，外頭忽然有個小宮女在門外躬身，輕輕地喚了姜雪寧：「姜二姑娘，有人找。」

姜雪寧頓時一抬眉，下意識問一句：「誰呀？」

那小宮女眨巴著眼睛，看著她不說話。

姜雪寧想起上一世的事，心中忽地瞭然，也不問了，只跟其他人道一聲：「失陪了，我出去看看。」便跟著小宮女從仰止齋走了出去。

一路竟是向著文華殿的方向，眼見著便要到前朝的範圍，還好在路前面不遠處的岔道上停了下來，再抬頭一看，燕臨穿著一身玄色長袍，就站在那一片秋海棠下頭等著她。

小宮女悄悄退了，姜雪寧走上前問：「都這麼晚了，還沒從宮中回去？」

燕臨從沈玠那邊聽說了一些今日長公主伴讀們學禮儀的事情，生恐她受了點什麼委屈，特來看看，此刻便仔細地看了看她，道：「宮門還有一會兒才下鑰，妳頭回入宮，我實在放心不下。又聽人說今日教妳的蘇尚儀很是嚴厲，妳還在長公主的面前摔了一跤。喏，剛才順道去太醫院討了藥，晚上記得敷上，別進一趟宮回頭瘸了腿。這樣的新娘子我可不要。」不知覺間又說了點小兒女的話。

姜雪寧面色如常，燕臨卻是面頰一紅，一下意識到自己又孟浪了，不由得掩唇咳嗽了一聲掩飾，轉移話題：「今日還習慣嗎？」

他討來的藥裝在一個白瓷小瓶裡，姜雪寧攥在手裡冰冰涼涼的，夜色下抬眼望著少年道：「還習慣，且長公主對我也頗為照顧，你不用擔心。」

燕臨是特意和沈芷衣說過的，一聽也就放心了。

他唇邊漾著淺笑，這一下便換了一種神情看她，像是抓著了某隻偷腥貓兒的小尾巴，只促狹道：「今日文華殿日講結束的時候，我遇見侍郎大人了。」

這說的該是姜伯游。

姜雪寧不明白他什麼意思，眨眨眼看他。

燕臨便挑眉道：「他問我，前陣子是不是教了妳什麼治人的法子，好教妳拿著一本《幼學瓊林》假充帳本，整整府裡面不聽話的下人。我一想，無緣無故該不會問到我身上，且好像也不是一件壞事，便認了下來。但妳知道我也知道，我沒有教過。」

姜雪寧垂下了眼眸說：「我便是知道你會為我圓謊，所以才推到你身上的。」

燕臨笑著一刮她鼻梁，只問：「那是誰教的？」

姜雪寧道：「自己琢磨的。」

燕臨凝視著她，有那麼一小會兒沒有說話，一雙沉黑的眼眸底下，目光微微閃動，最終卻是伸出手來，摸了摸她的頭說：「我的寧寧有祕密了。」

是，你的寧寧有祕密了。

只是這個祕密，她永遠不敢告訴你。

姜雪寧只重新抬了眼望著他，一雙眼珠黑白分明，像是琉璃珠子一般通透好看，卻不說話。

燕臨道：「那等有一天妳想告訴誰了，便告訴我好不好？我想成為全天下第一個知道寧寧祕密的人。」

少年望著她的眼神，竟是無限的包容。

姜雪寧有那麼剎那的心軟。

然而記憶裡翻騰的，又是上一世他還朝後帶著滿身酒氣走進自己寢宮時的種種，攥著那白瓷藥瓶的手指微微緊了緊，但終究還是點了點頭道：「好。」

燕臨於是滿足了，先前那一點小小的不快頓時消散了個乾淨，只看時間也不早，又怕錯過宮門下鑰的時間，不捨道：「這幾日妳們都在學規矩，只怕還要被先生考校學問，我也不好明著來找妳。明日還是這時候，在這兒見。我去打聽打聽妳們第三日考些什麼，也好讓妳有些準備，到時給妳。」

姜雪寧無言。

上一世考了什麼，她其實還記得不少，只不過這一世知道或不知道也並沒有什麼區別，因為她根本就沒打算讓自己過。

但她也未拒絕少年此刻的善意，依舊道：「好。」

次日還是尚儀局的人來。

只不過這一次教的就不是簡單的禮儀，而是對宮內各種人的稱呼，甚至還教了調香、製香的手藝與手法。

所有人都以為今日的姜雪寧該是一樣笨拙。

可萬萬沒想到，今天的姜雪寧像是忽然開了竅一般，學什麼都會，學什麼都快。對宮內各種人的稱呼，只重複三次，便可倒背如流；行走進退的規矩，只看女官示範一遍，就能完整記住。

至於製香更不用說了。聞香、辨香、調香、焚香，纖纖素手一翻，做來那是頭頭是道，且每一個動作都稱得上是行雲流水，賞心悅目。

昨日因為姜雪寧學禮儀被折騰了夠嗆的蘇尚儀，今日來本是沒抱著什麼希望來的，只想著實在沒辦法就聽長公主的話，輕輕這麼饒過她算了。

可誰想到這姜二姑娘竟跟變了個人似的！

旁人也許注意不到，她站在姜雪寧面前可是看了個清清楚楚：姜雪寧拿起那一只烏木香印時，微抬了小指，用香匙撥了香灰到香印上，然後將其打在鋪好的爐灰上時，不偏不倚，竟是端端正正。這一枚打下的香篆，正好綻開的花心向著正前方。

反觀旁人，動作雖沒錯，可落下的香篆大多不注意方向，有的倒著，有的歪著。

雖然大多製香的人都不講究香篆要擺放得端端正正，可牡丹國色天香，向來是每一朝皇后的愛物，所以蘇尚儀自己打香篆的時候都會十分留意。

沒想到，姜雪寧竟有這般蕙質蘭心，能留意到這種極小的細節。

蘇尚儀忽然便忍不住用一種全新的目光來看她，在她打好香篆後，慢慢地道：「長公主殿下對妳青眼有加，果然是有緣由的。想來世上有些人天生四肢不協調，連在平地上走路都要摔跤，二姑娘或恐便是其中之一。不過今日妳做得很好，尤其製香，該是第一。」

姜雪寧波瀾不驚。

上一世她的禮儀就是跟著蘇尚儀學的，且後來又在宮中那麼久，想要做自然能比別人做得更好。

更別說製香了，這可是她上一世除了當皇后之外不多的幾個嗜好之一。

至於牡丹，她自己就是當皇后的，能不在意嗎？

只是眼下當著蘇尚儀的面當然不能這麼講，她只道：「臣女是自己偏愛此道，所以有所研究，今日在尚儀大人面前是賣弄了。」

蘇尚儀卻已是對她刮目相看，聽她這般講也只當她是謙虛，說話時的語氣比起昨日的勉強，已是一片自然極了的溫和：「今日姑娘該學的都學完了，算是完成得最早，可在一旁先休息休息，看看別人。」

其他人：「……」

都說風水輪流轉，怎麼就轉不到她們身上呢！

昨天姜雪寧是學得慢，蘇尚儀對她百般容忍；今日她是見了鬼般學得飛快，蘇尚儀又對她百般誇獎，現在居然還坐到一旁休息去了！

她們簡直百思不得其解，她怎麼就能學得那麼快、記得那麼牢、做得那麼好？

姜雪寧今日實是不耐煩應付了。既然知道從禮儀這一條上已經沒辦法讓自己離宮，再裝下去也不過是給自己找苦頭吃，還不如用最快的時間完成得最好，也好坐在一旁休息，省得流一身臭汗。

至於旁人怎麼看，她也不管。

誰還能開了天眼猜出她是重生的不成？撐死也不過跟蘇尚儀一般，為她找一個四肢天生不大協調、昨日可能太過緊張的理由。

姚蓉蓉是昨日除了姜雪寧之外學得最差、最慢的一個，她本以為今日姜雪寧也會跟自己一塊兒挨罵，還覺著兩人同病相憐。

可一眨眼姜雪寧已經完成坐下了，她卻還站在眾人之中，徹底成為所有人裡面最慢也最笨的一個，一時惶然無措，只用一種羨慕又驚訝的目光看著姜雪寧，暗暗覺出了幾分苦澀。

沈芷衣想著今日學的內容要更複雜些，便早早去太后的壽安宮請過了安趕到仰止齋這邊來，結果剛走進來就看見姜雪寧竟然坐在一邊。

一問才知道她已經學完了。

一時望著她，心底竟然生出了幾分感動，又上前拉了姜雪寧的手，笑道：「我就知道，寧寧不會是個笨人，但完成得這樣快，昨日又那般努力，想必是為了不讓我失望。寧寧妳可真是太好了！」

姜雪寧：「……」

如果現在告訴沈芷衣，她做的一切其實跟她沒什麼干係，會不會立刻被她拖下去打一頓？

姜雪寧終究不敢冒險，默認了。

這時只在心裡長嘆一聲：還好明日要考校學問，考砸了就能離宮，不然她現在要直接祈禱老天爺乾脆降道雷把自己劈死算了！

第二十七章　張遮

「入宮之後連著學了兩天的規矩，看著都累，成日裡在仰止齋，應該還沒有到宮內各處逛逛吧？」沈芷衣臉上都是笑意，忽然想起點什麼來，又轉過頭去看了看一旁的其他人問：「妳們也是吧？」

眾人雖然都被選入宮來，可本來與樂陽長公主沒有什麼接觸，乍然聽她問話都怔了一怔。

唯獨蕭姝與她相熟，笑著回道：「她們都沒呢。」

用的是「她們」，而不是「我們」。言語間小小的細節都能顯露出她對這一座皇宮的熟悉，與其他人的不同，並沒有將自己與其他人放到一起來說的意思。

沈芷衣便拍手道：「總歸妳們禮儀也學得差不多了，明日謝先生考校妳們學問，還不知有多少人能過。既然入宮一趟，不能白來，本公主今日便帶妳們去逛逛御花園吧。」

所有人的目光頓時變得驚喜萬分。

沈芷衣一手拉著姜雪寧，一手又把蕭姝拉了，竟直接對蘇尚儀道：「姑姑，我和阿姝帶她們出去轉轉，今日便不學了吧。」

蘇尚儀對著自己看著長大的公主是從來沒有什麼辦法也難得沒有什麼原則的，只道：「本也學得差不多了，殿下帶她們出去逛逛也好，只是不要玩得太晚。您明日可睡懶覺，諸位小姐明天還要考學問呢。」

沈芷衣便滿口答應：「知道，知道！」然後便高高興興地出了門，被這一大群人簇擁著往御花園去。

御花園在仰止齋的西北方向，順著各宮的宮牆往北走，再往西折過幾道轉彎，便能遠遠看到了。

午後的宮廷，格外靜謐。

雖然已經是深秋時節，北方的花樹都近凋零，可宮裡的花匠一點也不敢馬虎，依舊在這御花園裡栽種了應季的月季、盆菊，有的修剪得不蔓不枝，有的卻錯落地擺放，別有一種難得的江南氣韻。

尤其是御花園東邊角落挨著宮牆栽種的一樹寒梅，眼下雖還未到花季，只能見著枝條蕭疏，可形態上已有了幾分病斜之美。

樊宜蘭頗好此道，不由贊了一句：「都說宮中為了防走水，一般不種樹，沒料想竟還有一樹梅花。」

沈芷衣看了便笑道：「這是宮裡的特例，是三年前圓機大師和謝先生打賭輸了種下的，為此還惹來許多非議呢。」

宮中種樹，是木在牆中，為一「困」字，意頭上不吉利。

縱然種樹的人是圓機和尚，也遇上不少阻力，唯有謝危打贏了賭，樂得在旁邊看戲。

這位圓機大師可是本朝和尚做官的第一人。

姜雪寧對他印象深刻，因為上一世見著此人，渾然沒有半點和尚該有的樣子，生得魁梧，一雙倒吊三角眼，不僅沒有佛家的慈悲祥和，反而有幾分凶惡之氣，即便笑起來也給人滿滿的成算之感。

外人都道他與謝危坐而論道，關係很好。

可姜雪寧根據前世的蛛絲馬跡判斷，這兩人只怕是面和心不和，暗地裡相互提防爭鬥。直到她自刎時，圓機和尚還逃亡在外，也不知最後有沒有被謝危弄死。

此刻聽沈芷衣忽提到圓機，她便順著眾人目光向牆角那梅樹望了一眼，琢磨起這大和尚上一世的下場。不過也是巧了，正當她轉過目光時，竟有一行人從宮牆那邊遠遠地走過來。

仔細一看，最前方那人穿了一身蟒袍，不是臨淄王沈玠又是誰？

他後面跟了幾名太監，似乎是從後宮的方向來，要穿過御花園出宮。

沈芷衣一見到他就眼前一亮，遠遠便跟他招手：「王兄，王兄！」

沈玠原本是才去太后宮中請了安，要出宮去，聽見這聲音便抬起頭來，一看是沈芷衣，一張儒雅的面容上便浮現淡淡笑意，道：「芷衣，妳怎麼在這兒？」

沈芷衣一指自己身後的眾人：「帶我的伴讀們逛御花園啊。」

沈玠便順著她手指的方向望了過去，果然是一群女孩子。
最前方的是誠國公府大小姐蕭姝，沈玠也見過幾次了，可蕭姝旁邊不遠處的那個……換掉了往日一身男裝，改穿淺紫的衣裙，立在眾人當中，身段玲瓏纖細，皮膚細白，脖頸修長，櫻桃嘴唇紅潤，沒了原本故意畫粗的眉毛，遠山眉淡淡，眼波流轉間實在有一股難以形容的清麗媚態。
沈玠才看了一眼便覺得心驚，這時心想，若非燕臨警告在先，已知這姜二姑娘乃是燕臨護著往後要娶回家的姑娘，只怕他一見之下，也未必不動點男人對女人的齷齪心思。
蕭姝見著沈玠，原本是要上前行禮的，畢竟往日也見過。
可當她抬眼時，卻見沈玠的目光輕而易舉從她身上劃過，竟落到了她旁邊的姜雪寧身上，還停留了好一會兒，心底便微微一凜。
再要行禮，已是錯過最佳的時機了。
沈芷衣還沒什麼察覺，拉著沈玠的袖子，向他炫耀：「怎麼樣，我這一幫伴讀的架勢，可不比你和皇兄當皇子的時候小吧？」
沈玠笑說：「是、是，誰有我們樂陽長公主氣派呢？」
沈芷衣哼聲：「你們當年的伴讀也才一兩個，我這兒十二個——嗯，這是什麼？」
她方才說話時只把玩著沈玠那寬大的衣袖，結果竟將袖口翻了出來，手指無意間一勾，竟然勾出一方淺青色的繡帕。

沈玠頓時愣住，伸手便要拿回：「給我。」

沈芷衣卻是一下瞪大了眼睛，立刻閃身躲了開去，仔細看了看，繡帕淺青色的面上竟然繡著一莖蕙蘭，一角上還有一朵小小的紅姜花，於是嘖嘖兩聲，促狹起來：「王兄，這可不像是你們臭男人用的東西，哪家姑娘的呀？」

沈玠蹙了眉，俊臉薄紅，上前去一把將那繡帕扯了回來，胡亂地重新塞進袖中，只道：「妳小小年紀，胡說八道些什麼！」

沈芷衣吐舌頭道：「我快二十能嫁人了，似王兄這二十三四的年紀還沒有王妃，只怕皇兄為你操心哦。你就告訴告訴我，要是喜歡，又抹不開面子，我去幫你跟皇兄說唄。」

沈玠是個面子很薄的人，被妹妹這麼一打趣更加窘迫了。

他塞好了這一方繡帕之後，便強將一張臉板起來說：「妳可別去。今天剛查出漕河上翻了絲船是官商勾結、哄抬絲價，方才又因為三法司與錦衣衛相爭發作了那刑科給事中，差點沒把人投下大獄，連謝先生和幾位閣老都勸不住。這種小事妳還要去煩皇兄，怕不是往刀尖上撞。給王兄一個面子，別鬧。」

沈芷衣撇了撇嘴，當然不會真的拿著這繡帕就去沈琅面前胡說，只是看王兄這般緊張模樣，覺得有些好玩罷了，只道：「行嘛，皇兄說什麼就是什麼。反正朝中的事情我也不懂，左耳朵進右耳朵出，被皇兄哄了也不知道的。」

沈玠氣結，又見旁邊還有許多伴讀的世家小姐看著，這一時便更加窘迫，只匆匆丟下一句「我先出宮了」便急忙離去。
這架勢分明是落荒而逃，沈芷衣見了差點笑得直不起腰。
可其他人的神情就各不相同了。
旁人或許沒認出那繡帕來，可蕭姝方才站得近，清清楚楚地看見繡帕一角繡著紅姜花，又念及方才沈玠看姜雪寧的那一眼，拿著那一柄精緻香扇的手指便慢慢地緊了些。
她轉過眸來，看著姜雪寧，這一次的眼神與先前的任何一次都不同。
姜雪寧卻是心道，沈玠這時候與姜雪蕙已經有了交集，這繡帕便算是兩人間的「信物」，只不過上一世被她得了機會冒名頂替。
這一世她不插手，也不知兩人會如何？看沈玠方才的神情，倒像是的確有幾分認真。
不過這事也不過就是在她腦海裡閃了一圈罷了，她的心念下一刻就轉到沈玠方才說的「漕河絲船」的事情上。
原來絲船會翻是因為有人預謀。
如此上一世尤芳吟恰好出事前用所有的錢購入生絲等著漲價，便合情合理了，也許是她無意中得到過什麼消息。
至於這一世……
腦海中又掠過那個木訥尤芳吟的面容，姜雪寧心底輕嘆一聲，不由搖了搖頭，倒沒有注意旁邊蕭姝打量自己的眼神，反而轉過了目光去看站得稍後一些的姚惜。

這位吏部尚書家的嫡小姐，連著兩日來都是一副悶悶不樂的臉，即便方妙等人講笑話逗得所有人前俯後仰時，她也只在一旁坐著，根本不笑。

在姜雪寧看過來時，她整個人的面色更是差到了極點。

姚惜兩手交疊在身前，攥著一方繡帕，看得出手指十分用力，染過了鳳仙花汁的指甲粉紅嬌豔，可扯在絲質的繡帕上卻過於尖利，劃出了一道道痕跡。

姜雪寧的眉頭不覺慢慢皺了起來。

在御花園裡逛著的時候還好，可才拜別長公主，與眾人一道回了仰止齋，姚惜就直接撲到自己屋內的榻上哭了起來，模樣甚為傷心。

同行之人看見她回來時面色就不對了，這一時都面面相覷。

怎麼說都在同一屋簷下，不去關心不好，可她哭著的時候又不好去打擾，於是只好在流水閣先沏上茶，擺上乾果蜜餞，待聽見屋裡哭聲漸漸歇了，才由一個能哄人開心的方妙和一個行事沉穩的陳淑儀去把人哄了出來坐下。

姚惜一雙漂亮的杏眼已經哭紅了，妝容都花了不少，眉目間一股澀滯的陰鬱，似乎有千般萬般的不忿和委屈。

眾人都叫她說出來，有什麼事大家也好出出主意。

她便道：「我是方才在御花園裡聽見臨淄王殿下說那刑科給事中的事情，所以才哭的。」

有人不明白：「刑科給事中？」

陳淑儀卻是知道一點的，只道：「親事定了嗎？」

姚惜又差點哽咽起來：「定下來一半。可憑他一個七品的刑科給事中，怎麼配得上我？他都不是科舉出身，乃是白身吏考上來，才進朝廷當了官的。家裡一個粗鄙寡母，又老又醜。原本父親說刑科給事中官品不高，卻是天子近臣，若一朝得了聖上青眼，提拔起來很快，嫁給這般人看的就是前程，所以我才被說動，答應了這門親事。可現在呢？聖上都差點要把他投下大獄了！我聽說此人在衙門查案時便總喜歡跟死人打交道，性情極為古怪，絕不是一個好相處的人。如今錦衣衛勢大，他偏還開罪了錦衣衛。這樣的人，有什麼前程可言？我嫁過去，一要侍奉他老母，二要忍受他怪脾性，三說不準還要同他一道坐牢！憑什麼……」

眾人這才聽明白，說的竟是最近在朝廷上攪出了一番風雨的那位刑科給事中，張遮。

就因為他，聖上撤了錦衣衛一位姓周的千戶。

姚惜竟與他議親。

一時眾人都不知道該說什麼好。

蕭姝微微蹙眉道：「可親事都在議了。」

姜雪寧坐在一旁，聽著姚惜這番哭訴，目光卻落在那博古架前放著的大魚缸裡，看著蓮葉下游動的金魚，低垂了眼眸，也不知在想些什麼。

姚惜咬緊牙關，目中的不忿變得更為明顯，在屋內這算不上太明亮的搖晃燭火下，竟顯出幾分陰沉可怕，只道：「正是因為在議了，我才不甘心！可如今庚帖都換過了，若要反悔，難免讓人家說我姚府勢利。如今不尷不尬，是嫁不好，不嫁也不好。且那張遮先前已經議過兩門親，只是一個跟人私定終身退婚了，一個還沒過門就死了，這一回好不容易攀附上我姚府門楣，必不肯主動退親的。我父親乃是當朝一品大員，我堂堂一世家嫡女，怎能嫁給這種人？」

姜雪寧差點聽得冷笑：張遮稀罕攀附妳姚府門楣？真把自己當個東西了！

那尤月聽得「張遮」二字，卻是下意識看了姜雪寧一眼，不由以手掩唇，輕輕地一笑，只對姚惜道：「這等小事有什麼可煩惱的？姚姐姐這心思未免也太死了些。天底下大路那麼多條，辦法那麼多種，何必一定要那姓張的退親？貴府先退了又有何妨？只要找對理由，誰也不能說什麼呀。」

眾人的目光都落在她身上，姚惜也詫異地抬起頭來看她，見是清遠伯府的尤月，一時下意識皺了皺眉。她平日裡是看不起這人的，只是這會兒聽她好似有辦法，便道：「什麼理由？」

清遠伯府式微，這一趟好不容易被選進宮來，尤月的心裡其實比誰都急切。這一時連先前與姜雪寧起齟齬是因為張遮這件事都拋之於腦後，且姜雪寧父親姜伯游撐死也不過一侍郎，她要討好的姚惜卻是禮部尚書兼內閣學士之女，又怎需要懼怕姜雪寧？

所以她笑了起來，當下不緊不慢道：「若真如姚姐姐方才所言，這張遮議親過兩回都沒成，可見是個命裡沒有老婆的，且第二門親事沒成人就死了。這叫什麼？這不就是命硬剋妻嗎？」

姚惜怔了一怔，呢喃道：「可他未婚妻從小就是體弱多病，是因為當時受了風寒才病逝的……」

尤月嗤笑：「姚姐姐腦筋怎的這般死板？不管怎樣，反正人是死了啊。妳要退親，只需說張遮命裡剋妻，是天煞孤星命格，誰嫁給他誰不得好死。如此，哪個敢說妳姚府做得不好？且如今形勢擺在這裡，令尊大人即便是惜才，覺得此人不錯，可若這種話聽多了，又怎能不疼惜自己的女兒？姚閣老在朝堂上說一不二，連聖上都要賣他幾分薄面，若那張遮不識好歹，便是與姚大人作對，難道還能治不住他？」

是了。張遮乃是吏考出身，因善斷刑獄才被破格提拔，任用至今，可並無科舉功名在身，於朝野之上本就寸步難行。只要她能拿得出一個過得去的理由，好好勸說父親，以父親對她的疼愛，這門親事又有什麼退不掉的呢？

姚惜捏著錦帕，目光閃爍。

姜雪寧靜靜地看了一眼姚惜，又看了一眼旁邊出完主意後示威般向她掃了一眼的尤月，悄然間攥緊了手掌。

還記得第一次見張遮，是在避暑山莊，她帶了宮女游湖賞荷。

沒想到七月天氣孩子臉，午後的瓢潑大雨說來就來，只好匆匆往旁邊的涼亭中避雨。結果到了才發現，裡面已經坐了一人，還有一小太監侍立一旁，像是在等人。

那人穿著一身三品文官的官袍，坐在亭中圓桌旁的石凳上，一手搭在桌上，一手則垂下擱在右邊膝蓋，正靜靜看著亭外的大雨。桌上沏了茶，有水汽伴茶香氤氳而上。

亭外雨聲喧囂，亭內這一隅卻像是被天地拋棄，有一種沒來由的安然清靜。

姜雪寧怔了一怔才走進去。

她穿著一身宮裝，裙襬上是鳳凰飛舞、牡丹團簇。

小太監先看見她，忙躬身行禮，道了一聲：「拜見娘娘千歲。」

那人這才看見她，立刻起身，連忙把頭埋下，躬身行禮：「微臣張遮拜見皇后娘娘。」

——張遮。

這姓名一出，她便一下挑了眉。那一陣子周寅之為她辦事，錦衣衛又與三法司爭權，張遮乃是新任的刑部侍郎，處處與周寅之對著幹，讓周寅之這等心思縝密之人都失了常性，在鎮撫司掀翻了桌案，暴跳如雷。

所以她對此人是不見其人卻久聞大名，當下目光流轉，上下將他一打量，才似笑非笑道：「平身，張大人不必多禮。」

她本準備與這人說上幾句話，但沒想到這人面無表情，平身之後竟然直接道：「張遮乃是外臣，不敢驚擾娘娘鳳駕。」然後從亭內退了出去，竟站到亭外臺階下。

天還下著大雨，他一出去，只片刻便被雨水澆得濕透，小太監都嚇了一跳。

張遮會在亭中等待，身邊還有太監，應當是沈玠要召見他，只是人暫時還沒來。

小太監可不敢讓朝廷命官這麼淋著雨，拿了旁邊的傘就要撐開，去外面給他打上。

豈料，姜雪寧忽然冷笑一聲道：「給我。」

她那時貴為皇后，誰見了她不捧著、哄著、寵著，這張遮竟對自己避如蛇蠍。

且還有前朝的恩怨與爭鬥在，她豈能讓這人好過？

她從那小太監的手中把傘接了，不慌不忙地踱步到亭邊，因還在亭內，高於臺階，所以反倒比張遮高出一些來，卻不給張遮打傘，只把玩著傘柄，看那雨水從他冷硬的輪廓上淌過。

張遮的臉是天生不帶半分笑意的，唇極薄，眼皮也極薄，所以當他微微抬眸向她看過來時，那眼神竟如薄刃，輕輕一劃便能在人心底劃出痕跡來。

姜雪寧笑說：「大人怎麼見了本宮就躲呢，是怕本宮吃了你？」

張遮抿唇不言。

姜雪寧心底越發覺得他不識相，說道：「聽人說，張大人在前朝十分能耐，連如今錦衣衛都指揮使在大人手底下都要吃苦頭。本宮知道大人很久了，沒想到今日才見著……」

她的聲音是悅耳動聽的，說出來的話卻藏著點誰都能聽出來的嘲諷。

雨聲喧囂，水霧朦朧。

張遮望著她，收回了目光，依舊一語不發，竟轉身就要走。

只是才要邁開一步，卻發現自己走不動。

他轉頭來才看見，因他先前立在臺階上，官袍一角落在上面的臺階，被雨水打得濕透，此刻正被一只用銀線繡了雲紋的翹頭履踩著。

姜雪寧故意作弄他，渾然不知自己踩著了一般，還要問他：「張大人怎麼不走了？」

張遮定定地看了她有片刻，然後便在雨中俯下身，竟然拽著那一角官袍，用力一扯。

嘶啦！裂帛之聲在雨聲中顯得有些刺耳驚心。

他直接將被姜雪寧踩著的一角撕了開來，這才重新起身，不卑不亢地對她道：「不敢勞娘娘移履。不過微臣也有一言要贈娘娘，須知人貪其利，與虎謀皮，卻不知虎之為虎便是以其凶性天生，不因事改。今日與虎謀皮，他日亦必為虎所噬。娘娘，好自為之。」

張遮說罷，轉身便去了。

姜雪寧惱怒至極，一下便將手裡那柄傘扔了下去，撐開的傘面在雨中轉了兩圈，被雨水打得聲聲作響。

亭中的小太監已嚇得面無人色。

當時她想，天底下怎會有這樣不識好歹的人呢？

後來才知道，張遮素性便是個識不得好歹的人，脾氣又臭又硬，誰罵他也不改。

當日那一番話她著實覺得自己沒放在心上，可回去之後多少次深夜裡睡不著時，這話都要從記憶深處浮起。因為她身邊的人要麼有求於她，要麼有意於她，要麼受制於她，絕不會對她說出這樣的話來。

她又怎知自己不是與虎謀皮呢？

人各有志。

上一世就為了當那個皇后，旁人忠言逆耳，她是聽不進的，便明知是錯，也要一錯到底。

卻沒想到，最終會連累了他。

重生回來到現在，她沒見著張遮，倒是先見著他這一位「未婚妻」……

夜色昏沉，燭影搖晃。

尤月出完了主意，便在一旁得意地笑。

姚惜則是慢慢握緊了手指，滿面陰沉的霜色，似乎就要做出決定。

姜雪寧於是忽然想，人活在世上，若要當個好人，必定極累，要忍、要讓、要克制、要謙卑、要不與人起衝突。比起當壞人來，可真是太不痛快了。雖然當壞人最終會付出當壞人的代價，可按著她上一世的經驗來看，不管最後結果如何，至少當壞人的那一刻，是極為痛快，甚至酣暢淋漓的。

「尤二姑娘。」

姜雪寧起了身，只像是沒聽到今日她們在張遮之事上的籌謀一般，踱步到她方才一直盯著的魚缸旁邊，看著這有人腰高的魚缸裡，幾尾金魚緩慢地游動，然後喚了一聲。

「還請移步，我忽然有幾句話想對妳講。」

她面上掛著平和的微笑，整個人看不出任何異常。

尤月卻猜她許是因為自己方才出的主意而有些著惱，但如今是在宮中，且有這麼多人看著，實在也不怕她怎樣，反倒想近距離欣賞一下她一會兒難看的神情，於是便笑了一聲，向她走了過來。

屋內一時安靜，大家的目光都落在她二人身上。

尤月才一走近，便道：「有什麼話妳便說吧。」

然而她萬萬沒想到，就在她走到那養著金魚的大魚缸前面時，一直立在旁邊的姜雪寧竟毫無預兆地伸出手來，一把壓住她的腦袋，抓著人就往那白瓷的魚缸裡面摁。

尤月頓時尖叫，可姜雪寧驟然之間下手，力道又極狠，豈是她慌神之間能掙脫得開的，一時整個腦袋都埋進了水裡。

屋裡所有人都嚇了一跳，跟著驚呼出聲。

周寶櫻先才端著的蜜餞都撒到桌上，方妙更是直接捂住了自己的嘴。

就連蕭姝也是面色一變，霍然起身。

這時姜雪寧臉上哪裡還見得著先前半分的和善？整個人沒有一點笑意，渾身戾氣滋長，神情如被冰雪封凍了一般，只面無表情地把人往水裡摁，任尤月掙扎，動也不動一下。

濺起來的水沾了她衣襟，她都不看一眼。

直到眾人驚慌之後反應過來，要衝上來勸了，她才冷冷地把嗆了水沒力氣的尤月拎了甩在地上。

尤月驚魂未定，已是面無人色。

她顫抖著伸出手來指著姜雪寧：「妳、妳，妳——」

姜雪寧低眉拿了一旁的錦帕擦手，只道：「我怎樣？」

所有人的目光落在她身上，她卻只平平地笑了一聲，居高臨下地俯視著尤月道：「我欺負妳，妳要去告狀嗎？可我有長公主，有著戶部實缺的父親，妳有什麼？」更別說，還有如今人盡皆知的燕臨。

尤月簡直不敢相信自己剛才遇到了什麼，更不敢相信姜雪寧竟然囂張無比地說出這樣一番話來。

她想著自己要反駁，可迎著姜雪寧戾氣滿溢的雙眼，渾身都在打冷顫。

姜雪寧這時才不緊不慢地把目光向一旁同樣被嚇著了的姚惜轉去，深邃的目光裡沉著淺淺的光華，口吻竟十分平和友善：「閨閣女兒家，都還未出嫁呢，就要攛掇著壞人清平名譽，毀人終身大事。小小年紀便如此惡毒，長大怎生得了？傳出去怕沒誰敢娶。姚小姐，您說是吧？」

姚惜這才醒悟過來，姜雪寧竟是因張遮之事發作，一時心底慌張，是又怕又恨，可也不敢直視她目光，只躲躲閃閃。

姜雪寧還當她敢用這般狠毒的伎倆，是有多大的膽氣呢，不想慫包一個，於是冷笑一聲，只把錦帕慢慢疊好放下，對眾人道：「妳們慢聊，我有些乏，先回去睡了。」

第二十八章 考校

做完仗勢欺人的壞事，姜雪寧毫無心理負擔地回到自己的屋裡。

有什麼好擔心的呢？

一個姑娘家為了退婚，硬是要給議親對象扣上「剋妻」的名聲，且對方還以清正、剛直聞名，傳出去到底是誰倒楣還不知道。再說了，她們若要因為自己今日做的這一樁鬧起來，要讓旁人來評理，姜雪寧還巴不得呢。

鬧大了，她不正好能離宮？

左右都是一樁穩賺不賠的買賣。

這一天晚上，燕臨還真給她送來了他打聽到的一些考題，當然未必很全，但大概的方向和考哪幾本書都知道，若晚上挑燈夜讀，明早起來再看一看，要過明日的考校應當不難。

畢竟只是看看大家的學識，並非真正的考學，考校的目的也不過是把太差的一些人剔除掉而已。

姜雪寧拿到之後大致地掃看了一眼，發現跟上一世幾乎沒有差別，看完之後便將這幾頁紙都湊到火上去燒了。她雖不在乎自己，可這東西若被別人看到，難免要查到燕臨身上，說出去總不好聽。

如此一夜安睡。

次日一早起來洗漱梳妝完畢，她便推開了房門，結果一眼就看見這一大早的，廊上竟然有好幾位世家小姐拿了書在外面，或站或坐，正在低聲吟誦或者默記。

「……」

看來大家真的都很努力地想要留下來啊。

姜雪寧忽然覺得自己這般懶散，實在有些格格不入。

大約是因為昨晚上她忽然發作尤月與姚惜的事情，眾人聽見門響，抬起頭看見她走出來時，目光裡多少都有幾分忌憚和畏懼。

只有少數幾人主動跟她打了招呼，其中就有這幫人裡唯一一個沒有臨時抱佛腳看書的樊宜蘭，她甚至向姜雪寧微微一笑：「姜二姑娘早。」

「樊小姐早。」

樊宜蘭是真的不爭不搶，腹有詩書氣自華，有那真材實料，什麼時候都平平靜靜、鎮定自若。

這一份淡泊是姜雪寧羨慕不來的。

她對展露友善的人，也一向是友善的，便朝她頷首示意道：「大家今日起得好像都很早，看來很重視學問考校這一關了。」

深秋的清晨，天際浮著淡淡的冷霧。

衣著各異的姑娘們立在廊下讀書。

無論怎樣看，都是一幅賞心悅目的畫卷。

樊宜蘭看了其他人一眼，道：「畢竟大家往日應該都沒經歷過這般的陣仗，有所緊張是必然，便是連我昨夜也不大能睡好，今日起了個大早。不過姜二姑娘倒是跟前兩日一樣，一覺睡到大天亮，實在令人欽羨。」

羨慕什麼不好羨慕她能睡？

姜雪寧真是有些哭笑不得。

另一邊坐著的是今日難得放下了種種天象曆書，反拿起一本《論語》來啃的方妙，聽了樊宜蘭這話便酸酸地插嘴：「樊小姐哪裡知道，便是我們這裡所有人昨晚睡不好，姜二姑娘也不可能睡不好的。朝野上下都知道，姜侍郎與謝先生交好，平日裡也有往來。姜二姑娘別的不說，總能知道點謝先生的喜好，也知道一會兒考校答卷的時候要注意點什麼吧？我們可就慘了，臨時抱佛腳都不知道該抱哪。」

話說到這裡，聲音忽然一頓。

方妙終於意識到一件先前被自己忽略的事情，一拍腦門站了起來，上來拉姜雪寧的手說：「姜二姑娘！姜二姑娘！我竟然忘了，妳乃是有『勢』之人啊。咳，那什麼，妳方便的話，能不能小小地透露一下，謝先生平時喜歡看什麼書？閱卷的時候有沒有什麼特別的偏好呀？」

謝危固然與姜伯游有往來，可那都是大人們的事情，姜雪寧如今也不過是一個十八歲撐死了說虛歲十九的小姑娘，能知道什麼？

若是上一世方妙這麼問，那就是問錯人了。

只不過這一世姜雪寧還真知道。

誰讓她是重生回來的，且還提前知道了考卷的內容呢？

在方妙問出這話的時候，廊上的讀書聲不知為何都小了一點。

姜雪寧注意到有不少人都向她看了過來，心思便微微一動：這種「利人利己」的「好事」，自己為什麼不做呢？別人考得越好，才越顯得她差呀。

方妙原本就是嘗試著問問，眼看姜雪寧目光閃爍，心裡便道一聲「果然是不會告訴別人的」。畢竟這種時候大家都算是有競爭關係，誰願意幫助自己的對手呢？若一個不小心被人擠掉，找誰哭去？

所以她嘆了一口氣：「我還是繼續看我的《論語》吧，瞎抱總比不抱好。」

但萬萬沒料到，姜雪寧看著她竟然笑了一聲，對她道：「《論語》是要看的，若還有些空，再把《孟子》看了也不錯。想也知道謝先生考校我們不會太難，也就看看大家都學了什麼。所以按著一般士子們讀書的順序來講，《大學》、《詩經》也是得看看的。我父親的確與謝先生有些交情，不過先生的習慣我所知不多，只知道比起答卷答得好，謝先生好像很青睞字寫得端端正正的。答卷答得再好，若字不工整清晰，在謝先生那裡都要被黜落。」

眾人聽了都是一愣。

有的是沒有想到姜雪寧竟然會直接說出來；有人則是在思考，她就這麼輕而易舉地說出來，到底是真是假；也有人對她說的內容有些懷疑。

連周寶櫻今日都在看書。她一張小臉粉嫩嫩、紅撲撲的，兩道秀眉一皺，顯得困惑不已：「怎麼會呢？讀書讀書，學識修養難道不是第一的嗎？若僅僅因為字寫得不夠好就被黜落，未免太不公平了吧？要是考卷上的題目不少，倉促之間字跡難免潦草……」

姜雪寧笑：「那我就不知道了。」

上一世她與謝危的接觸實在不算多，連見面的機會都少，只聽人說他主持科考的時候，學識絕佳但字不夠好的，在他手裡都要往下面扔一等。原本一甲的放入二甲，原本二甲的淪為三甲，原本三甲的可能就沒有姓名了。

那一科的士子中多有不服氣者，為此鬧出了個士林請命上書撤掉謝危會試總裁官的事情，但謝危照舊我行我素，沒有半點要改的意思。

後來就這麼不了了之了。

謝危為什麼如此，姜雪寧自是不清楚，反正她知道的都說了，旁人信不信是她們的事。

因周寶櫻這一問，許多人對姜雪寧方才那番話都有些將信將疑起來。

唯有蕭姝對姜雪寧刮目相看。

因為她知道，姜雪寧說的都是真的。

蕭氏一族在朝中畢竟勢大，蕭姝雖然與長公主熟識，且學識也不差，基本不可能在這一關被勸回家去，可一旦涉及到學問考校，便事關面子，早有人為她打聽過了太子少師謝危的一應習慣喜好，其中「字寫好」這一條排在第一。

她知道，但從沒想過對旁人講。

然而姜雪寧竟然都說了出來……

這個人，竟沒有半分私心的嗎？

蕭姝一時竟覺得自己不是很看得懂她，一時又覺得比起此人的坦蕩，自己那一點想爭第一的小心思，好像都落了下乘，心底忽然很複雜。

卻不知，這會兒姜雪寧心底都要樂開花了：這幫傻姑娘可千萬要抱好佛腳，趁這點時間趕快溫書，答卷的時候認認真真寫字，本宮順利離宮早早回家的「宏圖大業」，可都靠妳們了！

旁人都在抓緊時間溫書，姜雪寧卻是覺著人生從來沒有這般充滿希望過，她走進了流水閣，想為自己沏上一壺茶，半點準備也不做，只等著一會兒來人叫她們去考試。

只是沒料到，才剛把水燒上，便進來了一位「不速之客」。

姜雪寧抬眸一看，眉梢不由一挑。

——姚惜。

許是因為昨日哭過，且姜雪寧走了之後她哭得更厲害，所以一雙眼睛顯得有些腫，從外面走進來時，目光一直落在姜雪寧的身上。

一身杏紅的衣裳，看著煞是好看，但姜雪寧能從她垂在身側緊握的手掌中，感覺到她的不甘與憤怒。

姜雪寧伸出手來，慢條斯理地在茶盤上擺好了一應茶具，只笑：「姚小姐放心，昨日妳們那番話也是我們問了，妳們才說的。我這人雖然不算是什麼好人，但有什麼仇、有什麼怨都是當面就說了，背後中傷傳人小話這種事，我是不做的，自然也就無需擔心我回頭到處亂講。」

姚惜又覺得被她一巴掌扇在臉上，什麼「背後中傷」、「傳人小話」這樣的詞句，怎麼聽都像是意有所指。

她深吸了一口氣道：「我自問與姜二姑娘無冤無仇，昨晚回去之後著意打聽了一下，也並未想到有什麼地方得罪了妳。要說二姑娘與那尤二小姐之間有些齟齬，針對她也就罷了，可妳字字句句，分明是衝著我來的。我小半夜沒睡，始終覺著這事蹊蹺，即便姑娘是打抱不平，反應似乎也太過激了些，倒令我不得不好奇，姜二姑娘與那張遮是什麼關係？」

嘖！這是想不通就要懷疑她和張遮之間有點什麼，只怕若有點眉目，也正好用來當作與張遮退婚的理由。

姜雪寧很敏銳。

只不過這話嘛，若去質問上一世的她，她或許不能問心無愧；但若是問這一世的她，現在她連張遮都不認識，哪來什麼「關係」？

姜雪寧向前傾身，用茶匙一點一點將茶則裡的茶葉撥入壺中，面不改色道：「張遮大人乃是言官，剛直不阿，一身清正，聽聞早年斷獄在百姓中頗有賢名。雪寧雖然也是個小人，不過這兩年倒悟出個道理來。世上雖不能人人都是君子，當個小人也沒關係。對小人用小人之道無妨，可若是待君子，最好還是以君子之道。姚小姐似乎是懷疑我與張遮有些什麼，可只待今日過後，姚小姐出去打聽打聽便知道，我與這位傳說中的張大人連面都沒見過一次。若妳想要從中做點什麼文章，還是趁早歇了這心思吧。妳覺著這門婚事不好，想要退了也無可厚非，世人趨利避害，本沒什麼值得指責的地方。可有些事做過度，便不大好。姚小姐既要退婚，還要對自己全無損害，天底下哪裡有這樣的好事呢？」

「姜二姑娘說得倒是好聽。」姚惜聽著她這字字與己無關的口吻，只覺刺耳至極。「我只聽說妳在府中也是不好相與的脾氣，如今是站著說話不腰疼，真等妳遇到了這樣的事，要配這樣一門婚事，只怕做得未必比我好看！」

這就是血口噴人了。

姜雪寧心道，便是自己上一世最不會做人的時候，也是明明白白告訴燕臨她想當皇后，她要嫁給沈玠，沒有為自己找什麼無辜的理由，更不至於往燕臨的身上潑什麼髒水，為他身上添汙名。

且她看上沈玠也是勇毅侯府出事之前，不管侯府後面是不是出事，她都是要嫁給沈玠的，本未存落井下石之心。只不過兩件事撞在一起，有落井下石之嫌，雪上加霜，教燕臨更恨她罷了。

她抬眸看著姚惜的目光，頓時變得嘲弄了幾分。「我看姚小姐昨晚似乎還沒有什麼害人的心，今日起來反倒像是要鑽牛角尖似地一意孤行。若我是姚小姐，第一，遇著這樣一門好親事，且身為內閣學士的父親都覺得此人不錯，高高興興嫁了還來不及，有什麼必要退婚？第二，便是我覺得這婚事不好想要退親，也不至於將『剋妻』這樣難聽的髒水潑人身上，回頭讓人怎麼娶妻？索性大大方方跟人說了這門親事我要退，想來那張遮正人君子，也不會強求。第三，若我鐵了心不想背個『勢利』的罵名在身，還想要退婚，不如按兵不動，坐家裡等著就是。」

姚惜聽著前面時，不免又扯著帕子暗中生恨，可待聽到她最後一句時，卻是忽然一怔：「妳這話什麼意思？」

姜雪寧此刻卻是怎麼看姚惜怎麼生厭，正好一旁的水開了，便冷冷淡淡道：「我要沏茶了，姚小姐若不是想要坐下來與我品茗論道，便勿在此攪擾我清淨。一會兒就要考校，趁著有功夫多讀點書不好嗎？」

多讀點書，別欺負人窮。

她上一世經歷了許多，學會的就這麼一點，也只能看在她將來說不準還要嫁給張遮的分上指點她這麼多。姚惜要懂便是懂了，不懂也跟她沒關係。

姚惜卻道她是半分面子不給，再次氣結。

人家都趕客了，她也不好再留，拂袖便走，可走出去了才想到，流水閣又不是她姜雪寧一人的地盤，怎的趕起人來倒跟自己是主人一樣？

但這時要再進去未免太落下乘，只好忍了。

❀

大約卯正二刻，姜雪寧正正好喝完了兩泡茶，仰止齋外面便來了人通傳，只道：「幾位先生現已從文華殿那邊過來，帶了題卷，辰初一刻便在旁邊的奉宸殿開考，還請諸位小姐隨奴等移步奉宸殿。」

眾人於是紛紛整理儀容，隨宮人去往奉宸殿。

此殿距離伴讀們住著的仰止齋走路過去連半刻都不需要，沒一會兒便到了。

姜雪寧抬眼，只見這奉宸殿一座正殿，兩邊都是偏殿還帶著耳房、山房，既無雕梁也無畫棟，門扇上大多只以清漆刷製，殿前只五道臺階，喻聖人之五德。

入殿後一如學堂，正上首是先生們講課的地方，下方則桌椅齊全，案頭上筆墨紙硯具備；靠西牆則設了幾張方几、幾把椅子，有書格亦有茶桌，該是為先生們兩講間隙歇憩之用。

她們各自選好自己的位置坐下來。

姜雪寧對謝危終究是有些發怵，直接挑了最角落裡光線不大好、顯得有些陰暗的一張書案。雖然一會兒寫東西可能有點費眼睛，但可避開旁人的目光。

這時後面傳來一聲：「先生們請。」眾人頓時重新起身。

姜雪寧立在角落裡回頭一看，只見謝危今日著一身寬鬆的蒼青道袍，以青玉簪束髮，眉眼淡不染塵，唇邊含著點慣常的笑意，與另三位上了年紀鬚髮已白的老學究從殿外走進來，論儀容氣度實在有些鶴立雞群，更別說是在朝中同品級之人裡過於輕的年紀了。

有先前還嘲笑過旁人提起謝危就臉紅的世家小姐，見了才知道那人當時沒說瞎話，一時有許多人不敢直視。

姜雪寧更是看了一眼之後便立刻垂下頭去。她倒不是不敢看謝危，而是希望謝危無論如何不要注意到自己，只需要答完卷交上去等他喊自己滾蛋的時候有點存在感就足夠了。

只是……

謝危夾著捲起來的一摞題卷入殿，剛將其置於案上，抬眼一看，眉梢便微微一動，又向角落裡掃看一圈，這才見著那昏暗角落裡垂首立著的姜雪寧。

他拆卷的手指微微一頓，旁邊一位老翰林問他：「居安，怎麼了？」

謝危只點了一旁侍立在殿門口的宮人，淡淡道：「往後若非疾風狂雨烈日，都把東角的窗扇打開。」

宮人立刻應聲：「是。」然後從姜雪寧身邊走過，把先才緊緊閉著的窗扇推開了。

外頭的天光頓時傾瀉進來，全灑落在她身上，也把她面前的桌案與筆紙照了個亮亮堂堂。

這一瞬間姜雪寧覺著自己無處遁形，心裡已是罵了一聲：這架勢，分明是懷疑本宮要趁暗作弊！嗤，看本宮今次給你交個「好」卷，讓你領教領教什麼叫做「不學無術」！還不氣死你！

（待續）

國家圖書館出版品預行編目資料

坤寧 / 時鏡作 . -- 初版 . -- 臺北市 : 臺灣角川股份有限公司 , 2023.02-
冊 ; 公分

ISBN 978-626-352-275-6 (平裝)

857.7　　111020766

坤寧 一

2023 年 2 月 23 日 初版第 1 刷發行

作者 時鏡

發行人 岩崎剛人
總監 呂慧君
編輯 溫佩蓉
設計主編 許景舜
印務 李明修（主任）、張加恩（主任）、張凱棋

台灣角川

發行所 台灣角川股份有限公司
地址 104 台北市中山區松江路 223 號 3 樓
電話 (02) 2515-3000
傳 真 (02) 2515-0033
網址 http://www.kadokawa.com.tw
劃撥帳戶 台灣角川股份有限公司
劃撥帳號 19487412
法律顧問 有澤法律事務所
製版 尚騰印刷事業有限公司
ISBN 978-626-352-275-6

原著書名：《坤寧》由北京晉江原創網絡科技有限公司授權出版。